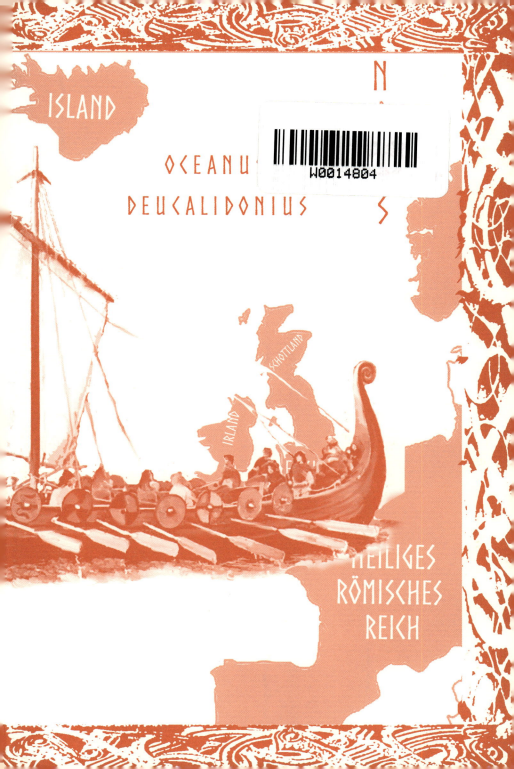

Richard Dübell
Viking Warriors
Der Ring des Drachen

Richard Dübell

VIKING WARRIORS

Der Ring des Drachen

Band 2

Ravensburger Buchverlag

Bibliografische Information der Deutschen Nationalbibliothek:

Die Deutsche Nationalbibliothek verzeichnet diese Publikation in
der Deutschen Nationalbibliografie. Detaillierte bibliografische Daten
sind im Internet auf www.dnb.d-nb.de abrufbar.

1 2 3 4 5   E D C B A

Originalausgabe
© 2017 Ravensburger Buchverlag Otto Maier GmbH
Text © 2017 Richard Dübell
Dieses Werk wurde vermittelt durch die Literarische Agentur
Thomas Schlück GmbH, 30827 Garbsen.

Redaktion: Valentino Dunkenberger
Umschlaggestaltung: Nele Schütz Design, München
Verwendete Motive von shutterstock/Algol,
shutterstock/Ryszard Filipowicz, shutterstock/As Inc,
shutterstock/Oskars Porkka, shutterstock/Iakov Kalinin,
shutterstock/Dm_Cherry.

Alle Rechte dieser Ausgabe vorbehalten durch
Ravensburger Buchverlag Otto Maier GmbH,
Postfach 1860, D-88188 Ravensburg

Printed in Germany

ISBN 978-3-473-40146-8

www.ravensburger.de

Seinem Freunde
soll ein Freund man sein
und seine Geschenke vergelten.
Ein Lachen für ein Lachen.
Eine Lüge für einen Betrug.

Aus dem Hávamal, dem »Hohen Lied des Nordens«
in den skandinavischen Götter- und Heldensagen

PROLOG

DER GOTT
AUF DEM
STEIN

Sie kamen alle nacheinander – die Götter. Jeder von ihnen hatte Loki etwas zu sagen. Es waren keine Schmeicheleien, doch Loki hörte ihnen sowieso nicht zu. Zu sehr war er damit beschäftigt, sich auf seine Schmerzen zu konzentrieren – zu verbrennen, zu verschmoren, verätzt zu werden. Als das Gift ihm in die Augen rann, erblindete er.

In seiner Pein wand er sich auf dem Felsen, an den sie ihn gekettet hatten und von dem stinkender Dampf aufstieg, wenn das Gift der Schlange an Lokis Körper herabrann und den Stein berührte. Er versuchte, seine Ketten zu sprengen, um dem Schmerz zu entkommen. Aber die einzelnen Glieder hatte Thor persönlich mit seinem mächtigen Hammer Mjöllnir geschmiedet. Sie waren selbst für einen Gott von Lokis Größe unzerstörbar.

In rascher Folge flackerten Trugbilder durch die Höhle, in

der sie ihn gefangen hielten. Trugbilder, die Lokis gepeinigter Geist erschuf: Loki in all seiner Pracht als Gott, Loki als altes Weib, Loki als prächtiges Pferd, Loki als Riese, Loki als Fisch … alle Gestalten, die er jemals von sich erschaffen hatte, um einen seiner listigen Pläne umzusetzen oder die Götter hereinzulegen. Keines dieser Trugbilder konnte ihm nun helfen.

Noch lange, nachdem die Götter gegangen waren, hallte sein eigenes Gebrüll durch die Höhle. Auch seine Gefährtin Sigyn war gegangen. Ihre Gründe, Loki zu verlassen, verzehrten ihn innerlich ebenso, wie das Gift der Schlange ihn äußerlich verzehrte.

Und plötzlich war es vorbei. Kein weiteres Gift tropfte auf ihn herab. Mit einem Schlag ließen die Schmerzen nach und Loki begann, sich zu regenerieren. Er war erleichtert und zugleich argwöhnisch, was geschehen war.

Sein Augenlicht kehrte zurück, zeigte ihm zuerst Schatten, dann wabernde Farben – einen Nebel, der sich langsam zu einer Gestalt verdichtete. Einer Gestalt, die eine goldene Schale unter das Maul der Schlange hielt und darin das Gift auffing.

Lokis Besucher lachte. Der Gott kannte das Lachen. Er hätte sein Augenlicht gar nicht gebraucht, um zu wissen, wer da vor ihm stand. Ihm ging auf, wie monströs er hereingelegt worden war – er, die anderen Götter, die ganze Schöpfung. Alle waren sie hereingelegt worden.

»Du«, flüsterte er mit trockenen Lippen.

»Ich«, sagte Lokis Besucher. Er lachte erneut, ein so fröhliches Lachen, dass selbst Lokis düsteres Gefängnis einen Augenblick wie von Sonne durchflutet schien. »Jetzt verstehst du alles, nicht wahr?«

»Warum?«, fragte Loki und wusste die Antwort im selben Moment. Sie lag so nahe, dass er sie nicht hatte sehen können. Sie war so unfassbar, dass nicht einmal er, der Gott der Listen, sie für möglich gehalten hätte. Doch er wusste, dass sie wahr war.

Sein Besucher nickte. Er schien erraten zu haben, was Loki dachte. »Genau«, sagte er. »Komm schon, Loki, du musst doch neidisch sein, dass dir dieser Plan nicht eingefallen ist – dir, dem größten Trickser aller Welten.«

»Es wird nicht funktionieren«, sagte Loki.

»Es hat schon funktioniert«, erwiderte Lokis Besucher. Dann kippte er die Schale, mit der er das Gift aufgefangen hatte, über Loki aus.

Der Giftschwall traf ihn wie ein Feuerstoß, aus dem eisige Lanzen hervorstachen. Er brüllte vor Schmerzen. Sein Besucher lachte ein letztes Mal auf, dann verschwand er ohne ein weiteres Wort. Die Schale fiel auf den Boden und zerbrach.

RÜCKBLICK

WAS BISHER GESCHAH

Viggo lebt bei seinen Pflegeeltern in einer deutschen Stadt. Er mag seinen Kumpel Moritz, ist verschossen in seine Klassenkameradin Mirja, wurstelt sich in der Schule so durch und hat einen sehnlichen Wunsch: seine leiblichen Eltern kennenzulernen.

Nach einem Schultag voller kleiner und großer Katastrophen erhält Viggo Besuch von einem Mann, der sich als neuer Sachbearbeiter im Jugendamt ausgibt, aber in Wahrheit Loki ist, der nordische Gott der Lüge und Trickserei.

Loki ködert Viggo mit dem Versprechen, er könne ihn zu seinen leiblichen Eltern führen, und lockt ihn so in einen Kreis aus Runensteinen. Dieser wirkt wie ein Tor durch Zeit und Raum und transportiert Viggo in das Jahr 999 nach Christus – in die Zeit der Wikinger.

Viggo wacht auf dem Drachenboot von Krok auf, der

Viggo auf dem nächstgelegenen Sklavenmarkt verkaufen will. Doch nach einem Überfall durch die Flotte von Sturebjörn, einem berüchtigten Piraten, verschlägt das Schicksal – oder sind es Lokis heimliche Pläne? – Viggo schließlich an den Hof des norwegischen Königs Olaf nach Kaupangen.

Dort herrscht Chaos, denn soeben ist die Königsstadt angegriffen worden – von Fafnir, dem großen Drachen aus den nordischen Sagen, einem Ungeheuer von bösartiger Intelligenz und gieriger Mordlust.

Eine Seherin offenbart den Wikingern, dass Ragnarök, das Ende der Götter, begonnen habe und auch die Welt der Nordmänner zerstören werde.

Schuld daran ist Loki, der durch einen fiesen Schelmenstreich den Tod des Sonnengottes Baldur verursacht und damit den Beginn von Ragnarök ausgelöst hat. Was mit Naturkatastrophen und dem Auftauchen von Monstern wie Fafnir anfängt, wird laut Prophezeiung am Ende zu einem Krieg führen, in dem die Götter sterben und alles erlischt, was jemals war.

Dem überraschten Viggo erklärt die Seherin, dass er inmitten dieses Konflikts drei Aufgaben erledigen müsse: den Speer der Götter finden, eine Seele auf der Schwelle zwischen Leben und Tod retten und den Ewigen Gefangenen befreien. Erst dann kann er seine leiblichen Eltern finden. Viggo beginnt zu ahnen, dass er Teil eines Plans des Gottes der Lüge ist, den er noch nicht durchschauen kann.

In Lokis Machenschaften sind aber auch andere Menschen verwickelt. Da ist Thyra, ein junges Wikingermädchen, das den Mord an seinem Bruder rächen will und dadurch zur Ausgestoßenen und Schiffbrüchigen wird. Und da sind Bjarne Herjulfsson, ein wikingischer Seefahrer, und dessen Frau Hildr, die in Wahrheit kein Mensch, sondern eine Valkyrja ist. Es gibt zwölf Valkyrjar; sie sind Götterwesen, wunderschöne junge Frauen, die die Seelen der im Kampf gefallenen Krieger zu Odins großer Halle nach Walhall bringen.

Da Odin die Beziehung zwischen Hildr und Bjarne nicht erlaubt hat und Hildr fürchtet, der oberste der Götter könnte ihrem Sohn – dem kleinen Viggo – etwas antun, geht sie mit Loki einen Handel ein: Wenn der Lügengott Viggo in Sicherheit bringt, wird sie ihm, wenn er sie jemals zu Hilfe ruft, sofort beistehen. Nun scheint die Zeit gekommen zu sein, ihren Teil des Handels einzuhalten: Sie und Bjarne machen sich auf Geheiß Lokis mit einem kleinen Drachenboot auf die Reise nach Westen.

Viggo hat es derweil geschafft, von Leif Eriksson in die Besatzung der *Fröhlichen Schlange* aufgenommen zu werden, die von König Olaf den Auftrag hat, ein unbekanntes Land im Westen zu finden. Der König hofft, dass die Nordmänner dort vielleicht Zuflucht vor Ragnarök finden können.

Bereits bevor die Mission losgeht, schließt Viggo Freundschaft mit Leifs Sohn Thorkell – eine Freundschaft, die von Anfang an dadurch überschattet ist, dass Thorkell sich in Thyra verliebt, die Leifs Besatzung zuvor als Schiffbrüchige aus dem Meer gefischt hat. Doch Thyra hat sich ihrerseits in Viggo verliebt, dem sie ihre Seele zu schulden glaubt; und auch Viggo fühlt sich zu dem Mädchen hingezogen.

Als die *Fröhliche Schlange* schließlich Richtung Westen aufbricht, bleibt auf Grönland Viggos geschworener Feind zurück, ein christlicher Mönch und Missionar namens Unwan – ein neidischer, fanatischer, missgünstiger Mann, der die Wikinger hasst. Ihn hat Viggo mehrfach gedemütigt, indem er sich seinen Ränken immer wieder entziehen konnte.

1. LIED

DER PAKT
MIT DEM
DRACHEN

I.

Wie er sie hasste!

Dieses Geschmeiß! Dieses Gewürm! Sie waren so klein, so zerbrechlich, so schwach. Sie konnten NICHTS! Und am allerwenigsten konnten sie einsehen, wie nebensächlich sie waren. Mit ihren lächerlichen Booten befuhren sie die See, als gehörte sie ihnen. Sie wagten es sogar, den Booten *seine* Gestalt zu geben! *Seine Gestalt!* Sie hatten die Frechheit, so zu tun, als wären sie irgendwie mit *ihm* im Bunde, ihm, der mächtigsten Kreatur aller neun Welten, ihm, Nithogg, den das Geschmeiß unter dem Namen Fafnir kannte, ihm, dem Räuber am Fuß des Weltenbaums, dem Richter über die Toten, dem Verschlinger der Götter!

Fafnir raste vor Wut.

Die Flotte aus Drachenschiffen, über die er gerade herfiel, bekam seine Wut deutlich zu spüren. Er wälzte sich im

Wasser und begrub Boote unter seinem mächtigen Körper, drückte sie unter die Wellen, ließ sie zerbrechen, zerbersten, sandte sie auf den Meeresgrund mit all den erbärmlichen Seelen, die sich hilflos an ihre Planken klammerten. Er schlug mit den Flügeln und peitschte das Wasser auf, bis es schäumte und die Gischt haushoch spritzte, bis die Segel in den Böen zerfetzten und die Schiffe in den Strudeln und Sturzwellen kenterten. Er erhob sich aus dem Meer und schlug mit seinem Drachenschwanz um sich, zerschmetterte die Boote, als wären sie aus morschem Holz. Masten knickten, Riemen wirbelten durch die Luft, Segel flatterten davon, Taue peitschten in alle Richtungen, Holzsplitter und Planken flogen haushoch auf in Wolken aus Zerstörung, zwischen ihnen die zerschlagenen Körper toter Nordmänner.

Fafnir holte tief Luft und fachte das Drachenfeuer in seinem Bauch an, spie es in grellen Strahlen gegen die Schiffe, die aufflammten wie aus Zunder und dann langsam abtrieben und sich um sich selbst drehend in den Fluten versanken, lodernde Fackeln, die jedem Mann an Bord ein eigenes Heldenbegräbnis bereiteten. Das Meer brodelte, seine Oberfläche war übersät mit Trümmerstücken und Leichen und Männern, die um ihr Leben schwammen und es verloren, wenn Fafnir auf sie aufmerksam wurde, weil er auf jeden einzelnen von ihnen Jagd machte. Es war eine Berserkerwut, es war ein flammender Drachenzorn, es war die Rache Fafnirs an den Menschen dafür, dass es sie gab. Und es war die Vergeltung für die Demütigung, die er hatte auf sich nehmen müssen, um hier sein zu können, und die gar nicht von den Nordmännern ausgegangen war, aber das war ihm egal; er wollte etwas vernichten und diese Flotte war ihm gerade recht gekommen.

Denn was Fafnir am allermeisten ergrimmte, war, dass er einen Handel hatte eingehen müssen, um aus seiner Welt Niflheim hierher nach Midgard zu gelangen.

Noch waren die Grenzen der Welten für ein Geschöpf wie ihn nicht durchlässig – das würden sie erst sein, wenn Ragnonarök in vollem Gange war. Aber Fafnir hatte nicht warten wollen. Er hatte seine eigenen Pläne, und die würden umso schwerer umzusetzen sein, wenn die Welt im letzten Krieg der Götter brannte und auch alle anderen Kreaturen die Grenzen zur Welt der Menschen überschreiten konnten.

Also hatte er sich widerwillig gebeugt, weil nur ein Gott die Macht gehabt hatte, ihn schon jetzt in die Welt der Menschen einzulassen. Er hatte vor allen anderen dran sein wollen, schließlich war es sein Recht als mächtigste aller Kreaturen, sich als Erster zu bedienen. Und so hatte er einen Pakt mit jenem Gott geschlossen, der der wahre Meister aller Lügen war, und er hasste den Gott für diese Demütigung, er hasste sich selbst, weil er sie auf sich genommen hatte, und er hasste die Menschen, die aus seiner Sicht an allem schuld waren.

Er holte Luft, um die letzten beiden Schiffe, die noch intakt waren, zu vernichten …

… und hielt inne.

Er hatte etwas gespürt. Dieses schrille innere Beben, das alle übernatürlichen Geschöpfe vernahmen, wenn eines der göttlichen Artefakte zum Leben erwachte. Jemand hatte Gungnir benutzt, den Speer Odins! Jemand, der ebenfalls göttlicher Abstammung war, sonst wäre der Speer nicht erwacht.

Doch wer war es? Odin selbst?

Nein, denn wenn der Göttervater Gungnir schleuderte, war nicht nur das innere Warnsignal zu spüren, sondern eine große Erschütterung des Machtgefüges.

Thor?

Aber Thor hätte seinen Hammer benutzt, nicht den Speer seines Vaters.

Heimdall? Freyr? Irgendeiner der anderen Götter?

Nein. Loki?

Doch Loki verbrachte sein Dasein zurzeit an einen Felsen gefesselt und konnte nur Trugbilder von sich aussenden – und ein Trugbild hätte den Speer nicht werfen können.

Und dennoch …

Irgendwie hatte es sich angefühlt, als stünde der Wurf Gungnirs mit Loki in Verbindung. Und auch wieder nicht. Es war seltsam. Es war so, wie Fafnir es noch nie zuvor gespürt hatte. Es war …

… neu! Es war etwas, was nicht in den vorherbestimmten Lauf der Dinge passte.

Das Grollen im Bauch des Drachen erlosch, als er den anschwellenden Feuerstoß erstickte. Er lauschte, den Kopf über die wild bewegte Meeresoberfläche erhoben, lauschte in sich hinein. Kaskaden von Wasser rauschten von seinem mächtigen Schädel.

Dann warf er sich herum, ohne die beiden letzten Schiffe weiter zu beachten, tauchte ab und raste unter Wasser davon, eine pfeilartige Riesenwelle an der Oberfläche verursachend, die ihm folgte und einen langen, geraden Schaumstreifen auf dem Meer zurückließ, in dem noch für eine lange Strecke vom Sog mitgerissene Trümmerteile der Flotte schwappten: die Spur des Drachen.

2.

Die Schiffsführer der beiden verschonten Schiffe sahen dem abziehenden Drachen hinterher. Sie waren fassungslos, dass sie noch lebten. Nachdem sie sich von ihrer Überraschung erholt hatten, gaben sie Befehl, die Boote näher zueinanderzurudern, damit sie sich über die kurze Distanz unterhalten konnten. Der Beschluss über das, was sie als Nächstes tun würden, war schnell gefasst: durch das riesige Trümmerfeld rudern, nach Überlebenden suchen und diese aufnehmen. Diejenigen, die im Wasser trieben und zu schwer verletzt waren, wollten sie mit gezielten Speerstößen von ihrem Leid erlösen. Außerdem hofften sie, den Anführer ihrer Flotte lebend zu finden.

Die Hoffnung erfüllte sich nicht. Sie fanden ein paar im Wasser treibende Schilde, die sie den Männern des Flaggschiffs zuordnen konnten, und nach einer Weile auch den abgebrochenen Drachenkopf, der seinen Bug geziert hatte. Es gab keinen Zweifel – das Flaggschiff war von Fafnir zerschmettert worden. Leichen schaukelten in den Wellen, aber der weitaus größte Teil der toten Nordmänner war untergegangen, unter die Wellen gezogen von ihren Kettenhemden oder den schweren Waffen in ihren Gürteln. Der Anführer der Flotte war nicht unter den Toten zu finden, aber nachdem er besonders stark gerüstet gewesen war, musste auch er auf dem Meeresgrund liegen.

Sie fanden ein Dutzend Überlebende, die sie bergen konnten, und ein Dutzend andere, die sie erlösen mussten. Dann ruderten sie ihre beiden Schiffe aus dem Trümmerfeld hinaus, weil es selbst für hartgesottene Nordmänner schwer war, sich dort aufzuhalten. Jenseits der Verwüstung kamen sie erneut auf Rufweite zueinander.

»Gehen wir mal davon aus, dass Sturebjörn jetzt schon vor den Toren zu Odins Festhalle steht«, sagte der eine Schiffsführer resigniert.

»Und mit ihm fünfhundert unserer Kameraden«, bestätigte der andere.

»Das wird einen Andrang geben.«

»Hoffentlich machen ihnen die schon vorher dort angekommenen Einherjar Platz an der Tafel.«

»Hast du schon mal erlebt, dass Sturebjörn einen Sitzplatz nicht bekommen hätte, den er wollte?«

»Da hast du auch wieder recht. Dann hoffen wir, dass das

Bier in Odins Halle nicht ausgeht, wenn so viele auf einmal ankommen.«

»Odin weiß, wie man tapfere Krieger bewirtet.«

Der eine der Schiffsführer grinste plötzlich. »Ich wette, Sturebjörn hat jetzt schon die Valkyrja, die ihn nach Walhall geleitet hat, auf dem Schoß sitzen.«

Der andere Schiffsführer grinste auch. »Darauf kannst du dich verlassen.«

Sie schwiegen beide, jeder seinen Gedanken nachhängend. Wenn der Drache ihre Schiffe nicht verschont hätte, wären sie jetzt mit Sturebjörn in Walhall und würden die Gastfreundschaft Odins genießen. In gewisser Weise war es ein Jammer, dass sie überlebt hatten.

»Was tun wir jetzt?«, fragte der eine.

»Fahren wir nach Kaupangen zu König Olaf«, sagte der andere. »Ich bin sicher, er wird nicht fragen, für wen wir ursprünglich auf Viking gegangen sind. Und wir brauchen nicht nur einen Hafen, sondern auch eine neue Heimat.«

Der erste Schiffsführer nickte. Die beiden Drachenboote wendeten und schlugen den Kurs in Richtung Nordosten ein. Es waren stolze, waffenstarrende, Respekt gebietende Schiffe mit geblähten, bunten Segeln, wuchtigen Riemen, selbstbewusst sich aufbäumenden Drachenköpfen am Bug und kampferprobten Besatzungen, die schon viele das Fürchten gelehrt hatten. Aber jetzt wirkten sie auf einmal klein und zerbrechlich in der Weite des Meeres, während sie sich von dem Ort entfernten, an dem die Flotte Sturebjörns, des mächtigsten Piraten aller Zeiten, in nicht einmal einer halben Stunde vollkommen vernichtet worden war.

3.

Viele Hundert Meilen nördlich dieses Geschehens ruderte die Mannschaft der *Fröhlichen Schlange* ihr Drachenboot aus dem Fjord von Brattahlid hinaus ins offene Meer.

Die *Fröhliche Schlange* war eigentlich das Schiff von Erling Skjalgsson, dem Haushofmeister von König Olaf Tryggvason. Er hatte es ihrem jetzigen Schiffsführer geliehen. Wenn man wusste, wie sehr die Nordmänner an ihren Schiffen hingen und wie stark sie sie personifizierten, wurde einem klar, welch großes Opfer Erling gebracht hatte – und wie ernst Leif Eriksson, der jetzige Skipherra, sein Versprechen nahm, die *Fröhliche Schlange* ihrem Eigentümer unbeschadet zurückzubringen.

Aber es war auch eine große Mission, zu der Leif Eriksson aufbrach. Sein eigenes kleines Schiff wäre dazu nicht in der Lage gewesen.

Die Mission, die König Olaf ihm aufgetragen hatte, lautete: *Fahre nach Westen. Finde das sagenhafte Land, von dem dein verschollener Freund Bjarne Herjulfsson – der der beste Seefahrer ist, den die Nordmänner je hatten – dir erzählt hat. Und wenn es dieses Land tatsächlich gibt, komm wieder zurück an den Königshof und führe die Nordmänner dorthin, auf dass wir eine Chance haben, Ragnarök zu überleben.*

Nirgendwo in den Erzählungen über das Ende der Götter wurde ein Land im Westen erwähnt, weshalb sowohl König Olaf als auch seine Seherin die Hoffnung hegten, dass beim Untergang aller bekannten Welten dieses unbekannte Land verschont bleiben würde.

Ein Mitglied der Mannschaft war tropfnass und zitterte im kühlen Fahrtwind.

»Wärst du mal rechtzeitig gekommen«, sagte Leif Eriksson, der Schiffsherr, mitleidlos. »Wir haben dreimal Signal gegeben.«

»Ich weiß«, stieß Viggo mit klappernden Zähnen hervor. »Ich hab mich auch nicht beschwert, oder?«

Brattahlid lag auf Grönland, und auch wenn das Land grün und fruchtbar war und die Sonne schien, war das Wasser doch sehr kalt gewesen.

Thorkell, der ein Jahr älter war als Viggo und außerdem nicht nur Leif Erikssons Sohn, sondern auch Viggos bester Freund, patschte ihm auf die nasse Schulter. »Dein Platz ist da drüben, gegenüber meinem«, sagte er und deutete auf eine Seekiste. Alle Ruderer saßen auf ähnlichen Kisten, die ihre Habseligkeiten enthielten und gleichzeitig als Sitzbank dienten, wenn sie die Riemen bewegten. »Da sind ein paar trockene Sachen drin.«

»Danke«, sagte Viggo. Er nickte den Männern rund um seinen Platz herum zu und diese nickten zurück. Die meisten grinsten dabei. Sie hatten Viggo als Sklaven kennengelernt, aber mittlerweile war er frei und hatte sich mit ein paar mutigen Aktionen ihren Respekt verdient. Die beeindruckendste davon hatte dazu geführt, dass jetzt neben dem Mast ein Speer lag, dessen Spitze beharrlich nach Westen zeigte, egal in welche Richtung das Schiff fuhr. Er war wie eine Kompassnadel, aber wahrscheinlich konnte er noch viel mehr. Viggo hatte keine Ahnung, was. Er wusste nur, dass der Speer im Glauben der Nordmänner eines der Artefakte der Macht war: Gungnir, der Speer Odins, der nie sein Ziel verfehlte.

Viggo hatte ihn aus dem Feuer gerettet, das Bruder Unwan, ein fanatischer christlicher Missionar, entzündet hatte, um das heidnische Ding zu verbrennen. Der Speer war Viggos Mitgift dafür, dass er Teil von Leif Erikssons Mannschaft sein durfte. Er hatte nichts von dem besessen, was ein Nordmann, der auf Seefahrt ging, normalerweise aufs Schiff mitzubringen hatte. Nur einen Riemen, und den hatte er sich von dem Mann ausleihen müssen, den er im

Zweikampf besiegt hatte, um überhaupt einen Platz auf dem Schiff zu bekommen.

»Wo hast du denn gesteckt?«, zischte Thorkell, während Viggo sich hastig umzog. »Wir haben wirklich lange auf dich gewartet! Ich dachte schon, du kneifst – und das, wo du dich so angestrengt hast, mitfahren zu dürfen.«

»Ich bin dem blöden Unwan über den Weg gelaufen«, log Viggo. In Wahrheit hatte er versucht, sich von Thyra zu verabschieden, die im Genesungszelt abseits des Dorfs Brattahlid lag – oder besser: liegen sollte. Denn als Viggo dort ankam, war sie nicht mehr da gewesen. Stattdessen hatte er ein Trugbild Lokis getroffen. Aber dass er zu Thyra gewollt hatte, konnte er Thorkell unmöglich sagen. Thorkell hatte sich in Thyra verguckt und keinerlei Verdacht, dass Thyra in Wirklichkeit Viggo liebte und dieser das kriegerische Wikingermädchen ebenso. Wenn es nach Viggo ginge, würde Thorkell auch nie davon erfahren, denn Viggo fürchtete, dass dies die Freundschaft zwischen ihm und Thorkell unwiderruflich beschädigt hätte. Und das wollte Viggo auf keinen Fall. Er hatte keine Ahnung, wie er diese vertrackte Situation lösen sollte, denn irgendwann würde Thorkell es wohl oder übel herausfinden.

Viggo setzte sich an seinen Platz, beugte sich nach vorn und klopfte dem vor ihm sitzenden Nordmann auf den Arm. Er hieß Olof Flokisson und war einer der beiden Schiffszimmerer. Sein Bruder Svejn war der andere. Die beiden Männer saßen hintereinander an der rechten Seite des Schiffs, wo auch Viggos Platz war. Sie hatten ihn aus dem Wasser gefischt, indem sie ihm die langen Riemen hingehalten und diese dann hochgestemmt hatten, sodass Viggo aus dem Wasser gehoben worden war und sich auf die Ruderblätter hatte stemmen können. Dann war er die nassen, rutschigen Holme entlangbalanciert, bis er ins Schiff hatte hüpfen können. »Danke«, sagte er nun.

»Nächstes Mal pünktlich sein«, grollte Olof, zwinkerte Viggo dabei aber zu.

Es war unglaublich, wie sehr sich die Stimmung an Bord zugunsten Viggos verändert hatte. Die Nordmänner waren auch vorher, auf der Fahrt von Kaupangen nach Brattahlid, nicht unfreundlich zu ihm gewesen, weil er – obwohl er ein Sklave war – hatte mitrudern müssen, um die für die *Fröhliche Schlange* ursprünglich zu knapp bemessene Rudererzahl zu ergänzen. Sie hatten ihn wie ein Mannschaftsmitglied behandelt, aber nicht wie einen Kameraden. Jetzt, als freier Mann und Teil der Skipverjar, der Schiffsgemeinschaft, waren sie jedoch deutlich aufgeschlossener.

Die *Fröhliche Schlange* kam rasch voran. Tyrker, ein persönlicher Freund Leif Erikssons und nach weitläufiger Meinung der beste Stjormári Grönlands, stand am Steuerruder und manövrierte das Schiff durch die engen Kurven des Fjords und um die steilen Felsen herum. Viggo bewegte den Riemen im Rhythmus mit den anderen, ohne darüber nachdenken zu müssen; die Brandblasen an seinen Fingern, die er bei der Rettung Gungnirs davongetragen hatte, ignorierte er. Seine Gedanken beschäftigten sich stattdessen mit dem, was Lokis Trugbild ihm vor Thyras Zelt verraten hatte; es war um die dritte Aufgabe gegangen, die Viggo noch zu erledigen hatte, bevor er endlich seine leiblichen Eltern treffen konnte: seinen Vater Bjarne Herjulfsson, der – bevor er spurlos verschwunden war – Leif Erikssons bester Freund gewesen war, und seine geheimnisvolle Mutter, über die Loki sich nicht näher ausgelassen hatte.

Die dritte Aufgabe lautete: *Befreie den Ewigen Gefangenen.* Und wer war der Ewige Gefangene? Natürlich kein anderer als der Gott der Trickserei selbst! Als Loki ihm das eröffnet hatte, war Viggo fassungslos gewesen. Dass Loki auf einen Felsen gefesselt war und die Qual des Schlangengifts ertragen musste, war schließlich die Strafe der Götter für Lokis Schelmenstreich, der zum Tod des Sonnengottes Baldur geführt hatte. Wenn Viggo Loki befreite – und er hatte keine Ahnung, wie er das überhaupt anstellen sollte –, würde er sich damit gegen alle Götter stellen.

Wie lange würde er – ein Sterblicher, der sich das gesamte Göttergeschlecht der Asen zum Feind gemacht hatte – danach wohl noch am Leben sein? Zweieinhalb Sekunden? Konnte es sein, dass Loki ihm die Geschichte seiner Eltern nur erzählt hatte, damit Viggo es trotzdem riskierte und ihn befreite? Dass es Loki im Grunde völlig egal war, was danach aus Viggo wurde, weil die ganze Story sowieso nur erlogen war? Aber das passte nicht zu dem, was die Seherin in Kaupangen Viggo prophezeit hatte.

Wie immer stockten Viggos Überlegungen an dem Punkt, an dem ihm klar wurde, dass viel mehr hinter dieser ganzen Sache steckte, als Loki oder sonst wer ihm verraten wollte. Er selbst war nur eine Spielfigur auf einem unbekannten Brett und in einem Spiel mit unbekannten Regeln. Der einzige Trost war, dass er anscheinend eine ziemlich wichtige Figur darstellte. Wichtige Figuren versuchte man bis zum Schluss zu schützen. Jedenfalls galt das für alle Spiele, die Viggo kannte. Vielleicht gab es im Jahr 999 nach Christus in der Wikingerwelt aber noch ein paar andere, für die diese Regel nicht galt …

»Boot voraus!«, rief Eyvind Rollosson und unterbrach Viggos Gedanken. Er war ein Cousin von Leif Eriksson und der Stafnbúorar, der Schiffslotse. Sein Posten war am Bug, wo er sich an dem aufgepflanzten Drachenkopf festhielt und angestrengt zum Horizont blickte.

Normalerweise wurde der Drachenkopf nur aufgesetzt, wenn ein Schiff sich auf Plünderfahrt, auf Viking, befand. Aber Leif hatte verfügt, dass er auf dieser Mission ebenfalls am Vordersteven befestigt sein sollte. Die *Fröhliche Schlange* konnte für diese Fahrt jeden Schutz brauchen, den sie kriegen konnte.

Leif Eriksson nahm die Meldung ohne großes Interesse

entgegen. Brattahlid war eine große, lebenstüchtige Kolonie, da war es keine Überraschung, wenn ein Boot zum Fischen draußen war. Aber dann sah Viggo, wie sich Leifs Körper anspannte, als Eyvind hervorstieß: »Bei Hel! Nicht schon wieder!«

Der Schiffsführer lief nach vorne und hielt zusammen mit Eyvind Ausschau. Er schüttelte erstaunt den Kopf, dann drehte er sich um und schaute zu Thorkell. Seine Miene spiegelte eine Mischung aus Genervtheit und Amüsement.

»Thorkell?«, rief er. »Sollen wir sie an Bord nehmen?«

»Wen, Vater?«, rief Thorkell ratlos zurück.

»Deine Freundin.«

Thorkell blinzelte verständnislos. Aber Viggo hatte schon verstanden. Beinahe hätte er seinen Riemen losgelassen und wäre aufgesprungen. In letzter Sekunde beherrschte er sich. Ein Grinsen ging über Thorkells Gesicht, weil er plötzlich ebenfalls verstand, worauf sein Vater angespielt hatte.

Nun wurde Viggo klar, warum Thyras Zelt leer gewesen war. Wenn er nicht am Strand von Brattahlid hastig ins Wasser hätte springen und der *Fröhlichen Schlange* hinterherschwimmen müssen, wäre ihm vielleicht aufgefallen, dass Thyras Boot nicht mehr an seinem Liegeplatz gewesen war.

Thyra musste ihr Zelt im ersten Morgengrauen verlassen und sich zu ihrem Boot gestohlen haben. Dann hatte sie es den Fjord hinausgesegelt, um sich der *Fröhlichen Schlange* in den Weg zu stellen.

Hätte sie vor Antritt der Reise darum gebeten, auf der *Fröhlichen Schlange* mitfahren zu dürfen, hätte es ihr niemand erlaubt – schon gar nicht Leifs Mutter Thjodhild, die Thyra hasste und anstelle ihres verletzten und grüblerisch gewordenen Mannes Erik die Geschicke der Kolonie lenkte. Thyra musste gewusst haben, dass ihre Chancen, an Bord genommen zu werden, deutlich besser standen, wenn sie den weitaus umgänglicheren Leif direkt konfrontierte.

»Ja!«, sagte Thorkell begeistert. »Ja, ich bin dafür.«

Viggo, dessen Herz beim Gedanken hüpfte, dass Thyra nichts geschehen war und sie nun auch während der abenteuerlichen Fahrt nach Westen in seiner Nähe sein würde, wich Thorkells Blick aus. Bei aller Freude war ihm klar, dass mit Thyras Anwesenheit an Bord auch Schwierigkeiten zwischen ihm und Thorkell vorprogrammiert waren.

Leifs Blick schweifte über die Mannschaft. Bei solchen Entscheidungen musste der Schiffsherr den Rat seiner Besatzung einholen; immerhin ging es um die Aufnahme eines neuen Mannschaftsmitglieds. Es war zwar nicht völlig unmöglich, dass eine junge Frau mit auf Abenteuerfahrt ging, aber es war doch ungewöhnlich.

Er wechselte einen Blick mit Tyrker am Steuer, der daraufhin den Befehl erteilte, die Riemen einzutauchen und im Wasser zu lassen. Die *Fröhliche Schlange* verlangsamte ihre Fahrt zunächst merklich und stoppte schließlich ganz. Sanft schaukelte sie auf den Wellen hin und her.

Leif beugte sich über den Bug und rief etwas, was Viggo nicht verstand. Die Antwort verstand er genauso wenig, aber Leif richtete sich wieder auf und wandte sich an seine Mannschaft. »Thyra Hakonsdottir bittet um Aufnahme in die Mannschaft der *Fröhlichen Schlange*!«, rief er. »Als Gabe für die Gemeinschaft bietet sie ihr Boot.«

Viggo horchte auf. Thyras Boot war ihr einziger Besitz. Es war ein Zeichen dafür, wie wichtig ihr die Teilnahme an der Fahrt sein musste.

Die Nordmänner wechselten bedeutsame Blicke und murmelten einander unmissverständliche Worte zu. Auch sie erkannten, welch wertvolle Gabe Thyras Boot war. Man konnte es vertäuen, hinter der *Fröhlichen Schlange* herziehen und als Erkundungsfahrzeug benutzen, wenn man enge oder flache Flüsse hinauffahren musste und dabei nicht das gesamte Schiff riskieren wollte.

Svend Bjornsson, der Stevenbauer und damit nach Leif und Tyrker der drittwichtigste Mann an Bord, rief dem Schiffsführer zu: »Auf Probe, Leif!«

Als seine Schiffskameraden ihm beipflichteten, nickte Leif. »Auf Probe.«

Das bedeutete, dass Thyra sich bei der ersten Gefahr oder Schwierigkeit bewähren musste. Tat sie das nicht, würde man sie in ihr Boot setzen und zurücklassen – egal, wo das

Schiff sich gerade befand. Es war ein riskanter Deal für Thyra. Doch Viggo wusste, dass sie ihn ohne Bedenken akzeptieren würde.

Er schielte zu Thorkell hinüber. Leifs Sohn strahlte. Viggo seufzte innerlich. Sie waren noch gar nicht aus dem Fjord draußen, und schon begannen die Probleme.

4.

Leif schlug vor, dass Thyra Raud Thorsteinsson zur Hand gehen sollte. Raud war der Matsveinn – also der Schiffskoch – und in dieser Funktion zugleich auch der Bordarzt. Raud hatte sich Thyras angenommen, als sie die Schiffbrüchige auf der Fahrt von Kaupangen nach Brattahlid aufgelesen hatten, halb tot vor Durst und Hunger und mit einem Pfeil in der Schulter.

Ihr eigentlicher Heiler war aber – und er konnte sich immer noch nicht erklären, wieso – Viggo gewesen. Wann immer er sie berührt hatte, waren ihre Schmerzen gelindert worden, ihr Fieber gesunken und ihre Lebenskraft erstarkt.

Nun stand Thyra an Deck der *Fröhlichen Schlange* und war von Leifs Vorschlag überhaupt nicht begeistert. »Das kannst du vergessen, Leif Eriksson«, sagte sie. »Ich will rudern wie alle anderen. Ich bin keine Magd.«

»Dann hältst du dich wahrscheinlich für eine Schildmaid?«, spottete Einar Einarsson, der Rudermeister.

»Ich halte mich nicht für eine, ich bin eine«, sagte Thyra fest.

Leif wechselte einen Blick mit seinem Freund Tyrker. Der zuckte mit den Schultern und rollte mit den Augen, als wollte er sagen: *Das hast du nun davon. Weiber ...!*

Svend Bjornsson, der verlangt hatte, Thyra solle nur auf Probe an Bord gelassen werden, grollte: »Das wirst du uns schon beweisen müssen, Mädel.«

»Na gut.« Thyra sah sich herausfordernd um. »Wen von euch soll ich verdreschen?«

Leif fragte fassungslos: »Du willst einen von der Mannschaft zum Kampf herausfordern?«

»Wenn es der einzige Weg ist, dass ihr mich als eine der euren anerkennt ...«

»Du bist vor ein paar Tagen noch halb tot gewesen vor Fieber und Entkräftung!«

»Das war vor ein paar Tagen«, erklärte Thyra verächtlich und blickte trotzig in die Runde.

Leif kratzte sich am Kopf. »Es gibt keine Regel, die das untersagt«, meinte er. »Aber es ist auch kein gutes Omen, wenn eine Fahrt mit einem Zweikampf beginnt.«

»Erstens ist es kein Zweikampf, sondern ein Kräftemessen – und zweitens seid ihr doch alle der Meinung, ihr könnt mich leicht besiegen.«

»Also meinetwegen«, sagte Leif. »Ist jemand dagegen?«
Niemand meldete sich.

»Gut. Wer meldet sich freiwillig?«

Die Männer zögerten. Offenbar empfand es keiner als allzu große Ehre, gegen ein Mädchen anzutreten, das vor Kurzem noch todkrank gewesen war. Da sie sich als Schildmaid bezeichnet hatte und die Nordmänner eine sehr robuste Beziehung zu ihrem Weibsvolk hatten, hätte vermutlich keiner Gewissensbisse, Thyra ein paar schallende Ohrfeigen zu versetzen – ein Gedanke, der Viggo unfassbar schien; doch es war etwas ganz anderes, gegen jemanden grob zu werden, der eigentlich noch nicht wieder voll genesen war. Und wenn man wider Erwarten verlor, war man erst recht in Schwierigkeiten, weil einen danach sein Leben lang der Spott verfolgen würde.

Viggo, dem klar war, dass Thyra all das wusste, fragte sich, was sie vorhatte. Sie konnte nicht darauf setzen, dass niemand sich meldete und sie dadurch automatisch in die Rudermannschaft aufgenommen wurde. Die Herausforderung war ausgesprochen. Sie konnte nun nur noch durch einen Kampf beigelegt werden. Wenn sich kein Freiwilliger fand, würde Leif Eriksson als Skipherra gegen sie antreten müssen. Das konnte Thyra nicht wollen. Was also hatte sie vor?

Aus dem Augenwinkel sah Viggo, dass Thorkell sich melden wollte – vermutlich, um Thyra vor einer groben Attacke durch einen seiner Schiffskameraden zu behüten. Blitzschnell fasste Viggo hinüber und hielt sein Handgelenk fest. Wenn Thorkell als Sohn des Anführers dieser Mission gegen Thyra unterlag, würde keiner von beiden nachher gut dastehen. Und Viggo konnte Thorkell an der Stirn ablesen, dass er plante zu verlieren, um Thyra einen guten Start zu ermöglichen. Genau das falsche Vorgehen ...

Thorkell schaute Viggo erstaunt an. Seine Miene wurde noch erstaunter, als Viggo sich selbst meldete.

»Ich trete an«, sagte Viggo.

Ein paar der Männer lachten.

»Du, der ehemalige Sklave?«, rief einer der Ruderer. Er war aus Kaupangen mitgekommen und gehörte nicht zu Leifs ursprünglicher Besatzung. »Du kannst doch nicht kämpfen.«

Olof Flokisson entgegnete: »Von wegen. Warst du nicht dabei, als er Frode Skjöldsson besiegt hat?«

Viggo hatte blitzschnell überlegt. Er brauchte sich nicht mehr zu beweisen, weil er schon gezeigt hatte, was in ihm steckte. Er hatte den Skalden im Zweikampf besiegt, er hatte Bruder Unwan hereingelegt, er hatte es geschafft, aus dem Sklavendasein freizukommen, er hatte den Speer Gungnir als Gabe mit an Bord gebracht. Selbst wenn er jetzt gegen Thyra unterlag – und natürlich plante er das ebenso wie Thorkell –, würde es seinem Ansehen nicht nachhaltig schaden. Bestenfalls würde man ihn aufziehen, dass der Kampf gegen ein Mädchen einfach noch mehr Kräfte erforderte als die Dinge, die er bisher geleistet hatte.

Thorkell jedoch hatte sich noch nicht bewiesen. Selbst sein eigener Vater wusste nicht so recht, was er von ihm halten sollte. Wenn Thorkell unterlag, würde er diesen Makel nie mehr loswerden.

Viggo stand auf. »Ich kämpfe gegen Thyra«, sagte er.

Thyra musterte ihn. In ihren Augen glaubte er ein Funkeln zu erkennen, das entweder Belustigung war oder ein viel tieferes Gefühl ihm gegenüber. Hatte sie am Ende erwartet, dass er sich meldete, weil sie dieselben Gedankenketten gehabt hatte wie er? Und war sie jetzt erleichtert, dass er es getan hatte?

»Da ich die Herausforderin bin, darf ich die Wahl des Kampfes bestimmen«, forderte Thyra.

Leif machte eine einladende Geste.

Und Viggo musste eingestehen, dass Thyra die Situation viel schneller und viel besser als alle anderen und vor allem auch viel schneller und besser als er selbst eingeschätzt hatte, denn sie lächelte, als sie die Art des Kampfes bestimmte, und die Besatzung der *Fröhlichen Schlange* lachte und begann dann vor Begeisterung zu johlen.

Jetzt war es egal, ob Thyra gewann oder nicht. Sie hatte bereits die Herzen der Besatzung erobert.

5.

Viggo kauerte auf der schmalen Reling der *Fröhlichen Schlange* und wusste, dass er wieder nass werden und frieren würde. In wenigen Minuten würde auch die zweite seiner beiden Kleidergarnituren durchnässt und eiskalt sein.

Er überlegte, ob er die ohnehin schon nassen Klamotten anziehen sollte, aber das hätte bedeutet, dass er davon ausging, ins Wasser zu fallen. Und wer von vornherein schon mit seiner Niederlage rechnete, würde auch verlieren. Den Grundsatz *Hoffe das Beste und bereite dich auf das Schlechteste vor* hatten die Nordmänner nicht gerade verinnerlicht. Sie erwarteten das Beste und kamen gar nicht auf den Gedanken, dass es auch irgendwie schiefgehen konnte.

»Ein Riemenlauf ist nicht so schwer«, sagte Thorkell, der sich als Viggos Coach verstand. »Du darfst nur nicht danebentreten.«

Der Tipp war so gut wie der, den ein berühmter Ex-Fuß-
baller einmal als Berater einer glücklosen Mannschaft gegeben hatte: Um zu siegen, hatte er gesagt, muss man nur ein
Tor mehr schießen als der Gegner.

»Du bist echt der Brüller, Thorkell«, sagte Viggo. »Und
wie mach ich das, ohne mich an den Riemen festzuklam-
mern wie ein Affe?«

»Was ist ein Affe?«, fragte Thorkell.

»So was wie ein Mensch, nur weniger weit entwickelt.«

»Ah, ein Franke«, sagte Thorkell. Die Nordmänner be-
zeichneten alles als Franken, was südlich von Dänemark
und nördlich der Pyrenäen lag. Diese Gebiete wurden regel-
mäßig und mit Genuss von den Wikingern ausgeplündert.

»Seid ihr bereit?«, rief Leif. Die Ruderer stemmten sich
gegen die Griffe ihrer Riemen, die waagrecht von den Flanken der *Fröhlichen Schlange* abstanden und über die erst
Thyra und dann Viggo würden laufen müssen – sie würden
dabei nicht nur von einem runden, glitschigen Holm zum
nächsten springen, sondern gleichzeitig auch die Bewegungen der Riemen ausgleichen müssen, die unter dem Aufprall eines sich schnell bewegenden Körpers nachgaben und
dann wieder nach oben federten. Slacklining war ein Kin-
derspiel dagegen. Viggo ahnte, dass er keine drei Riemen
weit kommen würde.

»Ja!«, brüllten die Ruderer. Es hatte eine kleine Verzögerung zu Beginn des Zweikampfs gegeben, weil die Mann-

schaft erst Wetten abgeschlossen hatte, wer gewinnen würde. Empörend wenige hatten auf Viggo gesetzt.

»Ja«, rief Thyra und zwinkerte Viggo zu.

»Aber so was von«, brummte Viggo.

»Was?«, fragte Leif irritiert.

»Bin bereit!«, rief Viggo.

»Denk dran«, stieß Thorkell hervor, »nutz das Zurückfedern des Riemens, um dich abzustoßen …!«

Viggo nickte nervös.

Thyra würde als Erste laufen. Die Besatzung würde laut mitzählen. Wenn sie an der einen Bootsflanke bis zum Ende gekommen war, würde sie ins Bootsinnere springen, zur anderen Seite hinüberwechseln und dort in der Gegenrichtung auf den Riemen zurücklaufen. Wenn sie danach wieder ins Schiffsinnere klomm, war ihr Riemengang zu Ende, und Viggo wäre an der Reihe. Wenn er es in derselben Zeit schaffte, würde der Wettkampf wiederholt werden. Wenn er langsamer war, hätte Thyra gewonnen. Wenn er ins Wasser fiel, erst recht.

Viggo spähte zur Wasseroberfläche hinunter, die eineinhalb Meter unter ihnen lag. Es war kein tiefer Sturz, aber das Wasser war eisig kalt.

»Los!«, rief Leif, der von dem Wettbewerb genauso begeistert war wie die Besatzung.

»Eins!«

Thyra schwang sich von ihrem Platz an der Reling auf die

45

Riemen und begann sofort, von einem zum anderen zu springen.

»Zwei!«

Sie rutschte nicht ab. Ihre nackten Füße schienen die Sicherheit eines Geckos zu haben. Von einem Riemen zum nächsten schnellte sie …

»Drei!«

… mit einer Eleganz und Sicherheit, als hätte sie zeit ihres Lebens nichts anderes gemacht.

»Vier!«

Die Hälfte der diesseitigen Riemen war geschafft. Die Stangen gaben nach, wenn Thyra daraufsprang …

»Fünf!«

… und schnellten wieder hoch, wenn der entsprechende Ruderer sich dagegenstemmte.

»Sechs!«

Thyra nutzte den Impuls, den das Hochfedern des Riemens ihr gab, um zum nächsten Holm zu springen. Sie zögerte keine Sekunde. Sie lief einfach auf den rutschigen, federnden Holmen, als wäre sie auf festem Boden.

»Sieben!«

Das Ende der einen Riemenreihe war erreicht. Thyra wechselte zur anderen Seite hinüber.

»Acht!«

»Neun!«

»Zehn!«

Thyra brauchte insgesamt zwanzig Zähleinheiten, die nach Viggos Gefühl ungefähr so lang wie zwei Sekunden waren, dann stand sie wieder auf dem Laufsteg, der sich der Länge nach über die *Fröhliche Schlange* zog. Sie atmete kaum schneller.

»Du bist an der Reihe«, sagte sie zu Viggo und strahlte ihn an.

»Denk immer dran ...«, begann Thorkell aufgeregt.

»Ja, ja«, unterbrach ihn Viggo und stellte sich vorsichtig auf den ersten Holm. Er war so schlüpfrig, als wäre er mit Seife eingeschmiert worden. »Nutz das Zurückfedern des Riemens, ich weiß ...« Viggo hielt sich am Bordrand fest und holte tief Luft.

Doch er kam nie dazu, den Riemengang zu vollführen. Auf einmal brodelte die See vor dem Schiff und der riesige Schädel eines Drachen erhob sich aus dem Wasser. Das Ungeheuer holte grollend Luft – als wollte es im nächsten Augenblick Feuer speien.

6.

Einen Augenblick lang war alles wie eingefroren: die Ruderer, die mit offenem Mund zu dem hoch erhobenen Drachenhaupt hinaufschauten; Thorkell, der instinktiv die Arme ausgestreckt hatte, um Viggo wieder an Bord zu hieven; Thyra, deren Grinsen einem entsetzten Gesichtsausdruck Platz gemacht hatte; Leif, der die Hand noch immer erhoben hatte, um Viggo das Startsignal zu geben. Und der Drache, in dessen langem Hals ein inneres Feuer zu glühen begonnen hatte.

Dann explodierte alles in Bewegung.

Leifs Besatzung hatte nun bereits zum dritten Mal mit einem Drachen zu tun. Bei der ersten Begegnung am Königshof in Kaupangen hatten die Männer Fafnir zwar nicht leibhaftig gegenübergestanden, aber sie hatten die Zerstörungen gesehen, die er angerichtet hatte. Beim zweiten Mal, in Brattahlid, war der Drache nur ein Trugbild Lokis gewesen, aber das wusste nur Viggo. Jetzt, bei der dritten Begegnung, war der Überraschungseffekt stark geschwächt. Dass die Wikinger überhaupt gezögert hatten, war ihrem Unmut darüber geschuldet, dass der Wettkampf zwischen Thyra und Viggo abgebrochen werden musste; aber die Enttäuschung hielt nur einen Augenblick vor. Dann nahmen die Nordmänner in schöner Wikingertradition den Kampf auf.

Schwielige Hände packten Schwerter, Äxte, Spieße, Bögen und Pfeile. Leif wandelte die Bewegung seines Startsignals zu einem Griff nach dem Schwert an seiner Hüfte um.

Dass diese mickrigen Waffen dem riesigen Drachen nichts anhaben konnten, kümmerte die Nordmänner nicht. Wikinger erkannten so gut wie jeder andere, wenn sie keine Chance hatten – aber sie versuchten, sie trotzdem zu nutzen.

Thorkell krallte die Finger in Viggos Tunika und zerrte ihn mit solchem Schwung an Bord, dass Viggo auf dem Laufgang landete, direkt neben dem Speer Odins. Mit aufgerissenen Augen starrte er die Götterwaffe an.

Der Speer zitterte und bebte, dann wich er plötzlich von der Richtung ab, in die er die ganze Zeit beharrlich gezeigt hatte. Er rollte herum und wies auf den Drachen.

Odins Speer, der für den Kampf gegen die Feinde der Schöpfung geschmiedet worden war und niemals sein Ziel verfehlte! Er würde fliegen, wenn sich nur jemand fand, der ihn warf. Und er würde treffen.

Viggo sprang auf die Beine, ohne nachzudenken. Und ohne nachzudenken, griff er sich den Speer, rannte auf dem Laufgang entlang zum Bug der *Fröhlichen Schlange*, stemmte einen Fuß gegen die Bordwand, holte weit aus und schrie: »Hier, du Mistvieh, nimm das!«

Fafnirs gewaltiger Schädel ruckte herum. Sein Maul öffnete sich noch weiter und sein Hals spannte sich noch mehr, um einen weiß glühenden Feuerstrahl zu spucken.

Viggo dachte: Wenn ich nur weit genug werfen kann, dass der Speer ihm direkt in den Rachen fliegt!

Sein Körper spannte sich genauso wie der Hals des Drachen. Sein rechter Arm wollte nach vorn schnellen, wollte den Speer werfen. Viggo erinnerte sich an das Düsenjägergeheul, mit dem Gungnir in Brattahlid den Abhang vom Thingplatz hinuntergerast war, um in den Bug der *Fröhlichen Schlange* einzuschlagen und dabei Lokis Trugbild zum Zerplatzen zu bringen. Er wollte dieses Geräusch hören, und er wollte sehen, wie der echte Drache ebenfalls in Milliarden Funken zerplatzte.

Aber er konnte nicht werfen. Jemand hatte das hintere Ende des Speers gepackt und hielt es fest. Viggo fuhr herum. Thyra! Das Mädchen wies mit weit aufgerissenen Augen auf den Drachen.

Fafnir hatte sein riesiges Maul zugeklappt. Das Feuer in

seinem Inneren erlosch. Seine Augen zogen sich zusammen. Er musterte Viggo, und wenn sich in dem schuppigen, teuflischen Antlitz überhaupt eine Regung erkennen ließ, dann war es Überraschung.

Auf dem Schiff herrschte verblüfftes Schweigen. Jeder Nordmann war bereit, dem Drachen seine Waffen entgegenzuschleudern, aber sie hielten alle inne.

Mit einer Geschwindigkeit, die bei einem so riesigen Wesen atemberaubend wirkte, beugte Fafnir den Kopf und brachte ihn ganz nahe an Viggo heran. Der wich unwillkürlich zurück und trat dabei Thyra auf die Füße, doch dann fasste er sich. Den Speer mit beiden Händen vor sich ausstreckend, als wollte er den Drachen damit abwehren, trat er wieder zum Bordrand.

Ein Schwall heißer Luft traf ihn, als Fafnir ausatmete. Viggo hatte gedacht, der Atem des Drachen würden stinken oder brandig riechen, aber nichts dergleichen. Er starrte in zwei flammend gelbe Augen mit geschlitzten Pupillen, die ihn unter gezackten Brauenwülsten hervor intensiv anstarrten. Aus der Nähe konnte Viggo jede Einzelheit in Fafnirs Drachengesicht erkennen, jede nass glitzernde Schuppe, jeden Zacken, jeden Stachel an seinem Schädel, der so gewaltig war wie ein mittelgroßer Lastwagen. Die Nüstern des Drachen zuckten. Plötzlich kam eine schwarze Zunge zwischen den hornigen Lippen hervor und flickerte über das Maul. Sie war gespalten wie die einer Schlange, aber das war

51

es nicht, was Viggo fassungslos machte. Es war die Geste an sich. Sie wirkte ratlos und nervös.

Das Drachenmaul öffnete sich. Viggo drohte mit dem Speer. Er spürte Thyra hinter sich und ihre Hand auf seiner Schulter. »Schluck dein Feuer runter oder ich steche dir die Augen aus!«, schrie er.

Fafnir ignorierte die Drohung. Mit einem rollenden Bass, als würden zehn Gewitter gleichzeitig ihren Donner grollen lassen, fragte er: »*Was ist das?*«

Die heiße Luft, die jede Silbe begleitete, traf Viggo wie eine Sturmbö. Er taumelte. Die *Fröhliche Schlange* knarrte und ächzte und schwankte.

»Das ist Gungnir, und er wird dich …«, begann Viggo, nachdem er sich von der Überraschung erholt hatte, dass Fafnir sprechen konnte.

»Ich kenne den Speer Odins«, grollte der Drache. »Ich frage: Was ist *das?*«

Die gelben Augen starrten Viggo so intensiv an, dass er dachte, er müsste in die Knie gehen. Vage wurde ihm bewusst, dass der Drache ihn selbst meinte. »Ich bin ein Nordmann!«, erwiderte Viggo voller Stolz.

»Narr«, sagte der Drache. »Das ist kein Nordmann. Das hat anderes Blut in seinen Adern. Das hat …« Fafnir stockte. Er bewegte den Kopf, die riesigen Augen blickten an Viggo vorbei. Sie blickten Thyra an. Viggo schielte über die Schulter zu ihr. Das Mädchen war totenblass, aber es trat hinter

Viggo hervor und stellte sich aufrecht hin, den Kopf dabei in den Nacken werfend.

»Hmmmmm«, grollte der Drache. »Und das trägt die Berührung, die denselben Geruch hat wie sein Blut.«

Der Drachenkopf hob sich wieder. Offenbar waren die Wikinger der Meinung, Fafnir würde nun doch versuchen, Feuer zu spucken, denn eine Handvoll Pfeile flog ihm trotzig entgegen und prallte von seiner Schuppenhaut ab, ohne dass der Drache erkennen ließ, ob er sie überhaupt gespürt hatte.

Viggo, der von der Situation völlig überrascht war und nicht wusste, was er tun oder sagen sollte, schüttelte den Speer und brüllte aufs Neue: »Das ist Gungnir, und er verfehlt nie sein Ziel.«

»Narr«, erwiderte der Drache erneut. »Er hat sein Ziel schon gefunden.«

Fafnir ließ seinen mächtigen Körper zurück ins Meer sinken, bis nur noch sein Kopf über der Wasseroberfläche herausragte. Die Flammenaugen warfen Viggo und Thyra einen langen letzten Blick zu. »Es ist ein Narr, wenn es glaubt, dass es einen freien Willen hat«, sagte er zu Viggo, und zu Thyra: »Es denkt, es hat das Leben geschenkt bekommen, doch ihm ist nur der Tod genommen worden.«

Fafnirs Kopf versank so leise, dass es kaum Wellen gab. Viggo sah, wie sich der riesige Leib des Drachen ein Dutzend Meter unter der Oberfläche im klaren Wasser herumdrehte und die Flügel wie mächtige Flossen entfaltete. Dann schoss Fafnir tief unter der *Fröhlichen Schlange* hindurch und ins offene Meer hinaus. Die Wasserverdrängung des gewaltigen Leibs ließ das Schiff schwanken. Dort, wo der Drache jetzt war, bildete sich eine Pfeilwelle und wanderte mit ihm davon, bis Fafnir noch tiefer tauchte und die Welle auslief. Innerhalb von Sekunden zeugte nur noch ein gerader Schaumstreifen im Wasser davon, dass Fafnir überhaupt da gewesen war ... und das sachter werdende Schwanken der *Fröhlichen Schlange*.

»Ich dachte, er bringt uns alle um«, brummte Tyrker am Steuerruder, was für den schweigsamen Stjormári geradezu eine lange Rede war.

»Ich dachte, er schwimmt nach Brattahlid und bringt dort alle um«, sagte der leichenblasse Leif Eriksson.

Die Männer auf dem Schiff begannen alle durcheinanderzureden.

Viggo, der sich zu Thyra umgedreht hatte, murmelte: »Was hat er gemeint?«

Thyra schüttelte nur den Kopf. Sie biss sich auf die Lippen, als müsste sie Tränen unterdrücken. Thorkell stand auf einmal bei ihnen und stieß hervor: »Was wolltest du denn tun, du Wahnsinniger? Hab ich recht gehört, dass du *Fafnir* bedroht hast?«

»Von allein wäre er ja nicht wieder gegangen«, sagte Viggo das Erste, das ihm einfiel.

54

Thorkell war fassungslos. Und wie üblich war ihm das eigentlich Wichtige der letzten Augenblicke entgangen – die kryptischen Bemerkungen, die der Drache zu Viggo und Thyra gesagt hatte.

Jemand anderer hatte sie jedoch nicht überhört: Leif Eriksson. Viggo fühlte den nachdenklichen Blick des Skipherra auf sich und auf Thyra, während er – Viggo – den Speer mit zitternden Händen zurück auf die Planken neben dem Mast legte und zusah, wie die göttliche Waffe pflichtbewusst wieder in Richtung Westen rollte und dem Schiff seinen Kurs vorgab.

7.

Die Männer nickten Viggo ernst zu, als er wieder auf seinen Platz zurückging. Damit zeigten sie ihm, dass sie seinen Mut anerkannten. Zugleich signalisierte die knappe Geste, dass sie nichts anderes erwartet hatten und dass es zum normalen Tagesgeschäft der Wikinger gehörte, außergewöhnliche Tapferkeit zu beweisen. Feiern und ihm auf die Schulter klopfen und seine Tat in ein Lied umwandeln, das man dann beim Lagerfeuer brummen konnte, würden sie, wenn Zeit dazu war.

Leif befahl dem Strengvordr, dem Taumeister Tjothrik Rollosson, der ein weiterer Cousin von ihm war, Thyras Boot in Schlepp zu nehmen; danach tauchten die Ruderer, zu denen jetzt auch Thyra gehörte, die Riemen ein und trieben die *Fröhliche Schlange* voran.

Thyra saß auf dem Platz des Segelmeisters Sigmundur

Rollosson, der zusammen mit zwei anderen Männern dabei war, das große Segel aufzuspannen. Sie würde auf der Fahrt immer wieder ihren Platz wechseln und so die Männer ersetzen, die noch andere Pflichten auf dem Schiff hatten.

Als der Wind in das Segel fuhr und es blähte, machte die *Fröhliche Schlange* einen fühlbaren Satz nach vorn und zischte dann über die Wellen. Sie war ein fantastisches Schiff. Viggo konnte an der Art und Weise, wie Leif ab und zu versonnen über ihre Bordwand strich, erkennen, dass ihr Skipherra die *Fröhliche Schlange* bewunderte und begehrte. Es würde ihm schwerfallen, sie am Ende ihrer Mission ihrem Eigentümer Erling Skjalgsson zurückzugeben.

Die Rudermannschaft zog die Riemen ein und lehnte sich dann gemütlich zurück, um die schnelle Fahrt zu genießen. Der Wind fuhr ihnen ins Haar, die Gischt spritzte über die niedrige Bordwand und durchnässte sie, die Ruderplätze waren eng und nass, das Essen kalt und das Trinkwasser salzig – aber all das konnte die Begeisterung nicht dämpfen, mit der die Nordmänner den Beginn einer Abenteuerfahrt genossen und die Tatsache, wieder draußen auf hoher See zu sein. Mit der Zeit würde die tägliche Routine die Begeisterung ablösen, aber noch war sie vorhanden und auch nicht getrübt durch das Auftauchen des Drachen. Sie hatten ihn ja schließlich vertrieben, oder? Und sie hatten ein neues Besatzungsmitglied aufgenommen, ein zweites Boot erhalten, ein Artefakt der Götter an Bord und mit Viggo – obwohl er offiziell als Chronist der Reise fungierte – einen Helden unter sich. Konnte man sich noch bessere Omen wünschen?

Leif, der neben Tyrker am Steuerruder stand, winkte Viggo zu sich.

»Wann fängst du zu schreiben an?«, fragte Leif.

»Schreiben?«, fragte Viggo verwirrt.

»Na, du bist doch der Chronist, oder nicht?«

»Ja, schon … aber ich dachte, ich soll festhalten, wie die Bedingungen in dem Land im Westen sind und ob man dort leben kann und so weiter …«

»Du sollst aufschreiben, was auf dieser Reise passiert ist, und das eben gehört mit dazu, meinst du nicht?«

Viggo räusperte sich verlegen. »Na ja … gut. Dann schreibe ich … äh … Fafnir der Drache tauchte auf, schwamm aber wieder weg?«

Leif starrte Viggo mit so runden Augen an, dass Viggo sich noch verlegener fühlte. »Oh … du meinst, ich soll nur festhalten, dass wir Thyra an Bord genommen haben?«

»Was versteht man eigentlich unter einer guten Geschichte, da, wo du herkommst?«, stieß Leif hervor. »Ich war mir sicher, dass du das Blut meines Freundes Bjarne in den Adern hättest, aber wenn ich das jetzt so höre …«

Viggo versuchte sich zu erinnern, was er einmal über nordische Sagen gelesen hatte – oder hatte er es gar nicht gelesen, sondern wusste es einfach so? Mittlerweile war er sich da überhaupt nicht mehr sicher.

Er sagte: »Ich könnte schreiben: *Das tapfere Schiff bedrohte Fafnir der Mächtige, schuppenbewehrt und das Feuer grollend in seinem Bauch, aber in die Flucht trieben ihn der Mut der Skipverjar und ihre Schwerter. Eilends das Schiff zurücklassend, tauchte er unters Meer. Hohngelächter folgte ihm.*«

»Jetzt macht das schon mehr Sinn«, lobte Leif. »Es stimmt nur nicht ganz. Es muss heißen: *In die Flucht trieb ihn die Tollkühnheit Viggos des Skalden; den Speer der Götter vor sein Flammenmaul er dem Drachen hielt. Eingeschüchtert das Weite suchte der Lindwurm und sein Heil unter den Wogen.*«

»Das kann ich nicht schreiben«, sagte Viggo.

»Warum nicht? Weißt du nicht, wie man Lindwurm buchstabiert?«

»Nein, weil es mich auf eine Weise herausstellt, die nicht richtig ist.«

Leif lächelte. »Ich würde sagen, dass jeder Einzelne an Bord diese Zeilen bestätigen würde. Vielleicht hast du nicht gut genug aufgepasst, was geschehen ist?«

»Die Mannschaft zählt, nicht der Einzelne«, sagte Viggo leise.

»Der Mut jedes Einzelnen ist es, der eine Mannschaft ausmacht«, widersprach Leif. »Aber gut. Du bist der Chronist. Schreib, wie du willst. Eines würde mich aber interessieren. Was glaubst du, hat den Drachen in die Flucht geschlagen? Hatte er Furcht vor dem Speer? Dachte er, Gungnir würde ihn zum Zerplatzen bringen wie den Drachen im Hafen von Brattahlid?«

»Das war kein echter Drache«, sagte Viggo. »Das war ein Trugbild Lokis.«

Leif nickte. »Hab ich mir schon gedacht. Wann wolltest du mir das mitteilen?«

Viggo senkte den Kopf.

»Oder anders gefragt: Was wolltest du mir noch alles zu einem späteren Zeitpunkt mitteilen, was ich als Anführer dieser Reise eigentlich jetzt schon wissen müsste?«

Viggo seufzte. Er dachte an das Abschiedsgespräch, das er mit Erling Skjalgsson in Kaupangen geführt hatte. Erling war außer Thyra der einzige Mensch, der die Geschichte kannte. Noch nicht einmal Thorkell hatte Viggo sie erzählt.

»Ich habe noch immer eine Aufgabe zu erledigen«, gestand er.

»Aufgabe?«

»Die Seherin an König Olafs Hof hat mir mitgeteilt, dass ich drei Aufgaben erledigen muss: eine Seele zwischen Leben und Tod retten, Odins Speer finden und den Ewigen Gefangenen befreien. Die Seele ist, glaube ich, Thyra, den Speer haben wir an Bord, und der Gefangene ist …« Viggo schluckte und wusste nicht, ob er Leif die ganze Wahrheit sagen sollte. Am Ende erklärte der Skipherra ihn noch für verrückt und setzte ihn aus. Aber Erling Skjalgsson hatte ihn damals in Kaupangen auch nicht für übergeschnappt gehalten – und zu Leif hatte Viggo mittlerweile dasselbe Vertrauen wie zu König Olafs Haushofmeister, wenn nicht sogar größeres.

Leif bewies einmal mehr das praktische Denken der Nordmänner, indem er Viggo unterbrach und die naheliegende Frage stellte: »Aufgaben wozu? Um was zu erreichen?«

»Um meine leiblichen Eltern zu finden«, sagte Viggo. Er bedauerte plötzlich, dass er dem Skipherra nicht schon vor ein paar Tagen am Strand die ganze Geschichte erzählt hatte, als Leif ihm eröffnet hatte, er glaube, sein verschollener bester Freund Bjarne Herjulfsson sei Viggos leiblicher Vater.

Leif fuhr auf. »Was soll das heißen? Soll das heißen … soll das heißen, dass Bjarne lebt?«

»Ich glaube …«

»Woher willst du das wissen? Wer sagt das?«

»Loki.«

»Wie? Loki? Du meinst … *Loki?* Loki von den Asen?«

»Gibt's noch einen anderen?«

»Ich hoffe nicht«, brummte Leif verdrossen.

»Leif … wenn ich dir alles erzähle, hältst du mich für übergeschnappt und wirfst mich über Bord. Deshalb hab ich am Strand von Brattahlid auch geschwiegen.«

»Darauf musst du es jetzt ankommen lassen«, sagte Leif mitleidlos. »Das hier ist keine Fahrt auf Viking oder eine Entdeckungsreise um der Freude an der Seefahrt willen. Es geht um das Überleben unseres Volkes nach dem Untergang der Götter. Erzähl mir alles, was ich wissen muss, damit ich uns heil in das geheimnisvolle Land und zurück bringen kann.«

Viggo seufzte und rang sich dazu durch, Leif reinen Wein einzuschenken. Neben einem schweigsamen Tyrker stehend, der das Steuer bediente und nach vorne schaute und so tat, als würde er nichts sehen oder hören, erzählte Viggo, wie er hierher gelangt war. Dass er aus einer Zeit stammte, die erst in tausend Jahren die Gegenwart sein würde. Dass Loki ihn mit dem Versprechen geködert hatte, er könne ihn mit seinen leiblichen Eltern zusammenführen. Dass sich bisher alles, was Loki erklärt hatte, erfüllt hatte, aber immer auf Kosten Viggos und nie so, dass es einfach oder geradlinig gewesen wäre. Viggo erzählte die gesamte Geschichte, von Lokis Auftauchen im Haus seiner Pflegeeltern bis zu dem Tag, an dem Viggo in Kaupangen mit Leif die *Fröhliche Schlange* betreten hatte, um mit nach Grönland zu fahren – in der Hoffnung, einen Weg zu finden, dauerhaft in die Besatzung des Drachenboots aufgenommen zu werden.

»Und Loki behauptet, dass du Bjarne und deine Mutter in dem neuen Land findest?«, fragte Leif.

»Ja. Wenn ich die dritte Aufgabe erledigt habe.«

»Und wer soll der Gefangene sein, den du befreien musst? Bjarne kann es nicht sein, den sollst du ja erst nachher treffen …«

»Es ist Loki selbst.«

»Bei Hel«, sagte Leif schockiert. »Jemanden zu befreien, den die Götter selbst gefangen gesetzt haben! Weißt du, was das heißt?«

»Dass ich mir in Asgard nicht viele Freunde machen werde?«

Leif lachte, halb amüsiert, halb ärgerlich. »Treffend formuliert – ganz der belesene Sklave, für den ich dich fälschlicherweise gehalten habe.«

»Ich wollte dich nicht anlügen oder dir etwas verschweigen. Aber ich dachte, wenn ich mit der Geschichte ankomme, hältst du mich für einen Irren, und ich hätte keine Chance mehr mitzufahren.«

Leif schwieg lange. »Wahrscheinlich wäre es so gewesen«, sagte er dann. Er schüttelte den Kopf. »Als ob diese Reise nicht schon von allein extrem schwierig gewesen wäre. Jetzt kommt auch noch so was hinzu. Eine Heldenfahrt, um den Göttern ins Gesicht zu spucken.«

Viggo sagte: »Ich kann nichts dafür. Es tut mir leid.«

Leif, der zu Boden geblickt hatte, schaute auf. »Was? Was tut dir daran leid? Wir unternehmen eine Heldenfahrt, um den Göttern ins Gesicht zu spucken! Das ist besser als jede Viking, jede Entdeckungsfahrt! Das ist das Abenteuer an sich. Und am Ende sehe ich meinen alten Freund Bjarne wieder! Wenn wir es alle miteinander in das Land im Westen geschafft und dort ein neues Leben begonnen haben, werden sie Lieder über uns dichten, für deren Vortrag man Tage braucht! Was sag ich: Wochen!«

Viggo brachte die Denkweise der Wikinger einmal mehr völlig aus dem Gleichgewicht. Dass er sich nicht hatte durchringen können, Leif die ganze Wahrheit sofort zu erzählen, hatte für den Skipherra ein Problem dargestellt. Dass sie Viggos wegen auf einer Mission waren, in der sie sich die Götter selbst zum Gegner machen würden, erfüllte Leif hingegen mit Begeisterung. Der Schiffsführer kam offenbar nicht ein einziges Mal auf den Gedanken, dass die Befreiung Lokis das alleinige Problem Viggos war. Er nahm die Aufgabe einfach in sein Missionsziel mit auf.

»Was glaubst du wirklich?«, fragte Leif. »Weswegen ist Fafnir weggeschwommen, ohne das Schiff und uns einzuäschern? Und wie hat er uns überhaupt gefunden? Er ist nicht zufällig auf uns gestoßen, da bin ich mir sicher.«

Viggo, der über diesen Aspekt noch nicht nachgedacht hatte, zuckte beklommen mit den Schultern. Er erinnerte sich, wie die flammend gelben Augen des Drachen ihn gemustert hatten. Die Überraschung der Bestie. Die Neugier, die ihn dazu gebracht hatte, Viggo aus nächster Nähe zu betrachten. Seine geheimnisvollen Abschiedsworte. Es widerstrebte ihm, die richtige Schlussfolgerung daraus zu ziehen, aber er wusste, dass bei den Nordmännern falsche Bescheidenheit zu nichts führte. »Warum er uns gefunden hat, weiß ich nicht. Aber ich denke, dass er uns meinetwegen verschont hat.«

»Nicht wegen Odins Speers?«

»Wenn er ihn hätte haben wollen, hätte er ihn sich nur zu nehmen brauchen.«

»Ich glaube«, sagte Leif, »dass es eine Verbindung gibt. Er hat uns gefunden, weil der Speer an Bord war, aber er hat nicht damit gerechnet, dich hier zu finden. Er hat gemerkt, dass du anders bist. Weil Loki dich hierher geholt hat? Denkbar, aber ich vermute, da steckt mehr dahinter. Und das hat wiederum mit Thyra zu tun, denn er hat sie genauso wahrgenommen wie dich. Was verbindet dich mit dem Mädchen?«

Viggo machte den Mund auf, um zu antworten, und schloss ihn dann wieder. Er kämpfte darum, die richtigen Worte zu finden.

Leif seufzte ungeduldig. »Was dich und sie verbindet, sieht ein Blinder«, sagte er. »Aber das habe ich nicht gemeint. Es muss noch etwas anderes sein. Etwas, was damit zu tun hat, dass deine Hände auf sie irgendeine heilende Wirkung hatten. Pass auf ...« Noch bevor Viggo protestieren konnte oder auf die erschreckende Eröffnung, dass Leif um die Liebe zwischen Viggo und Thyra wusste, reagieren konnte, packte der Skipherra den Jungen am Handgelenk und presste seine Hand auf Tyrkers fest um das Steuer geklammerte Finger. »Tun dir bei Nässe immer noch die Fingerknöchel weh, Tyrker?«, fragte er.

»Immer«, sagte Tyrker gelassen.

»Wird es jetzt besser?«

»Keine Spur.«

Leif ließ Viggos Handgelenk los. »Bei Thyra hat sich sofort eine Linderung eingestellt«, sagte er.

»Leif, ich schwöre dir, ich weiß nicht, was da noch ist«, sagte Viggo. »Aber … aber … was Thyra und ich füreinander … Ich meine … ich wollte nicht, dass irgendjemand das merkt …«

»Du wolltest nicht, dass Thorkell es erfährt«, sagte Leif nüchtern.

Viggo stieg die Röte ins Gesicht. »Genau«, flüsterte er.

»Viggo, jeder, der nur einmal sieht, wie die Kleine dich anblickt, weiß, was gespielt wird. Jeder außer Thorkell natürlich, der Thyra so ansieht wie sie dich. Ich wünsche mir von Herzen, dass Thorkell in jeder Weise sein Glück findet. Wo es liegt und wie es aussieht, kann niemand sagen. Die Norni weben das Schicksal jedes Menschen in ihren großen Teppich, und nur sie wissen, welches Muster dein Faden ergibt und wo er hinführt. Was zwischen dir, Thorkell und Thyra ist, ist nichts, in das ein Vater sich einmischt. Aber es ist etwas, in das ein Skipherra sich einmischen wird, wenn es zu Unfrieden an Bord führt. Als Vater jedoch bitte ich dich: Stoß Thorkell nicht vor den Kopf und brich ihm nicht das Herz. Er ist dein Freund. In einem unserer Lieder heißt es, dass man seinem Freund ein Freund sein soll und ein Geschenk mit einem Geschenk vergelten. Ein Lachen für ein Lachen, aber eine Lüge für einen Betrug. Dessen ungeachtet bitte ich dich – schenk Thorkell die Lüge, dass Thyra nicht schon lange ihr Herz an dich verloren hat, und bitte auch sie, das zu befolgen. Wenn wir von dieser Reise zurück sind, kann jeder von uns seinem Geschick folgen, aber bis dahin müssen wir eine Gemeinschaft sein. Bis dahin braucht Thorkell deine Freundschaft und die Hoffnung, dass Thyra sich für ihn entscheiden wird.«

»Du deutest damit an, dass die Freundschaft zerbrechen wird, wenn Thyra und ich dann ...«

Leif zuckte mit den Schultern. »Freundschaften halten viel aus, wenn sie echt sind. Das heißt nicht, dass man achtlos damit umgehen darf.«

»Ich bin Thorkells Freund«, sagte Viggo heiser.

Leif nickte. »Verhalte dich auch so«, sagte er ernst.

»Ich verspreche es.«

»Ich habe nichts anderes erwartet. Und was die veränderte Mission angeht – ich kann das natürlich nicht allein entscheiden. Morgen früh, wenn wir von unserem Nachtankerplatz aufbrechen, informiere ich die Mannschaft. Sie wird das letzte Wort haben.«

»Ist gut«, sagte Viggo.

Leicht beklommen schlurfte er wieder an seinen Platz zurück. Was die Umstände seines Hierseins und seines ganz eigenen Reiseziels anging, war sein Herz leichter; und er hoffte, dass die Mannschaft der *Fröhlichen Schlange* dieselbe Entscheidung wie Leif treffen würde, nämlich das Abenteuer anzunehmen. Was Thyra und Thorkell betraf, war es um eine ganze Ecke schwerer geworden. Er hatte ein Versprechen gegeben. In die Realität umgesetzt, hieß es nichts anderes, als dass er und Thyra miteinander umgehen mussten wie Schiffskameraden, nicht wie zwei junge Menschen, die anfingen, ihre Liebe füreinander zu entdecken. Die ganze Zeit über hatte er die paar Küsse, die er und Thyra getauscht hatten, kaum vermisst. Jetzt, als er sich klarmachte, dass es auf dieser Fahrt keine weiteren Küsse geben durfte, war sein Verlangen danach plötzlich kaum auszuhalten.

Als Viggo auf seinen Platz plumpste, beugte Thorkell sich zu ihm herüber. »Was ist los?«, fragte er halblaut. »Hat Vater dir einen Anschiss verpasst? Weswegen? Soll ich mit ihm reden?«

»Alles gut, Alter«, sagte Viggo und bemühte sich, seinem Freund direkt ins Gesicht zu blicken. »Er hat mir erklärt, wie ich die Chronik zu schreiben habe.«

»Ah. Du meinst: *Welcher Art zu schreiben der Reise klingend' Lied die Pflicht des Chronisten ist.*« Thorkell grinste.

»*Viel zu lernen du noch hast*«, seufzte Viggo und zitierte

dabei mit grollender Stimme einen Spruch von Meister Yoda aus den STAR-WARS-Filmen. Ihm fiel auf einmal auf, wie ähnlich dessen Sprachduktus dem klang, was die Nordmänner von ihren Chronisten erwarteten.

Thorkell, der keine Ahnung von dem Zitat hatte, grinste noch breiter. »Ich? *Du* hast zu lernen, mein Freund, ich nicht.«

Viggo nickte.

8.

Bjarne Herjulfsson, Leif Erikssons verschollener bester
Freund und ein meisterhafter Seefahrer, steuerte sein klei-
nes Boot mit dem Wind. Er hatte es *Feder* genannt, und ge-
nauso leicht, wie eine Feder mit dem Wind tanzt, glitt das
Boot über die Wellenkämme. Seine Frau Hildr saß im Bug.
Bjarne konnte sie nur sehen, wenn er sich bückte und unter
dem voll aufgespannten Segel hindurch nach vorn blickte.
Die Brise war so gut, dass Bjarne jeden Quadratzoll des
Segeltuchs nutzen wollte; wer wusste schon, wie das Wetter
morgen sein würde. Oder in ein paar Stunden.

Normalerweise fiel es einem Nordmann nicht schwer,
aus der Färbung der See, dem Rhythmus der Wellen, der
Intensität der Sonne und der Form der Wolken abzulesen,
wie das Wetter für den nächsten halben Tag beschaffen sein
würde. Aber dort, wo der Wind Bjarne und Hildr hingetrie-

ben hatte, konnte man keine solchen Zeichen lesen. Die See gab hier nichts preis und der Himmel auch nicht.

Aber man konnte sich sehr wohl Gedanken darüber machen, was die Nebelbank voraus zu bedeuten hatte. So wie das Wetter derzeit war, hätte sich kein Nebel bilden sollen. Bjarne dachte daran, dass er damals auf der Überfahrt nach Grönland von einem ähnlichen Wetterphänomen vom Kurs abgetrieben worden war; ein Unglück, das dazu geführt hatte, dass er die Küste eines geheimnisvollen neuen Landes im Westen entdeckt hatte. Bjarne vermutete, dass er in diesem Nebel hier nichts entdecken würde, was ihm Freude machte.

Hildr bückte sich plötzlich unter dem Segel hindurch und wandte sich an ihn. Immer wenn Bjarnes Frau ein sorgenvolles Gesicht machte, fragte sich der raubeinige Nordmann, ob er angesichts der Situation nicht lieber kreischend vor Angst das Weite suchen sollte. Schließlich war Hildr eine Valkyre, ein unsterbliches Götterwesen – nur aus Liebe zu Bjarne hatte sie sich dazu entschlossen, einen Teil ihrer Zeit mit einem Sterblichen zu verbringen. Wenn Hildr sich Sorgen machte, musste die Lage also wirklich schlimm sein.

»Halt das Boot bitte an, Liebster«, sagte Hildr.

»Weshalb?«, fragte Bjarne.

»Weil wir ihm ohnehin nicht entkommen können.«

»Wem?«, fragte Bjarne. Dann sah er den riesigen Leib tief unter dem Boot hindurchtauchen und fühlte den Stoß, den die verdrängten Wassermassen dem Kiel versetzten. *Sein* Kommen hatte Hildr gespürt. »Oh Mist!«, sagte Bjarne.

Der Kopf des Drachen erhob sich ein paar Dutzend Schritte vor dem Bug des Boots wie eine Naturerscheinung aus dem Meer. Wasserfälle rauschten von seinem gewaltigen Haupt. Bjarne kämpfte gegen den Impuls an, sein Schwert aus der Scheide zu ziehen – es hätte überhaupt keinen Sinn gehabt. Trotzdem umklammerte er den Griff, weil die jahrelange Erziehung nicht so einfach abzulegen war. Jeder Nordmann glaubte, dass er im Fall seines Todes nur dann in Odins große Festhalle einziehen konnte, wenn er mit dem Schwertgriff in der Hand gestorben war.

Bjarne brauchte sich natürlich keine Sorgen zu machen, dass die Valkyrjar seine Seele übersehen würden; seine eigene Frau war eine von ihnen! Trotzdem fühlte er sich ein wenig wohler mit dem Schwertgriff in der Hand. Dass er in den nächsten Augenblicken wahrscheinlich in einen flammenden Tod gehen würde, stand außer Zweifel. Der Drache holte bereits Atem, um sein Feuer zu spucken.

Hildr richtete sich in der schwankenden Nussschale auf, als ob sie dem Drachen Widerstand leisten wollte. Bei einem Wesen wie Fafnir half Hildr ihre Unsterblichkeit nichts – im Drachenfeuer würde sie genauso vergehen wie jeder Sterbliche. Dennoch stand sie mit stolz erhobenem Kopf da und erwiderte den Blick aus den riesigen flammenfarbenen Augen des Drachen.

Bjarne ließ das Steuerruder los und kroch unter dem Segel hindurch, um sich an Hildrs Seite zu stellen.

»Bleib!«, sagte Hildr in einem so scharfen Ton, dass Bjarne erstarrte. Fafnirs Kopf war herumgeruckt, als er Bjarne gesehen hatte, und das Feuer in seiner Kehle hatte zu glühen begonnen.

Dann ließ Fafnir die eingesogene Luft wieder entweichen, doch er nutzte sie nicht, um Feuer zu speien, sondern um zu sprechen.

»Valkyrja«, sagte er und deutete ein leises Kopfnicken in Hildrs Richtung an, das eine Art Begrüßung sein sollte. »Ich habe dich an ihm gerochen. Welche von Odins Zwölf bist du?«

»Was meinst du damit, du hast mich an ihm gerochen?«, fragte Hildr.

»Und an ihr«, sagte der Drache.

»Sprich klar, Nithogg«, knurrte Hildr.

»Erst, wenn ich weiß, mit wem ich spreche.«

»Ich bin Hildr.«

Der Drache schwieg ein paar Augenblicke. »Hildr«, schnaubte er dann. »Die Einzige von den Valkyrjar, die die Seelen der toten Krieger nicht nur nach Walhall geleitet, sondern auch die im Kampf Gefallenen zu neuem Leben erwecken kann, wenn sie will.«

»Es ist Odins Wille, der geschieht, nicht meiner«, sagte Hildr.

»Und die Einzige seit Langem«, fuhr der Drache unbeeindruckt fort, »die Odins Willen missachtete, indem sie einen Sterblichen zum Mann genommen und mit ihm ein Kind gezeugt hat.«

»Ich weiß selbst, wer ich bin«, sagte Hildr.

Bjarne, der es satthatte, sich unter das Segel zu kauern, stand auf und trat neben seine Frau. »Hast du was dagegen, Lindwurm?«, fragte er herausfordernd.

Fafnir gab ein rhythmisches Knurren von sich, das Bjarne nach einiger Überraschung als Lachen identifizierte. Plötzliche Wellen ließen das Boot schaukeln. Sowohl Bjarne als auch Hildr glichen die Bewegungen aus, ohne nachzudenken.

»Ich habe deinen Sohn gesehen, Valkyrja«, sagte Fafnir. »Ich habe dich an ihm gerochen, weil du seine Mutter bist. Und ich habe dich an der Sterblichen gerochen, die an seiner Seite stand, weil du ihre Seele auf der Schwelle vom Leben zum Tod aufgehalten hast.«

»Wo hast du Viggo gesehen?«, rief Hildr erregt.

»Auf einem Schiff. Einem Schiff, dem die Frechheit der Sterblichen meine Form gegeben hat. Ein Schiff, das ebenso einfach zu zerstören ist wie alles Werk der Sterblichen.«

Eine kurze Stille trat ein, dann fragte Hildr mit einer Stimme, die es Bjarne bis ins Mark kalt werden ließ: »Hast du das Schiff zerstört, Nithogg?«

»Nein, Valkyrja. Es wäre schade gewesen. Dein Sohn ist

eine Figur in einem großen Spiel, und es jetzt schon zu beenden wäre bedauerlich.«

»In welchem Spiel?«

»Die Sterblichen nennen es Ragnarök.«

»Der Untergang der Götter ist kein Spiel!«, rief Hildr.

»Du weißt nichts«, sagte Fafnir. »Aber das unterscheidet dich nicht von den anderen Asen.«

»Was gibt es denn zu wissen?«

»Was ich *weiß*«, betonte der Drache, »ist, dass dein Sohn eine neue Figur ist. Eine, mit der keiner gerechnet hat. Eine, auf die die Spielregeln nicht zutreffen. Seit er auf Midgard angekommen ist, ist der Ausgang der ganzen Angelegenheit wieder völlig offen. Und das interessiert mich.«

»Weshalb interessiert das Nithogg, den Zerfetzer der Leichen, den Wurm an der Wurzel des Weltenbaums?«

Fafnir brachte seinen Kopf ganz nahe an Hildr und Bjarne heran. Bjarne, der sich in den letzten Minuten klugerweise aus der Unterhaltung herausgehalten hatte – auch wenn es ihm schwerfiel –, reagierte instinktiv und wollte Hildr hinter sich schieben, um sie mit seinem Körper zu decken. Es war, als hätte er versucht, einen Berg beiseitezuschieben. Noch nie zuvor war ihm so deutlich klar geworden, dass seine Frau nicht wie er war, sondern ein übernatürliches Wesen, dessen eigentliche Art er nicht im Ansatz verstand und dessen Göttlichkeit er nur seine Liebe entgegenhalten konnte.

»Es interessiert mich«, flüsterte Fafnir dröhnend, »weil auch ich einen Anteil an diesem Spiel habe.«

»Als Figur oder als Spieler?«, fragte Bjarne feindselig. Der Drache ignorierte ihn vollkommen.

»Ich werde deinen Sohn beobachten, Valkyrja«, sagte Fafnir. »Ich will sehen, welche Folgen seine Anwesenheit auf Midgard hat. Und wenn ich es weiß, werde ich ihn töten.«

»Das wirst du nicht!«

»Willst du mich aufhalten, Valkyrja?«

»Ja«, sagte Hildr einfach.

»Weißt du, warum du und der Sterbliche neben dir noch leben? Weil du, Valkyrja, bestimmt bist für den Endkampf und sich dein Schicksal erst dort erfüllt. Und weil der Sterbliche durch dein Gelübde unter deinem Schutz steht. Du schützt ihn mit der einzigen Macht, der die Götter und Wesen wie ich nichts anhaben können. Leider wirst du nach dem Endkampf seine Seele nicht in Odins Halle begleiten können, denn du und die Götter werden ebenso fallen wie die Sterblichen.«

»Was ist für dich bei der ganzen Sache drin, Lindwurm?«, rief Bjarne wütend. »Wenn die Götter fallen, fallen auch die Ungeheuer. Was rechnest du dir aus?«

Die Flammenaugen richteten sich zum ersten Mal direkt auf Bjarne. »Es weiß nichts«, grollte er. »Es spricht, aber seine Fragen sind bedeutungslose Geräusche.«

Im nächsten Moment tauchte der Drache unter. Das

Wasser begann an der Stelle zu brodeln und zu schäumen, dann schwang Fafnir sich aus dem Wasser heraus, sprang wie ein Wal in die Höhe, mit mächtig schlagenden Flügeln, die ihn ein paar Momente auf der Stelle flattern ließen. Dann war es, als ob er die Krallen an den Flügelkanten dazu benutzte, sie in die Luft hineinzuschlagen wie in einen Baum, als ob er in den Himmel hineinkletterte, statt zu fliegen. Der Schwanz peitschte das Wasser, Schauer stoben von seinem gewaltigen Körper und wühlten das Meer in weitem Umkreis auf, Fafnir stieg und stieg in die Höhe, bis nur noch seine schiere Größe es einem überhaupt ermöglichte, ihn noch zu sehen – und dann verschluckte das Blau ihn dennoch, und er war verschwunden.

Bjarne und Hildr waren völlig durchnässt. Die *Feder* schaukelte immer noch wild. Ein Tau war gerissen und ließ das Segel an dieser Stelle im Wind flappen.

»Er hält sich für einen der Spieler in dieser ganzen Angelegenheit«, sagte Bjarne. »Er verfolgt sein eigenes Ziel.«

»Ja«, sagte Hildr grimmig. »Und vielleicht ist das die Chance, ihn davon abzuhalten, Viggo etwas anzutun.«

2. LIED

DER EWIGE
GEFANGENE

I.

Die *Fröhliche Schlange* war bis in den späten Abend hinein unterwegs, getrieben von einem steten Wind aus Südost, der ihre Fahrt beschleunigte. Zwischendurch hängten sich die Männer immer wieder in die Riemen und machten dadurch noch schnellere Fahrt.

Leif hatte geplant, am Abend des ersten Reisetags in Vestribygth anzulegen, einer kleinen Siedlung im Westen der Kolonie, die eine Tagesreise per Schiff von Brattahlid entfernt an der Westküste Grönlands lag. Weil er mittlerweile die Geschwindigkeit eines unter vollem Segel dahinrasenden Wikingerschiffs gut einschätzen konnte, vermutete Viggo, dass es sich um eine Entfernung von etwa fünfhundert Kilometern handeln musste.

Durch all die Verzögerungen mit der Aufnahme von Viggo und Thyra in die Mannschaft und der Begegnung mit

Fafnir hatte die *Fröhliche Schlange* zwar Zeit verloren, doch der günstige Wind machte den Verlust wieder wett. Als am Ende eines lange hell gebliebenen nordischen Tages die Dämmerung einsetzte, warf das Schiff vor der kleinen Siedlung Anker.

Die Besatzung wurde freudig willkommen geheißen. Geschenke von Verwandten und Freunden in Brattahlid, die Leifs Skipverjar mitgegeben worden waren, wurden überreicht. Die Neuigkeiten aus Brattahlid und dem Rest der Welt, die die Seefahrer zu dieser einsamen und abgelegenen Siedlung brachten, waren jedoch noch willkommener.

Eines der Bauernhäuser von Vestribyght, das auf einem kleinen Hügel stand, fungierte als Versammlungshalle, und dort wurden die Seefahrer bewirtet. Leif versprach, dass die Kosten, die den Bewohnern von Vestribygth dadurch entstanden, durch Jarl Erik ersetzt würden, worauf die ohnehin große Freigebigkeit noch weiter zunahm und das Haus bald vor Gesängen und Gelächter bebte.

»Haut euch voll«, sagte Leif zu seiner Besatzung. »Morgen verlassen wir die Küste und pflügen aufs offene Meer hinaus. Dann gibt es nur noch kalte Kost.«

Viggo achtete peinlich genau darauf, dass er nirgendwo mit Thyra allein war. Es war nicht schwer, denn Thorkell suchte ohnehin die Nähe des Mädchens und schien erfreut, dass er die beiden Menschen, die ihm im Augenblick am meisten bedeuteten, nämlich Thyra und Viggo, um sich herum hatte. Eine Weile fühlte Viggo die prüfenden Blicke Leifs auf sich ruhen, wenn dieser sich aus den Unterhaltungen mit den Kolonisten lösen konnte. Er ging davon aus, dass Leif gefiel, was er sah, denn meistens saß Viggo ganz still und passiv bei ihrer kleinen Dreiergruppe, während Thorkell mit Händen und Füßen redete und Thyra ihm lächelnd zuhörte und ab und zu losging, um neuen Eintopf aus dem Kessel zu schöpfen und den beiden jungen Männern gleichmäßig in deren Schüsseln zu kippen.

Schließlich stand Thorkell auf, murmelte, dass er mal das Gras hinter der Halle gießen müsse, und ging beschwingt hinaus. Thyra holte Eintopfnachschub und füllte Viggos Schüssel, obwohl dieser versuchte, sie abzuwehren. Es war ohnehin nur eine Ausrede gewesen, um Viggo zuraunen zu können, ohne dass es auffiel: »Stimmt irgendwas nicht?« Sie vergoss absichtlich etwas von dem Eintopf auf Viggos Knie, sagte »Oh! Oje. Verzeih mir!«, und putzte es ab. Dabei sah sie Viggo in die Augen.

Viggo beschloss, einfach die simple Wahrheit zu sagen, und erzählte mit ein paar hastigen Worten von Leifs Bitte.

»Kann ich verstehen«, sagte Thyra. »Aber du bist derjenige, dem mein Herz gehört. Nicht Thorkell.«

»Ich weiß«, sagte Viggo rau.

»Ich möchte dich gerne küssen«, flüsterte Thyra. »Ich bete zu Freyja, dass sie uns einen Moment schenkt, an dem ich das tun kann.«

Viggo gingen ihre Worte durch und durch. »Bete lieber zu Loki«, sagte er. »In dieser Situation braucht es eher einen wie ihn …«

»Ich würde zu Hel beten, wenn sie mir nur einen Kuss gewähren würde«, sagte Thyra, richtete sich auf und schritt zu dem großen Fass hinüber, aus dem das dünne, saure Bier ausgeschenkt wurde, das die Leute in der Westsiedlung brauten. Sie kam mit zwei Lederbechern zurück, als sich Thorkell gerade wieder an den Tisch setzte, und drückte ihm einen davon in die Hände.

»Du musst wieder auffüllen, was du gerade verloren hast«, sagte sie und grinste. Thorkell grinste selig zurück. Viggo hingegen fühlte die leichte Berührung von Thyras Fingern, als sie ihm seinen Becher überreichte, und brannte innerlich.

Dann fiel ihm ein, worüber er und Thorkell auf dem Schiff gefrotzelt hatten, und er wandte sich an die beiden.

»Ich kenne mich nicht gut genug aus«, sagte er, »aber ihr könnt mich sicher erleuchten …«

»Du gehst vorne beim Tor raus, rechts um die Halle rum, dann ist da eine kleine Senke, in der kannst du …«, begann Thorkell.

»Es geht um den Speer Gungnir«, unterbrach Viggo. »Nicht ums Austreten.«

Thorkell zuckte mit den Schultern. »Ich dachte nur, weil

ich zuerst falsch gegangen bin und beinahe ins Meer gefallen wäre.«

»Was ist mit Gungnir?«, erkundigte sich Thyra. »Und frag mich bloß nicht, wie er in mein Boot gekommen ist, darüber zerbreche ich mir schon die ganze Zeit den Kopf. Dass es Loki war, ist mir schon klar, aber wie? Er kann doch nur Trugbilder aussenden, und die können nichts anfassen oder hochheben.«

»Ich frage mich eher: Wenn der Speer Odin gehört – und wir haben ihn jetzt –, warum holt er ihn sich nicht einfach zurück? Er ist doch allmächtig.«

»Er wird ihn sich schon holen, wenn er ihn braucht«, sagte Thorkell. »Und ich hoffe, bis dahin sind wir das Ding losgeworden, weil Odin nicht gerade erfreut sein wird, dass eine Handvoll Sterblicher mit seinen Sachen spielt.«

»Wann braucht er ihn?«

Thyra sagte: »In der letzten Schlacht, wenn die neun Welten untergehen.«

Viggo starrte sie an. Thorkell zuckte mit den Schultern. »Manchmal ist es schon erstaunlich, was du alles nicht weißt«, sagte er zu Viggo. »Das weiß doch eigentlich jedes Kind.«

»Viggo hat sich schon in der Krippe darauf vorbereitet, Drachen in die Flucht zu schlagen«, sagte Thyra und lachte, »da hat er den anderen Geschichten nicht genügend Beachtung geschenkt.«

»Wenn es zur letzten Schlacht geht und Odin mit den anderen Göttern und den Einherjar loszieht, um die Riesen und die Ungeheuer zu stellen, braucht er dabei die Artefakte der Macht«, erklärte Thorkell. »Den Speer braucht er, um seine Gegner zu töten. Dann gibt es den Zwergenring Draupnir. Von ihm tropfen in jeder neunten Nacht weitere Ringe, die man einschmelzen kann, um aus ihrem Metall Waffen zu schmieden.«

»Und das Gjallarhorn, das Heimdall verwahrt«, ergänzte Thyra. »Wenn Odin damit Wasser aus der Quelle unter dem Weltenbaum schöpft und trinkt, erlangt er damit den Überblick über das gesamte Schlachtgeschehen.«

Thorkell übernahm wieder: »Außerdem gibt es die Flasche mit dem Skaldenmet, der gefallene Einherjar noch ein einziges Mal wiederbelebt, damit sie weiterkämpfen können. Das geht aber nur, wenn sie den Met aus Odins goldenem Pokal trinken. Der Pokal ist ebenfalls ein Artefakt der Macht.«

»Und schließlich: Odins Wunschmantel. Wenn er sich in ihn hüllt, kann er sich von einem Augenblick zum anderen an jeden Ort der Schlacht wünschen, um dort einzugreifen.«

»Man fragt sich, wie die Riesen und Ungeheuer bei der Ausrüstung überhaupt eine Chance gegen die Asen haben. So wie ich das sehe, braucht keiner Angst vor dem Untergang der Götter zu haben, wenn der Göttervater solche Waffen führt.«

»Ja«, sagte Thyra. »Und bis vor Kurzem hätte ich dir da sofort zugestimmt. Schließlich sollte man meinen, dass Odin diese Gegenstände jederzeit zur Hand hätte. Aber wenn jetzt schon sein Speer in unserem Besitz ist … in wessen Besitz sind dann vielleicht die anderen Artefakte?«

Sie sah von Viggo zu Thorkell. Viggo ahnte, dass er genauso bestürzt dreinblickte wie sein Freund.

»Schaut mich nicht so an«, rief Thyra. »Ich sag nur, was ich denke.«

»Verdammt«, sagte Viggo. »Was wäre, wenn die Schurken diese Artefakte hätten?«

»Was für Schurken?«

»Na, die Riesen … die Ungeheuer … Und gibt's da nicht noch so Typen auf einem Totenschiff?«

Thyra nickte langsam. »Wenn die die Artefakte hätten, würde sich nach dem Untergang der Götter die Welt nicht erneuern. Nicht der wiedergeborene Allvater Odin würde herrschen, sondern wer auch immer über die Artefakte verfügt. Und statt Ordnung und Licht würden überall Dunkelheit und Chaos sein.«

2.

Am nächsten Morgen brachen sie wieder auf, und Viggo bekam zu seiner Überraschung zu hören, dass sein Wettkampf gegen Thyra noch nicht beendet war.

»Ach Mensch, Alter«, stöhnte Viggo, als er aufs Neue auf dem glitschigen Holm eines Riemens stand und sich am Bootsrand festhielt.

»Ach Mensch, Alter«, sagte er eine Minute später mit klappernden Zähnen, als er tropfnass wieder im Schiff saß. Die Besatzung hatte ihn fröhlich lachend und spottend hereingehievt, nachdem er schon beim dritten Riemenholm ausgerutscht und ins Meer gefallen war.

Leif trat zu ihm und reichte ihm einen Becher dünnes Bier, einen Rest aus dem Fass von gestern, das die Leute aus der Westsiedlung Leif mitgegeben hatten. »Hier – der Preis für den Zweiten«, sagte er und grinste breit.

»Ich dachte, für den Zweiten gibt's als Preis bei den Nordmännern nur den Tod«, brummte Viggo säuerlich.

»Dann sei froh, dass es diesmal bloß diese Plörre ist.« Leif tätschelte Viggos patschnasse Haare und baute sich am Mast auf. »Männer!«, rief er. »Thyra Hakonsdottir hat die Herausforderung gewonnen. Viggo Bjarnesson hat soeben zugegeben, dass ihn ein Mädchen besiegt hat.«

Die Männer johlten und machten Geräusche, als ob sie flennen würden. Die, die Viggo am nächsten saßen, stupsten ihn jedoch gutmütig an und zwinkerten ihm zu. Der Spott war nicht böse gemeint. Viggo hatte bereits mehrfach bewiesen, dass er der Kameradschaft auf der *Fröhlichen Schlange* würdig war – und außerdem hatte er eine gute Vorstellung geliefert.

»Ich schlage vor, wir nehmen Thyra Hakonsdottir unter die Holumenn auf«, verkündete Leif und meinte damit diejenigen Besatzungsmitglieder, deren Aufgabe das Rudern war. »Zusätzlich wird sie unser zweiter Sjónarvordr. Hat jemand was dagegen?«

Niemand meldete sich. Thorkell, der bis jetzt allein die Rolle des Feindausgucks innegehabt hatte, lächelte beglückt. Auf diese Weise würde er noch mehr Zeit mit Thyra verbringen können.

Thyra nickte. Viggo wusste, dass sie lieber nur am Riemen gesessen hätte – und zwar neben ihm. Aber sie konnte nichts gegen diese Entscheidung tun. Und es war ohnehin besser so. Leif hatte das Sinnvolle getan. Trotzdem spürte Viggo einen Stich im Herzen, der ihn das freudige Grinsen Thorkells nur verzerrt erwidern ließ.

Leif trat zu Thyra und streckte ihr die Hand hin. »Ich, Leif Eriksson, gebe dir, Thyra Hakonsdottir, den Frieden auf meinem Schiff.«

Thyra schlug ein. »Ich danke dir, Skipherra«, antwortete sie laut und deutlich. »Ich nehme den Frieden an und werde ihn hüten.«

Die *Fröhliche Schlange* nahm wieder Fahrt auf. Leifs Cousin Eyvind Rollosson, der Schiffslotse für das freie Gewässer, den die Wikinger Stafnbúaror nannten, nahm seinen Platz am Bugsteven ein. Sein Bruder Sigmundur, der Rávordr, kümmerte sich um die optimale Ausrichtung des Segels.

Die *Fröhliche Schlange* glitt über die Wellenkämme, teilte das Wasser zischend mit dem Bug, senkte sich in der tiefen Dünung den Wellentälern entgegen und kletterte die Anhöhen hinauf, ohne an Geschwindigkeit zu verlieren. In Viggo stellte sich wieder die Begeisterung ein, die er schon auf der ersten Fahrt mit der *Fröhlichen Schlange* von Irland nach Kaupangen empfunden hatte. Auch wenn die Nordmänner Analogien wie »Pflügen« für die Fahrt ihrer Schiffe verwendeten: Für Viggo kam die Bewegung der *Fröhlichen Schlange* einem Flug übers Wasser am allernächsten, und obwohl er nass war und fror und Thyras wegen Unruhe empfand, schloss er die Augen und spürte den Wind und roch das Meer und fühlte sich daheim.

Auf dem freien Wasser und bei gutem Wind hatten die Ruderer nichts zu tun. Das Segel allein trieb das Schiff vorwärts. Selbst die beste Mannschaft wäre nicht in der Lage gewesen, die Riemen so schnell zu bedienen, dass sie die Geschwindigkeit des Schiffs noch hätten erhöhen können. Eher hätten sie seine Fahrt behindert.

Daher widmeten sich die Männer, die keine Sonderaufgaben hatten, der Pflege ihrer Ausrüstung. Waffen wurden aus schützenden, öl- und trangetränkten Tüchern gewickelt, inspiziert, da und dort geschliffen und wieder sorgfältig verpackt. Die ledernen Trageriemen der in die Bordwand eingehängten Schilde wurden gefettet, damit sie dem Salzwasser besser standhielten. Die meisten Männer auf Leifs Schiff trugen einfache, steife Lederkappen als Kopfbedeckung, die im Kampf als Helm dienten und jetzt als Sonnenschutz; auch sie wurden eingefettet. Wer als Rüstung eine lederne Weste mit aufgenähten Blechstreifen besaß, schaute nach, ob sie in der Seetruhe auch trocken lagerte. Eine komplette Rüstung mit Nasalhelm, Kettenbrünne, Kettenhemd und Stiefeln besaß nur Leif Eriksson.

Viggo hatte mittlerweile gelernt, welch ein Vermögen diese Ausrüstung wert war. Nicht einmal Leifs Sohn Thorkell war so gut ausgestattet. Er selbst besaß gar nichts außer dem, was er am Leib trug und was Leif Eriksson ihm geschenkt hatte – den schweren Pelz, der gut verpackt in Viggos Seetruhe lag. Er hatte nicht einmal ein Schwert. Gungnir konnte man nicht zählen, er gehörte inzwischen gewissermaßen zum Inventar des Drachenboots.

Während Viggo den Männern bei ihren Verrichtungen zusah, wurde ihm beklommen zumute. Zu seiner eigenen Überraschung dachte er auf einmal an all das, was er zu Hause besessen hatte – seine Kleidung, seine Bücher, die Sportsachen … das Mountainbike … den Laptop und sein Handy … die Spielsachen aus seiner Kindheit, die er immer hatte wegwerfen wollen und die er jetzt plötzlich vermisste. Er vermisste seine Pflegeeltern. Er vermisste seinen Kumpel Moritz. Wie lang war er jetzt schon hier? Ein paar Wochen! Es schien, dass das Neue und Abenteuerliche, das ihn bisher in Atem gehalten hatte, mit einem Mal in den Hintergrund gedrängt wurde und dafür die Erinnerung an sein Leben, aus dem er herausgerissen worden war, mit Macht in sein Bewusstsein drängte. Ausgerechnet jetzt, zu Beginn des eigentlichen Abenteuers! Viggo schluckte. Er hätte weinen mögen und bekämpfte die aufsteigenden Tränen und zitterte in seinen nassen Sachen. Er hätte sie gegen seine anderen Kleider wechseln können, aber die waren ebenfalls noch klamm.

»Hey!«

Viggo blickte auf. Thorkell kauerte auf dem Laufgang neben ihm. Das fröhliche Gesicht seines neuen Freundes

zog sich in die Länge, als er in Viggos Miene blickte. »Was ist
los?«, fragte er.

»Ich friere in dem nassen Zeug«, sagte Viggo. »Und meine
Augen brennen vom Salzwasser.«

»Daran gewöhnt man sich«, erklärte Thorkell. »Und gegen das Frieren kann man was machen.«

»Ein Lagerfeuer mitten auf dem Meer?«

»Bewegung!«, sagte Thorkell. »Wer schwitzt, friert nicht.«

Gegen seinen Willen musste Viggo lachen. »Wo hast du
nur deine Weisheit her, Thorkell?«

Thorkell tippte sich an die Stirn. »Alles hier drin.«

Viggo tippte sich gleichzeitig an die Stirn und an den
Bizeps. »Da, wo ich herkomme, hieß es immer: Hier *und*
hier muss man's haben.«

Thorkell knetete seinen eigenen beachtlichen Bizeps.
»*Hier*«, sagte er gedehnt und grinste, »hat es ein Nordmann
sowieso.«

Viggo rappelte sich auf und folgte Thorkell zum Achterdeck. Leifs Sohn hatte dort ein Tuch ausgebreitet. Ein
Schwert lag darauf, eine Axt und ein langes Messer.

»Du hast keine Waffen, oder?«, fragte Thorkell.

Viggo schüttelte den Kopf. Er hatte eine vage Vorstellung
davon, wie wertvoll diese kleine Grundausrüstung war, und
hoffte plötzlich, dass Thorkell sie ihm nicht schenken wollte.
Er hätte sich für dieses Geschenk nie revanchieren können
und sich immer unwohl damit gefühlt.

Es war, als hätte Thorkell seine Gedanken erraten. »Das sind meine Sachen«, sagte er. »Das Schwert stammt von meinem Großvater Erik. Er hat es mir gegeben, als ich zu der ersten Fahrt mit meinem Vater aufbrach. Er meinte, ich würde es jetzt brauchen, nicht erst, wenn er tot wäre, daher solle ich mein verdammtes Erbe gleich antreten und mir bloß nicht einbilden, ich bekäme noch mal was, wenn er in Odins Halle Eingang gefunden hätte.« Thorkell lächelte. »Die meisten ahnen nicht, wie sentimental Großvater in Wirklichkeit ist.«

Viggo beugte sich über die Schwertklinge, auf der Buchstaben eingeätzt waren. »Ulfberth«, las er.

Thorkell nickte. »Für Großvater ist immer nur das Beste gut genug.«

»Wer ist Ulfberth?«

»Jetzt sag nicht, dass du das auch nicht weißt! Ulfberth ist eine fränkische Waffenschmiede. Die gibt's schon seit vielen Generationen. Die stellen die besten Schwerter her, die es gibt. Die Franken haben strengstens verboten, dass die Ulfberth-Klingen irgendwo anders hinverkauft werden als ins Fränkische Reich. Aber wer will schon was kaufen, wenn er es auch plündern kann? Und außerdem gibt's genügend fränkische Krämer, die die Dinger trotzdem unter der Hand verkaufen, wenn das Geld stimmt.«

Das Schwert hatte einen wuchtigen, mit silbern eingelegten Ritzmustern verzierten kronenförmigen Knauf, einen drahtumwickelten Griff, eine dicke, kurze, ebenfalls silber-verzierte Parierstange und eine lange, erst am Ende spitz zulaufende schimmernde Klinge mit einer breiten Hohl-kehle. Die Klinge war auf beiden Seiten geschärft. Das Schwert war eine sogenannte Spatha. Wäre die Klinge nur auf einer Seite scharf gewesen, hätte man es Sax genannt.

»Darf ich es mal anfassen?«, fragte Viggo.

»Nur zu.«

Das Schwert war schwer. Viggo schätzte sein Gewicht auf mindestens eineinhalb oder zwei Kilogramm. Der Schwer-punkt war nach vorn verlagert. Dies war kein Schwert zum eleganten Fechten, sondern eines zum Zuschlagen. Selbst wenn man jemanden bloß mit der Breitseite am Kopf traf, würde dieser zu Boden gehen.

Viggo erinnerte sich, dass er im Taekwondo einmal mit einem Holzschwert hantiert hatte, einem Bokken, dessen Verwendung zwar nicht zum Taekwondo gehörte, das der Trainer aber zu Ansichtszwecken dabeigehabt hatte, um einige Schwerthaltungen zu zeigen. Viggo versuchte sich daran, diese Haltungen nachzustellen, aber die Spatha war dafür nicht gemacht, und es fühlte sich unbeholfen an. Er legte sie wieder ab, bedacht, die scharfe Klinge nicht zu be-rühren. Thorkell nickte anerkennend. Niemand fasste eine Schwertklinge ohne Not an.

Das Messer war einschneidig und so lang wie ein Brot-messer, nur ohne die Zähnung der Klinge.

Die Axt hingegen war so lang wie Viggos Unterarm. Thorkell erzählte, dass er die Klinge unter Anleitung eines Schmieds selbst angefertigt hatte. Sie sah bei Weitem nicht so elegant aus wie die Spatha, aber genauso effektiv.

»Warum zeigst du mir die Sachen?«, fragte Viggo.

»Weil du, wenn es in den Kampf geht, auch Waffen brauchst«, sagte Thorkell ernst.

»Und wo soll ich welche herbekommen?«

Thorkell kratzte sich am Kopf. »Wer sich keine leisten kann, erbeutet sie im Kampf. Aber um einen Kampf zu bestehen, braucht man in der Regel eine Waffe. Jeder normale Mensch hat zumindest eine Axt zu Hause, mit der er sich im Kampf behaupten kann, wenn es nötig ist. Aber du hast gar nichts, oder?«

»Du sagst es, Alter.«

»Ich werde an deiner Seite kämpfen«, erklärte Thorkell. »Dann bist du geschützt. Und was immer ich dem Feind abnehme, soll dir gehören.«

Viggo fühlte sich zugleich beklommen und gerührt von Thorkells kriegerischem Versprechen. Er sagte sich, dass Thorkells Aussage nichts anderes war, als hätte Moritz – in Viggos eigener Epoche – zugesagt, ihm beim Fußball den Ball zuzupassen und ihm den gegnerischen Spieler vom Leib zu halten. Aber es gab einen entscheidenden Unterschied. Wenn Moritz beim Fußball jemanden abdrängte, der Viggo den Ball abnehmen wollte, kam es schlimmstenfalls zu einem kleinen Geschubse. In Thorkells Welt jedoch bedeutete es, dass sein Freund jemanden mit Schwert oder Axt niederschlug und verwundete, vielleicht sogar tötete.

»Thorkell«, sagte Viggo aus einem Impuls heraus. »Du hast doch gesagt, ich soll dir die Art und Weise beibringen, wie ich kämpfen gelernt habe?«

»Ich hab auch gesagt, du sollst mir das Lesen und Schreiben beibringen, aber das Kämpfen wäre mir lieber.« Thorkell grinste.

»Wenn es dein Vater erlaubt, werde ich sofort damit anfangen. Wir haben auf dem Schiff ja nichts zu tun, solange wir unter Segel fahren. Was hältst du davon?«

Thorkell nickte. »Ich bin dafür.«

Viggos Eingebung war aus dem Horror entstanden, den er wegen Thorkells Versprechen empfunden hatte. Er wollte nicht, dass sein Freund jemanden tötete. Vielleicht konnte er Thorkell genügend Taekwondo beibringen, sodass dieser einen Gegner auch entwaffnen und kampfunfähig machen konnte, ohne ihm seine Klinge in den Leib zu stoßen. Und vielleicht würde der eine oder andere aus der Besatzung Gefallen daran finden, dann konnte Viggo auch ihm ein paar Kniffe beibringen.

Plötzlich war er aufgeregt. Die Kampfkraft und die Tapferkeit der Nordmänner, gepaart mit Grundkenntnissen der effektivsten Nahkampftechnik, die es gab! Die Besatzung der *Fröhlichen Schlange* würde die schlagkräftigste

Truppe sein, die die Welt der Wikinger je gesehen hatte! Bei dem Abenteuer, das ihnen bevorstand, konnte das ja nicht schaden, oder?

3.

Vater Unwan bemühte sich nach Kräften, die Geschehnisse
während der misslungenen Verbrennung des Heidenspeers
vor ein paar Tagen aus seiner Erinnerung zu verdrängen.
War er tatsächlich auf die Knie gesunken und hatte Odin
um Verzeihung gebeten, als der Drache im Hafen aufgetaucht war? Und war er danach wie ein geprügelter Hund
auf allen vieren davongekrochen, das Kruzifix, das er sich
voller Panik vom Hals gerissen hatte, zurücklassend?

Er versuchte sich einzureden, dass seine Erinnerung an
die Ereignisse unklar war und dass sich eigentlich alles
irgendwie ganz anders abgespielt hatte. Jedenfalls hatte er
das Kruzifix wieder. Eines der Kinder aus dem Dorf hatte es
ihm gebracht. Jemand musste in der Hektik, die am Thingplatz geherrscht hatte, draufgetreten sein, denn es war total
schmutzig gewesen. Er hatte dem Kind das Kruzifix aus der

Hand gerissen und ihm alle möglichen schrecklichen Strafen dafür verheißen, dass es sich nicht die Mühe gemacht hatte, das Amulett zu reinigen.

Das Kind war weinend davongelaufen zu seinem Vater, der nicht weit entfernt gestanden hatte – und Unwan hatte es plötzlich extrem eilig gehabt, in die schützende Halle des Jarls zu laufen, denn der Vater des Kindes hatte sich mit allen Anzeichen des Grimms aufgemacht, ein Wörtchen mit Unwan zu reden.

Jetzt stand Unwan auf dem Thingplatz von Brattahlid und bemühte sich, die grönländischen Barbaren zu bekehren. Die interessierte Zuhörermenge bestand aus einem halben Dutzend Frauen in immer neuer Zusammensetzung, denn manchmal stießen neue Zuhörerinnen auf dem Weg von einer zur anderen Verrichtung dazu, während andere, die schon vorher stehen geblieben waren, wieder weitergingen. Der einzige Mann entfernte sich hingegen nicht. Er war allerdings schon hier gewesen, bevor Unwan zu predigen begonnen hatte.

Nach allem, was der Mönch wusste, lebte der Mann auf dem Thingplatz. Er hatte kleine, schlitzförmige Augen, einen breiten, sabbernden Mund, eine Gestalt wie ein Bär und war ganz offensichtlich der Dorfidiot. Er begleitete Unwans Rede in unregelmäßigen Abständen mit einem begeisterten »Nnnnh!« und klatschte entzückt in die Hände, wenn Unwan ihm einen vernichtenden Blick zuwarf. Dem

Mönch dämmerte, dass er einen Freund fürs Leben gewonnen hatte.

»Nur einer«, rief Unwan, »nur einer allein bringt euch das wahre Seelenheil, und das sind der Herr Jesus Christus, sein Vater, der allmächtige Gott, und der Heilige Geist!«

»Nnnnnh!«

»Das sind drei«, bemerkte eine der Frauen.

»Nur im übertragenen Sinn, denn sie sind die Heilige Dreifaltigkeit, Weib!«

»Also ich hab einen Sohn und einen Vater, und Hel soll mich holen, wenn das nicht zwei sind.«

»So breit, wie dein Sohn ist, sind's vielleicht sogar drei«, bemerkte eine andere Frau.

Die erste Frau lachte. »Und wenn's nach dem Essen geht, sind's insgesamt vier.«

Vater Unwan zog sich auf vermeintlich sicheres Gelände zurück. »Was glaubt ihr wohl, wem es eure Väter verdanken, eure Männer, eure Brüder und eure Söhne, wenn sie heil vom Schlachtfeld zurückkommen oder von der Fischerei oder von einer Seefahrt? Hm? Wem wohl?«

»Na, sich selber, du Skralinger«, rief eine Zuhörerin. »Aber davon hat so ein Geschorener wie du natürlich keine Ahnung. Erstaunlich, dass du nicht schon längst im Waschzuber ersoffen bist.«

Unwan, der hatte ausführen wollen, dass selbstverständlich der gnädige Schutz des Herrn Jesus Christus und aller

Heiligen für die sichere Rückkehr der Männer verantwortlich war, konnte nicht widerstehen, den Faden aufzunehmen. »Sich außerhalb der hohen Festtage zu waschen«, erklärte er hochmütig, »ist eine Sünde, und ihr werdet mich nicht dabei ertappen.«

»Bei Odin, Schwestern, stellt euch mal lieber aus dem Wind«, lachte eine der Frauen und hielt sich die Nase zu.

»Nnnnnh!«

»Der Herr Jesus ist es, der über eure Männer wacht!«, rief Unwan mit beginnendem Zorn. »Wer an ihn glaubt, dem wird kein Leid geschehen!«

»Wacht der Herr Jesus auch über dich und deinesgleichen?«

»In ganz besonderem Maß«, beschied Unwan würdevoll.

»Ich frage nur, weil mein Vater, als wir noch auf Island lebten, immer von den Plünderfahrten zu den christlichen Klöstern erzählt hat und dass er und seine Freunde die Geschorenen zu Dutzenden kaltgemacht haben.« Unwan starrte die Sprecherin aufgebracht an. Diese starrte zurück.

»Wenn dein Herr Jesus so auf meine Söhne aufpasst«, sagte sie fest, »kann er mir gestohlen bleiben.«

»Gottes Wege sind unergründlich«, sagte Unwan.

Drei von den Frauen wandten sich ab und stapften davon, kopfschüttelnd und grinsend. Zwei neue kamen dazu. Unwan ballte die Fäuste. Unwillkürlich blickte er zum Dorfidioten hinüber.

Dieser grinste sofort glücklich. »Nnnnnh!«

»Was wird das hier?«, fragte eine von den Neuankömmlingen.

»Ich predige das Wort Gottes und rette damit eure heidnischen Seelen«, erklärte Unwan.

»Gibt's Musik?«

»Wie bitte?«

»Und Bier?«

»Selbstverständlich nicht«, empörte sich Unwan.

Die beiden Neuankömmlinge zuckten desinteressiert mit den Schultern und trollten sich. Sie nahmen noch eine von den bisherigen Zuhörerinnen mit. Unwan musterte seine Gemeinde. Ein sabbernder Idiot und zwei Frauen, die ihm schon die ganze Zeit nicht zugehört, sondern sich kichernd unterhalten hatten, und die offenbar so ins Gespräch vertieft waren, dass sie den Abgang ihrer Nachbarinnen gar nicht mitbekommen hatten. Unwan vergrub das Gesicht in den Händen.

»Nnnnnh?«

Unwan blickte auf. »Hau ab, du verlorene Seele!«, stieß er hervor.

Der Dorfidiot klatschte begeistert in die Hände. »Nnnnh!«

Dann spannte sich seine Miene, und er zog sich zum Rand des Thingkreises zurück. Unwan sah sich um. Eine Handvoll Männer näherte sich dem Platz. Unwan kannte

sie alle vage vom Sehen – es waren Bauern aus den weit
verstreut liegenden Gehöften rings um Brattahlid. Einer
von ihnen war Frode, der Skalde, den der verfluchte Viggo
im Zweikampf besiegt hatte. Frodes eine Gesichtshälfte war
blau verfärbt, wo Viggo ihn getroffen hatte, aber es machte
sein von Tätowierungen entstelltes Gesicht auch nicht häss-
licher, als es schon war.

»He, Skralinger«, sagte einer der Männer, als sie vor
Unwan stehen blieben.

Vater Unwan, der sich mit sinkendem Mut klarmachte,
dass die rettende Halle des Jarls ziemlich weit entfernt
war, richtete sich mit weichen Knien auf. »Es heißt ›Vater
Unwan‹«, korrigierte er mit zitternder Stimme.

»Es heißt, du erzählst herum, dein Gott könne Tote aufwecken.«

»Ich … äh … ja …« Was hatte er erzählt? Unwan versuchte sich hektisch daran zu erinnern. Er hatte gestern ein
paar Heiligenlegenden zum Besten gegeben, aber es bald
wieder sein lassen, weil seine kleine Zuhörerschar nicht verstanden hatte, dass ein Märtyrer willig in den Tod ging,
ohne so viele von seinen Widersachern wie möglich mitzu-
nehmen.

»Warum?«, fragte der Mann.

»Warum ich das erzähle?«

»Warum dein Gott das tut!«

»Äh … weil er die Macht über Leben und Tod hat.«

»Ihr Geschorenen sprecht doch davon, dass nach dem Tod das Paradies auf einen wartet und es keinen schöneren Ort gibt«, warf Frode ein.

»Nichts Erstrebenswerteres gibt es, als dereinst zu den Füßen Gottes sitzen und seinem Wort in alle Ewigkeit lauschen zu dürfen«, bestätigte Unwan.

»Warum verwehrt dein Gott es dann einem tapferen gefallenen Krieger, dort einzugehen, und weckt ihn stattdessen noch einmal auf? Damit er weiterkämpfen und noch ein paar Feinde mehr erledigen kann?«

»Wohl kaum«, sagte Unwan. »Mord und Totschlag sind dem Herrn Jesus ein Gräuel, und er verabscheut die, die dies zu ihrem Handwerk machen.«

»Der Herr Jesus? Aber ich dachte, der ist der Sohn? Was hat der in der Halle seines Vaters zu bestimmen, solange der Alte noch bei Kräften ist?«

Einer der anderen Männer fragte: »Moment mal – das heißt ja, dass dein Herr Jesus uns alle verabscheut.«

»Aber euch doch nicht!«, rief Unwan. »Ihr seid doch Bauern, keine Krieger.«

»Wir sind das, was gerade nötig ist, Skralinger«, stieß der Mann hervor.

»Es gibt genau eine Valkyrja, die die Toten aufwecken kann«, sagte einer der anderen nachdenklich. »Hildr, die Odin die liebste von den Zwölf ist. Und selbst die hat es bisher noch nie getan. Oder habt ihr schon mal einen vom

Schlachtfeld zurückkommen sehen, der seinen Kopf unterm Arm trug?«

»Ich hab mal einen Kopf mitgenommen, weil meine alte Trinkschale einen Sprung hatte«, erklärte einer. »War 'ne verfluchte Arbeit, aus dem Schädel eine neue rauszusägen.«

»Ja, aber einen wieder auferstandenen Toten?«

»Nie gesehen«, brummten die Männer einmütig.

»Ich kann euch einen Beweis liefern«, rief Unwan eifrig. »Einen Beweis dafür, dass Gott mächtiger ist als eure heidnischen Götzen. Ihr sagt selbst, dass ihr noch nie von einem von euch gehört hättet, der von den Toten auferstanden wäre. Ich kann euch einen nennen, der sich zum Christentum bekehrte und den Gott vom Tod zurückgeholt hat.«

»Lass hören!«

»Es ist der heilige Sebastian«, sagte Unwan.

»Wer soll'n der sein?«

»Seltsamer Name für einen Nordmann.«

»Nnnnh«, machte der Dorfidiot von seinem Rückzugsort beim Thronsessel des Thingplatzes her. Einer der Männer nickte ihm zu. »Das findest du auch, Sturre, was?«

»Nnnnnh!«

»Der heilige Sebastian«, begann Unwan verzweifelt, »war ein Offizier in der Leibgarde des römischen Kaisers. Als er sich zu Jesus Christus bekannte, ließ der Kaiser ihn von einem Dutzend Bogenschützen erschießen.«

105

»Wieso ein Dutzend?«, fragte einer der Nordmänner. »Einer hätte gereicht.«

»Vielleicht hatte der Kaiser Angst, dass elf danebenschießen«, meinte ein anderer.

»Das erinnert mich an den Tag, an dem mein Vater und mein Bruder von einer Viking zurückkamen, das Boot über und über gespickt mit Pfeilen«, begann ein Dritter. »Die Skralinger, die sie überfallen hatten, dachten, das Schiff sei ein echter Drache und schossen mit allem, was sie hatten, auf den Drachenkopf am Bug – statt auf die Männer. Als die Leute meines Vaters dann von Bord sprangen und auf sie losgingen, hatten die Skralinger keine Pfeile mehr. Mein Bruder erzählte, er hätte selten so gelacht bei einem Raubzug.«

»Was war mit diesem Sebastian, nachdem die Bogenschützen ihn mit Pfeilen gefüllt hatten?«, fragte Frode.

»Er starb«, sagte Unwan und hob gleich darauf beide Hände zum Himmel. »Aber!!! Der Herr Jesus Christus erweckte ihn sofort wieder zum Leben!«

Die Nordmänner nickten beeindruckt. Mit diesem Ausgang der Geschichte konnten sie etwas anfangen.

»Und was tat der Kaiser?«, fragte Frode.

»Der Kaiser, nachdem er gesehen hatte, dass sein Feind Sebastian von den Toten auferstanden war, ließ ihn in die Arena des Zirkus schleppen und dort mit Knüppeln totschlagen.«

»Aber Jesus Christus weckte ihn erneut auf, und er ging auf den Kaiser los und riss ihm den Kopf von den Schultern!«, sagte einer Nordmänner voller Enthusiasmus und pumpte mit der Faust.

»Äh … nein …«, sagte Unwan. »Sebastian blieb danach tot.«

»Warum hat Jesus ihn nicht wieder auferweckt?«

»Hat es ihm nicht gefallen, dass Sebastian sich wie ein Köter totschlagen ließ?«

»Oder hat er gedacht, beim zweiten Mal müsste Sebastian sich selbst aufwecken können?«

»Oder dachte er, wenn der Kerl zu blöd dazu ist, seinen Jägern zu entkommen, dann verdient er es nicht besser?«

»Wenn Sebastian beim zweiten Mal tot blieb«, sagte Frode langsam, »dann verstehe ich den Sinn deiner Geschichte nicht, Geschorener.«

»Der Sinn ist das Wunder!«, rief Unwan.

»Aber Sebastian ist am Ende doch tot geblieben«, wandte Frode ein. »Wenn das ein Wunder sein soll, dann kann es mir gestohlen bleiben.«

»Mir auch.«

»Mir auch.«

»Nnnnnh!«

Als die Männer sich abwandten und gingen, ließ Unwan sich auf einen der Steine rund um den Thingplatz sinken und stützte die Stirn in die Hände. Er hatte Kopfschmerzen.

Der Dorfidiot beobachtete ihn leise muhend von seinem Rückzugsort aus. Auf einmal fiel ein Schatten auf den Missionar. Unwan blickte auf.

Einer der Männer war zurückgekommen. Er lächelte auf den niedergeschlagenen Mönch herunter. »Du fängst das völlig falsch an, Geschorener«, sagte er.

»Aber du weißt, wie es richtig wäre?«, fragte Unwan feindselig zurück.

»Natürlich.«

Unwan musterte den Nordmann. »Moment mal«, sagte er dann. »Ich weiß, wer du bist. Du bist der Schwager von Jarl Erik! Thjodhilds Bruder!«

Der Nordmann schnaubte. »Jarl ist Erik nur aus Versehen. Er hat den Thron nicht verdient. Ohne meinen Vater und dessen Einfluss und Reichtum wäre er immer nur ein grober Totschläger geblieben, der wegen seines Jähzorns nirgends bleiben konnte.«

Unwan erinnerte sich jetzt wieder an den Namen seines Gesprächspartners. »Und du, Ole Jorundsson?«, fragte er schlau. »Meinst du, du wärst ein besserer Jarl als Erik?«

Ole Jorundsson beugte sich so plötzlich zu Unwan herab, dass dieser erschrocken zurückzuckte. »Was ihr Geschorenen predigt, bringt Macht!«, stieß Eriks Schwager hervor. »Ihr sagt den Männern, sie sollen ihre Feinde lieben und sich noch einmal schlagen lassen, statt zurückzuschlagen. Ihr sagt den Frauen, sie sollen den Männern untertan sein und auf ihr Wort hören, statt ihnen in die Schlacht zu folgen. Ihr macht diejenigen, die an deinen Gott glauben, schwach und gehorsam und predigt ihnen den letzten Rest Stolz weg. Und darin steckt Macht, *Vater* Unwan – aber nur, wenn man derjenige ist, der die Predigt hält und sich so seine Herde schafft. Du wirst mir meine Herde schaffen, Geschorener. So wie meine Schwester es von dir erwartet. Aber mit einem anderen Ziel. Das Ziel ist es, mich zum Jarl zu machen. Hast du verstanden?«

»Und wenn Leif zurückkommt …?«

»Leif wird nicht zurückkommen. Er folgt einem Kurs ohne Wiederkehr.«

»Und wenn doch?«

Ole Jorundsson fasste an den Griff seines Schwerts. »Er wird *nicht* zurückkommen«, sagte er.

»Du hilfst mir dabei, zu den Leuten hier durchzudringen?«, fragte Unwan.

Ole nickte.

»Und wenn sie alle missioniert sind, wirst du mich zum Bischof von Grönland machen?«

»Ich mach dich zum Papst, wenn es mir hilft«, erklärte Ole.

Unwan stand auf und deutete eine Verneigung an. »Lass mich von dir lernen, Herr«, sagte er.

4.

Viggo hatte sich früher nie Gedanken darüber gemacht, wie die Nordmänner auf ihren Fahrten die Zeit totschlugen. Es gab ja nicht immer etwas zu tun. Gesegelt wurde ein Wikingerdrache vom Rávordr und höchstens zwei, drei weiteren Männern, abhängig von der Größe des Schiffs. Gerudert wurde es nur, wenn kein Wind wehte – was auf dem stürmischen Nordatlantik so gut wie nie vorkam – oder wenn man in einen Fluss eindrang, und dann war die ganze Besatzung am Schwitzen. Ansonsten waren noch der Feindausguck und der Schiffslotse beschäftigt und natürlich der Steuermann und der Schiffsführer.

Die anderen, die außer ihrem Platz am Riemen keine besonderen Positionen hatten, blieben größtenteils untätig. Natürlich gab es kleinere Arbeiten zu verrichten. Das ins Boot geschlagene Wasser musste wieder ausgeschöpft werden. Ausrüstung und Waffen mussten trocken gehalten oder wieder getrocknet werden, Rost aus den Klingen geschliffen, Taue gefettet, Schildhalterungen neu befestigt, die Riemenlöcher geschmiert werden. Es waren Tätigkeiten, die die Holumenn im Schlaf hätten verrichten können.

Die übrig gebliebene Zeit wurde mit Spielen zugebracht. Viggo sah mehrere Männer miteinander eine Art Schach spielen, allerdings nach Regeln, die von denen in seiner Zeit abwichen. Das Schachspiel hatten die Nordmänner auf ihren Fahrten an die heutige spanische Küste entdeckt. Dort herrschten die Mauren, nordafrikanische Eroberer, die das Spiel wiederum aus ihrer Heimat mitgebracht hatten. Es war nicht einfach zu spielen; man musste gleichzeitig klug und hinterlistig sein, strategisch denken und den Gegner unbarmherzig angreifen – genau das Richtige für die Nordmänner. Die Nordmänner nannten ihre Variante Hnefatafl.

Weitere Spiele, die entweder mit heiligem Ernst oder mit viel Gebrüll und halb ernst gemeinten Drohungen gegen den Spielgegner gespielt wurden, waren Kvatrutafl, das verblüffend dem heutigen Backgammon ähnelte, und ein weiteres schachähnliches Spiel namens Fidchell, dessen Regeln Viggo immer unklarer wurden, je länger er dabei zusah.

Natürlich wurde auch gewürfelt.

Die Spielfiguren und Würfel waren aus Holz oder Knochen geschnitzt, aus Geweihen, Tierzähnen oder Horn.

Viggo erfuhr, dass einer der Männer, ein grauhaariger

Ruderer namens Grymer, an Bord der absolute Spielechampion war. Nur beim Würfeln, wozu man Glück brauchte, unterlag er ab und zu. Die Brettspiele meisterte er mit unbarmherziger Präzision, was die anderen Männer zugleich stolz machte, einen wie ihn an Bord zu haben, und wurmte, weil sie gegen ihn nicht gewinnen konnten.

Leif stieß Viggo an, als dieser Grymer beim Spielen zuschaute. »Weißt du, warum er so gut ist?«

»Viel Übung?«, fragte Viggo sarkastisch.

»Liebe.«

»Hä?«

»Grymer hat um die Hand eines Mädchens aus seiner Nachbarschaft angehalten. Dessen Vater war aber aus einer hochstehenden isländischen Familie und meinte, nur ein Adliger würde seine Tochter zur Frau bekommen – oder einer, der die Tugenden des Adels beherrschte. Also lernte Grymer wie ein Verrückter, damit er die Aufgaben bewältigen konnte, die der Vater des Mädchens ihm auftrug. Er stellte sich Zweikämpfen mit Schwert, Axt und Schild; er kletterte einen Eisberg hinauf, schleuderte Baumstämme und Steine; er wurde der beste Brettspieler weit und breit; er lernte alle Sternkonstellationen auswendig und wie man sich nach ihnen orientiert; er trainierte sich Meisterschaft im Laufen, Ringen, Bogenschießen und Speerschleudern an.«

»Hat er das Mädchen gekriegt?«

»Nein. Er übte so ausdauernd, dass es seiner Angebeteten langweilig wurde, auf ihn zu warten, und sie einen anderen nahm.«

Viggo musterte den grauhaarigen Mann, der gerade ein paar Spielfiguren seines Gegners einsackte. »Das ist aber eine traurige Geschichte«, sagte er und bemühte sich, nicht zu Thyra zu blicken, die dem Spielverlauf ebenfalls folgte und aus Solidarität mit dem Unterlegenen Grymers Gegner anfeuerte.

»Was sagt sie dir?«

»Dass es sich nicht lohnt, wegen der Liebe so viele Mühen auf sich zu nehmen?«

Leif lachte. »Man sieht, dass du noch viel zu lernen hast. Der Liebe wegen lohnt sich jede Mühe! Ich lerne aus Grymers Geschichte, dass man, wenn man Fähigkeiten erlernt, dies für sich selbst tun sollte und nicht um eines anderen willen. Man lernt, um sich selbst zu verbessern, nicht, um jemandem zu gefallen.«

Viggo, der sich an diverse Aussagen seiner Lehrer erinnerte (»Du lernst nicht für die Schule, Viggo, sondern für das Leben, also streng dich nächstes Mal mehr an!«), erwiderte nichts darauf. Wenn man diesen Spruch nicht in der komfortablen Stickigkeit eines Klassenzimmers hörte, sondern auf dem schwankenden Deck eines über die Wellen jagenden Wikingerschiffs, bekam er eine völlig neue Bedeutung.

Den Hauptzeitvertreib stellten am Nachmittag des ersten Reisetags nach dem Aufbruch aus der Westsiedlung jedoch die Übungseinheiten dar, die Viggo und Thorkell vollführten. Da es nicht anders möglich war, hatte Viggo zugestimmt, dass Thorkell mit seinen Waffen gegen ihn antreten sollte. Das Schwert war spitz und seine Schneide ebenso schreiend scharf geschliffen wie die der Axt.

Viggo konnte nur darauf vertrauen, dass sein Freund wusste, was er tat, und ihn nicht verletzte; was ihn selbst betraf, musste er sich auf sein Training verlassen und aufpassen, dass er nicht aus Ungeschicklichkeit an die Schwertklinge kam und sich eine böse Schnittverletzung zufügte.

Worüber er außerdem nachdachte, war die Möglichkeit, dass das Taekwondo-Training tatsächlich über Thorkells Kampfkünste triumphierte. Würde Thorkell, wenn Viggo ihn unbewaffnet besiegte, nicht genauso dumm dastehen, als wenn er gegen Thyra verloren hätte? Viggo konnte nur hoffen, dass die Nordmänner ihn, nachdem er Frode besiegt, den Speer aufs Schiff gebracht und sich gegen Fafnir behauptet hatte, als ebenbürtigen Gegner betrachteten, gegen den zu unterliegen keine Schande war.

Thorkell schien sich darüber keinerlei Gedanken zu machen. Entweder war er überzeugt, dass er gewinnen würde, oder seine Freundschaft zu Viggo war so gefestigt, dass er sich über die möglichen Auswirkungen einer Niederlage keinen Kopf machte.

Viggo ahnte, dass Thorkells Freundschaft von einer Tiefe und Festigkeit war, wie er sie von seinen bisherigen Kumpels noch nie erlebt hatte. Anscheinend galt das für alle Freundschaften unter den Nordmännern; Freundschaft war ihnen heilig, in ihren Liedern wurde sie besungen, im Kampf war sie überlebenswichtig, im Frieden wurde sie mit Wettkämpfen und ausufernden Feierlichkeiten gepflegt. Viggo war wegen Thorkells Loyalität gleichzeitig tief bewegt und beklommen – denn irgendwann würde klar werden, dass die Zuneigung, die Thyra und Viggo füreinander empfanden, dieser Freundschaft im Weg stand. Was würde dann aus ihr werden? Eine ebenso unverbrüchliche Feindschaft?

Wie im echten Taekwondo-Training sagten sie einander die Taktiken an, die sie verwenden würden. Viggo musste die Schritte, Tritte und Stöße umständlich beschreiben, denn die Fachausdrücke kannte hier natürlich niemand. Thorkell hatte es einfacher. Er musste nur sagen: »Ich schlage mit der Axt von rechts oben nach links unten.«

Die Axt zischte herab. Thorkell schwenkte den Schild, den er vor den Körper gehalten hatte, nach links aus, um die Bewegung vollenden zu können. Der Schild deckte jetzt seine linke Körperhälfte, die Deckung nach vorne übernahm die schräg herabzuckende Axt.

Viggo drehte sich auf dem linken Fußballen, stützte sich auf den im Zuschlagen ausgestreckten Arm seines Freundes, rollte sich über dessen rechte Schulter und vollführte dabei eine komplette Drehung, an deren Ende er hinter Thorkell stand und den Schwung nutzte, um ihm einen Tritt in den Hintern zu verpassen.

Thorkell fuhr schneller herum, als Viggo es für möglich gehalten hätte, und stand wieder mit hoch erhobener Axt und vor dem Körper gehaltenen Schild vor ihm. Seine Augen blitzten. Viggo erschrak. Er wusste, wie leicht diese Finte ausgesehen haben musste. Keiner von den Zuschauern konnte auch nur ahnen, wie schwierig sie gewesen war und dass Thorkell nicht das Opfer einer einfachen Akrobatikübung geworden war, sondern einer Kombination, die manche Schwarzgurtträger nicht beherrscht hätten. Fühlte Thorkell genauso wie die Zuschauer und war jetzt wütend?

Die Zuschauer trommelten gelassen auf das Holzdeck, um anzuzeigen, dass sie Viggos Finte gut fanden. Viggo wurde klar, dass Thorkells Augen vor Vergnügen blitzten.

»Das«, sagte Thorkell, »musst du mir beibringen.«

»Ich muss dir schon den Schritt beibringen, den ich in Kaupangen gegen dich verwendet habe.«

»Dann sieh zu, dass du das hier überlebst, sonst werde ich nie dein Schüler – Schildstoß und Axt von rechts unten!«

Der Schild traf Viggo mit solcher Wucht gegen seine zum Schutz erhobenen Arme, dass seine Füße vom Boden abhoben. Thorkell kippte den Schild so, dass Viggo halb darauf zu liegen kam. Instinktiv hielt Viggo sich am Schildrand fest, anstatt sich davon abzustoßen. Thorkell nutzte das und trug seinen Freund ein paar schnelle Schritte darauf vor sich her, bevor Viggo reagieren und die Füße wieder auf den Boden stellen konnte. Gleichzeitig fühlte Viggo den sanften Schlag der Breitseite von Thorkells Axt gegen sein Knie. Hätte Thorkell wie in einem echten Kampf richtig zugeschlagen, wäre Viggo mit zerschmettertem Kniegelenk von Thorkells Schild heruntergefallen und hätte hilflos an Deck gelegen. So taumelte er nur ein paar Schritte zurück, als Thorkell ihm mit dem Schild einen Schubs gab.

Die Nordmänner trommelten wieder.

»Nicht schlecht, oder?«, strahlte Thorkell.

Sie übten weiter: Thorkells Geschicklichkeit gegen Viggos Training, Thorkells Kampferfahrung gegen Viggos Techniken, Thorkells Bärenkräfte gegen Viggos Schnelligkeit. Bald wurde klar, dass Viggo sich mit seinen Taekwondo-Künsten gegen einen einzelnen bewaffneten Angreifer, der sich an Regeln hielt und nicht wie ein Berserker blindwütig zuschlug, durchaus behaupten konnte. Ihm war aber auch bewusst, dass er im Getümmel einer Schlacht oder gegen einen Feind, der ihn unbedingt töten wollte, chancenlos war.

Er und Thorkell schüttelten sich keuchend die Hände und umarmten sich und nahmen das anerkennende Schulterklopfen ihrer Schiffskameraden entgegen, als Thyra, die für Thorkell den Ausguck übernommen hatte, plötzlich rief: »Nebelbank voraus!«

5.

Bjarne hatte vor der seit Langem sichtbaren Nebelbank haltgemacht und hielt das Boot mit gerefftem Segel und leisen Ruderschlägen auf der Stelle.

Er wusste, dass der Nebel kein natürliches Phänomen war. Er lag auf dem Meer wie eine Gewitterwolke, mit scharf umrissener Grenze, mattgrau und stumpf, als herrschte darin stürmisches Wetter, während außerhalb die Sonne schien. Hildr, die im Bug saß, starrte die Nebelbank nachdenklich an.

Bjarne hatte nicht die geringste Lust, in den Nebel hineinzufahren, doch er ahnte, dass er genau das würde tun müssen.

»Worauf wartet ihr?«, fragte eine ungeduldige Stimme. »Soll ich anschieben?«

Loki stand neben dem Boot. Oder besser: Lokis Trugbild.

Im Allgemeinen versuchte Loki mit seinen Trugbildern den Eindruck zu erwecken, sie wären aus Fleisch und Blut und den Gesetzen der Physik unterworfen. Er tat so, als würden sie auf irgendetwas sitzen oder stehen. Nur wer genau hinschaute, merkte, dass sie in Wahrheit immer dicht über dem Boden schwebten. Außerdem warfen die Trugbilder keinen Schatten.

Dieses Trugbild schwebte knapp über dem Wasser. Anscheinend hielt Loki es diesmal nicht für nötig, seiner Projektion Glaubhaftigkeit zu verschaffen.

»Nein, danke«, knurrte Bjarne.

»Ich wollte, der Nebel wäre dichter«, bemerkte Loki. »Dann müsste ich Bjarne Brummbärs finsteres Gesicht nicht anschauen.« Das Trugbild flackerte kurz. Loki seufzte. »Oje. Nicht gerade die beste Zeit, um euch willkommen zu heißen.«

»Was meinst du damit?«, fragte Bjarne.

Das Trugbild flackerte erneut. Es wirkte so, als würde sich Lokis Gesicht vor Schmerz verzerren.

»Lass ihn«, sagte Hildr zu ihrem Mann. »Ich weiß, was ihm jetzt bevorsteht.«

»Mitleid mit dem gefallenen Gott, schöne Valkyrja?«, spottete Loki. Dann wurde er übergangslos ernst. »Ich muss euch leiten. Aber das geht jetzt nicht. Wirf einen Anker aus, Bjarne Brummbär, oder steck eine große Zehe ins Wasser oder was immer du tun musst, damit deine Nussschale

119

nicht zu weit abtreibt. In sechs Stunden komme ich zurück.«

»Was passiert während dieser sechs Stunden?«, erkundigte sich Bjarne gereizt.

»Das willst du nicht wissen, Sterblicher«, sagte Loki.

Bjarne verdrehte die Augen. »Bei Hel, wie ich solche Klischees hasse. Das Gift der Schlange hat sich neu gebildet und verätzt dich wieder, ist es das?«

Das Trugbild flackerte und verschwand. Dann tauchte es erneut auf, blass und durchsichtig. »Sechs Stunden«, flüsterte es.

»Und danach?«

»Werde ich euch in meinem Heim begrüßen.« Das Trugbild verschwand endgültig.

Bjarne musterte die Stelle, an der es gewesen war, mit grimmiger Miene. Dann wandte er sich an Hildr. »Sein Heim? Ich habe schon einmal in dieser verdammten Nebelbank gesteckt, damals, als ich das neue Land im Westen entdeckte. Hier ist nichts.«

»Hier ist nichts, was von Menschen gefunden werden kann«, berichtigte Hildr. »Deshalb muss er uns ja auch leiten.«

»Das hat er also gemeint, als er bei unserer letzten Begegnung von einem nicht plangemäßen Landgang sprach.« Bjarne schnaubte. »Was passiert mit mir, wenn ich Land betrete, das die Götter erschaffen haben und nur sie finden können? Verwandeln sich meine Knochen sofort in Asche?«

Hildr lächelte. »Du stehst unter meinem Schutz, mein Liebster.«

»Weißt du was?«, knurrte Bjarne. »Ständig nennt mich Loki einen Brummbären. Da soll ein Mann keine schlechte Laune haben, wenn sein Weib dauernd ihn beschützt statt umgekehrt.«

»Oh, den größten Schutzzauber, den es gibt, hast du doch über mich gebreitet«, sagte Hildr.

»Ach ja?«

Die Valkyrja erhob sich von ihrem Platz und setzte sich an Bjarnes Seite. Sie küsste ihn. »Natürlich«, sagte sie. »Deine Liebe ist es.«

»Hör auf, mich so anzusehen«, brummte Bjarne, aber er lächelte. »Was glaubst du, wozu will uns Loki auf diesem verdammten Felsen haben, auf dem er angebunden ist?«

»Ich weiß es nicht. Aber ich ahne und hoffe etwas …«

»Was?«

»Dass wir Viggo schon dort treffen werden.«

6.

Vielleicht war es so einfacher, vielleicht hatte Loki sechs Stunden später aber auch nur deshalb eine Möwe mit grünen Augen als Trugbild geschickt, weil Bjarne sich dadurch anstrengen musste, ihr zu folgen. Bjarne traute dem Gott jede noch so kleine Gemeinheit zu. Aber er sagte nichts, sondern hantierte mit dem Segel und dem Ruder und folgte dem Flug des Vogels, bis sich auf einmal ein Berg aus dem Nebel schälte.

Er enthüllte sich in der falschen Reihenfolge – von oben her statt von unten. Plötzlich war da die Ahnung eines massiven Etwas hinter den Nebelschwaden. Als das Boot näher herankam, sahen Bjarne und Hildr den oberen Teil eines riesigen, oben abgeflachten Tafelbergs über dem Nebel schweben. Je näher sie herankamen, desto mehr Einzelheiten erkannten sie. Die Wände des Bergs stiegen fast senkrecht an, aber sie waren nicht glatt, sondern tausendfach facettiert und gebrochen und strukturiert von Millionen großen und kleinen, achteckigen Türmen und Erkern. Der Berg war ein ungeheurer, grauweißer, matt schimmernder Kristall.

Bjarne wechselte einen Blick mit seiner Frau. »Hast du so etwas schon mal gesehen?«

Hildr schüttelte den Kopf. »Die Götter haben es geschaffen als ewiges Gefängnis für Loki. Es dient keinem anderen Zweck. Es ist einmalig.«

Die Möwe über ihnen kreischte.

Als sie noch näher heran waren, wussten sie, warum der obere Teil des Bergs scheinbar über dem Wasser geschwebt hatte: Die Wellen donnerten gegen ihn und ließen die Gischt himmelhoch schäumen, sodass sein unterer Teil im Nebel völlig unsichtbar gewesen war.

Bjarne hielt das Boot an. Die Dünung hob es auf und ab, vom Berg her wehte die salzige Feuchtigkeit des aufspritzenden Wassers.

»Hier gibt es keinen Landeplatz!«, rief Bjarne gegen das unablässige Tosen und Donnern der Wellen.

Hildr deutete auf die Möwe. Sie strich mit einem korrigierenden Flügelschlag nach links ab.

Bjarne drehte das Segel anders in den Wind. Er hatte keine Ahnung, in welche Himmelsrichtung Lokis Trugbild ihn leitete. Im Nebel sah jede Richtung gleich aus. Er erinnerte sich an seine Irrfahrt damals im Nebel und fragte sich, wie nahe er und seine Männer Lokis Gefängnis wohl aus Versehen gekommen waren, ohne es zu bemerken. Der Berg hatte eine derartig überwältigende Präsenz, dass es fast unmöglich schien, ihn damals nicht gesehen zu haben. Aber vielleicht hatten sie ihn ja gesehen und durch einen Schutzzauber der Götter sofort wieder vergessen; oder vielleicht konnte Bjarne ihn heute nur deshalb sehen, weil eine Valkyrja in seiner Begleitung war und das Trugbild eines Gottes ihn leitete.

Er musterte den Berg immer wieder über die rechte Schulter. Er hatte den Eindruck, seine eigentliche Basis war so tief unter dem Meer, dass sie bis in die tiefsten Tiefen der Schicht reichte, in der Midgard lag.

Sie landeten das Boot in einer schmalen Bucht, die so aussah, als wäre sie mit Hammerschlägen aus der senkrechten Flanke des Bergs herausgehauen worden. Bjarne nahm an, dass es genau so war. Es war der Gott Thor gewesen, der hauptsächlich Lokis Gefängnis erschaffen hatte; seine Waffe war der mächtige Hammer Mjöllnir.

Bjarne tastete sich verstohlen ab, nachdem er den Boden betreten hatte, halb erwartend, dass sein sterblicher Körper sich trotz Hildrs Versicherung auflösen würde. Aber er war so kompakt wie eh und je. Als er Hildrs nachsichtiges Lächeln sah und bemerkte, dass ihr seine Geste aufgefallen war, grinste er verlegen und zuckte mit den Schultern.

Von der Landungsstelle führte ein Pfad steil hinauf und in die Kluft hinein, die sich oberhalb des Landungsplatzes in die Höhe zog.

Bjarne folgte dem Verlauf des Pfads mit den Augen. Er nahm an, dass die Kluft sich bis tief ins Herz des Bergs zog und der Pfad genau an die tiefste Stelle führte – und dass dort Lokis »Heim« sein würde.

Im nächsten Moment stand Lokis Trugbild am Beginn des Pfads, prächtiger gekleidet als zur Krönung eines Königs. Es verbeugte sich vor Hildr und Bjarne.

»Willkommen«, sagte Loki. »Ich gebe euch den Frieden in meinem Haus.«

Bjarne hatte eine sarkastische Bemerkung machen wollen, doch er schluckte sie hinunter. Als Sterblicher an diesem Platz zu stehen, beeindruckte selbst ihn, der ein göttliches Wesen zur Frau genommen und sich bereits daran gewöhnt hatte, mit einem der Götter herumzustreiten wie mit einem lästigen Schiffskameraden.

Loki wandte sich um und schritt ihnen auf dem Pfad voraus. Hildr und Bjarne folgten ihm.

Der Weg stieg so steil an und war so übersät von scharfkantigen Felsen, dass Bjarne bald zu keuchen begann. Trotz der schweren, feuchten Kühle des Nebels schwitzte er. Er war von sich selbst unangenehm überrascht – wo war seine Kondition? Stellte sich langsam das Alter ein?

Gerade als er überlegte, wie er um eine Pause bitten sollte, ohne sich eine verletzende Bemerkung Lokis einzufangen und ohne vor seiner Frau wie ein Schwächling dazustehen, blieb Hildr stehen und spähte aufs Meer hinaus. »Loki, warte!«, sagte sie.

Das Trugbild des Gottes drehte sich um. »Was?«

»Sind wir nicht der einzige Besuch, den du erwartest?«, fragte Hildr. »Ich dachte, ich hätte draußen auf dem Meer ein Schiff gesehen.«

»Der Nebel ist zu dicht, um irgendwas zu sehen«, knurrte Loki.

Hildr schüttelte den Kopf. »Bjarne, was ist mit dir? Du hast Augen wie ein Adler.«

Bjarne starrte in den Nebel hinein. Er nahm an, dass Hildr seine Erschöpfung bemerkt und diesen Stopp mit der Ausrede, sie hätte etwas gesehen, eingelegt hatte, um ihm eine Ruhepause zu ermöglichen, ohne dass er sein Gesicht verlor. Er stellte sich neben seine Frau. Ab und zu glaubte er im Wabern des Nebels weit draußen den dunklen Schimmer der Meeresoberfläche zu erblicken, aber das konnte auch eine Täuschung sein. »Ich sehe leider nichts«, sagte er nach einer Weile, immer noch außer Atem.

Hildr deutete mit einer Hand verstohlen direkt nach unten.

Bjarne folgte dem Fingerzeig. Er hatte erwartet, dort die Bucht zu sehen und ihr Boot, aber er sah in Wahrheit nichts. Sein Blick fiel direkt in eine weiße Leere hinein. Endlich wurde ihm klar, wie hoch sie schon waren. Von der bisherigen Gehzeit her hatte er geschlossen, dass sie höchstens dreihundert Mannslängen hochgekraxelt waren. Doch es musste mindestens das Doppelte sein – sie waren hoch über den Gischtwolken der Brandung, so hoch, dass der Sprühnebel des Wassers und der Nebel an sich den Blick nach unten verbargen. Wie alles hier, war auch der Pfad nicht mit menschlichen Maßstäben zu messen. Jetzt verstand Bjarne seine Erschöpfung. Er nickte Hildr dankbar zu. Sie lächelte zurück.

Wenig später flachte sich der Anstieg ab. Der Weg führte in eine Klamm hinein, so eng, als hätte ein Hieb mit einer gigantischen Axt sie in die Bergflanke hineingeschnitten. Nach dem Durchqueren des finsteren Einschnitts erlebte Bjarne die größte Überraschung des Tages. Sie standen in einem von Trümmerstücken übersäten Kessel, um den herum die Felsen senkrecht in die Höhe ragten – als wären sie im Burghof eines Riesen angekommen, der von einer himmelhoch ragenden Burgmauer eng umschlossen wurde.

Erneut drängte sich Bjarne das Bild eines wütend mit Hammer und Axt arbeitenden Thor auf, der den massiven Berg von oben her aushöhlte, bis er diesen tiefen Kessel geschaffen hatte.

Der Pfad wand sich durch das chaotische Bruchgelände bis zu einem deutlich sichtbaren Höhleneingang. Loki, der weitergegangen war, während Bjarne und Hildr unwillkürlich stehen geblieben waren und gestaunt hatten, wandte sich um. »Sagt jetzt bloß nicht: Oh, wie beeindruckend!, oder so was Ähnliches!«, brummte er. »Das ist das Werk Thors. Wie immer grob und unbeholfen gearbeitet, ohne jede Feinheit.«

»Es erfüllt seinen Zweck, oder nicht?«, erwiderte Hildr.

»Allerdings«, stieß Loki hervor. »Ich habe ja auch nicht gesagt, es sei Pfusch. Es ist nur hässlich.«

»Du hättest den Weg zu deiner Haustür mal kehren können«, sagte Bjarne und wies auf den Pfad, der mit Steinen und Trümmern übersät war.

»Das kannst du ja für mich besorgen, Bjarne Brummbär«, versetzte Loki. »Du wirst dich ohnehin bald langweilen.«

Bjarne verstand zunächst nicht, was Lokis Aussage bedeuten sollte, doch das wurde ihm klar, als er versuchte, hinter Lokis Trugbild und seiner Frau Hildr die Höhle zu betreten. Auf einmal wurden seine Schritte immer schwerer und schwerer; es war, als müsste er gegen einen unsichtbaren Widerstand ankämpfen, als ginge er durch Wasser, dann durch Sirup, dann durch erstarrendes Wachs. Und dann blieb er stehen, weil er einfach nicht mehr weitergehen konnte, und spürte, wie der rätselhafte Widerstand ihn nach hinten zu schieben begann. Er stemmte sich gegen das zähe Nichts. Seine Schuhsohlen rutschten über den Boden.

»Was soll das, Loki?«, knurrte er und griff mit den Händen in die leere Luft, denn die Höhlenwände waren zu weit weg, um sich daran festzuhalten. Er wurde rückwärts durch den Höhleneingang hinausgeschoben. Alles, was er tun konnte, war das Gleichgewicht zu halten und nicht hinzufallen. Bjarne ahnte, dass die Kraft, die gegen ihn wirkte, ihn unbarmherzig über den scharfkantigen, geröllübersäten Felsboden geschoben hätte, egal, ob ihm dabei die Haut vom Körper geschabt worden wäre.

Loki zuckte mit den Schultern. »Ein Sterblicher kommt hier nicht herein«, sagte er.

»Hättest du das nicht sagen können, bevor ich den ganzen Weg hochgeklettert bin?«

»Ich brauche doch aber jemanden, der den Weg zu meiner Haustür frei kehrt.«

Hildr war stehen geblieben und trat jetzt auf Bjarne zu. Sie nahm seine Hand. Der Widerstand, gegen den Bjarne ankämpfte, blieb bestehen. Hildr war gezwungen, neben ihm her zum Höhlenausgang zu schreiten.

»Er steht unter meinem Schutz«, sagte sie befremdet zu Loki. »Der Unsichtbare Wächter sollte über ihn keine Macht haben.«

»Dein Schutz allein hilft hier nichts, schöne Valkyrja«, sagte Loki. »Er käme nur herein, wenn wenigstens ein Teil des göttlichen Wesens in ihm wäre – also wenn er ein Halbgott wäre oder wenn du etwas von deiner Macht in ihn ge-

pflanzt hättest. Aber stattdessen hat er ja etwas in dich ge-
pflanzt.«

»Lass unseren Sohn aus dem Spiel«, sagte Bjarne hitzig.

»Aber um ihn geht es doch, nicht wahr?«, rief Loki. Er
breitete die Arme aus. »Schon vergessen, Bjarne Brummbär? Du musst dir die Agenda in den Axtgriff ritzen, wenn
du sie dir nicht merken kannst.«

»Ich würde dir die Agenda auf die Stirn hämmern«,
knurrte Bjarne, »wenn ich nur könnte.«

Loki grinste und tat so, als würde er Bjarne seine Stirn
darbieten, damit dieser mit dem Notieren anfangen konnte.

»Warum hast du Bjarne den Aufstieg zugemutet, wenn er
den Unsichtbaren Wächter nicht überwinden kann?«, fragte
Hildr verärgert.

Loki wurde ernst. »Weil ich nicht weiß, was passiert,
wenn dein Sohn seine dritte Aufgabe erfüllt«, sagte er. »Werden die anderen Götter kommen und Terror machen? Wird
dieser Felsen in sich zusammenbrechen? Werden die Ungeheuer aus dem Meer aufsteigen? Und weil du es mir nie
verzeihen würdest, wenn deinem sterblichen Liebsten etwas
zustößt. Deshalb habe ich ihn lieber hier oben, wo wir ihm
zur Not helfen können.«

»Ich brauche keine Hilfe«, sagte Bjarne, nur um Loki zu
zeigen, dass er nicht eingeschüchtert war.

»Loki, der Ränkeschmied, weiß nicht, wie das hier ausgeht?«, fragte Hildr überrascht.

»Nein«, gestand Loki. »So wie ich auch nicht vorausgesehen habe, dass es überhaupt zu dieser Situation kommen würde. Er war schlauer, als wir alle dachten, und seitdem hat er bestimmt noch was dazugelernt.«

Hildr musterte das Trugbild des Gottes. »Wer ist *er?*«, fragte sie. »Odin? Thor? Einer der Reifriesen?«

Loki schüttelte den Kopf. »Die sind alle mit Ragnarök beschäftigt und haben kein Auge für das, was wirklich geschieht«, sagte er. »Aber auch das hat er genau so geplant, der verdammte Mistkerl!«

»Von wem redest du, Loki? Wer ist hier unser Widersacher?«

»Du würdest es nicht glauben, schöne Valkyrja«, seufzte Loki. »Nun folge mir bitte. Und du, Bjarne Brummbär … mach dich schon mal auf die Suche nach einem Besen.«

Wütend und resigniert zugleich wandte Bjarne sich um und ließ sich von der Kraft, die Hildr einen Unsichtbaren Wächter genannt hatte, aus der Höhle hinausschieben. Draußen sah er sich um. Wenn Loki glaubte, dass er auch nur einen Finger rühren würde, um das Chaos hier zu beseitigen, hatte der Gott sich gewaltig getäuscht. Trotzig rollte Bjarne sogar noch einen Brocken, der neben dem Pfad lag, mitten auf ihn hinauf. Dann stapfte er zu der Klamm hinüber. Hier, in diesem Kessel, würde er nicht sehen, was sich eventuell von draußen näherte. Draußen – wegen des Nebels – wahrscheinlich auch nicht, aber er fühlte sich besser dabei, wenigstens auf dem Posten eines Wächters zu sein und so zu tun, als würde er Ausschau halten.

Zu seiner großen Überraschung sah er kurz darauf im Wabern des Nebels und weit, weit unten den bunten Fleck eines Segels auf der dunklen Meeresoberfläche tanzen. Dann verbarg der Nebel den Anblick wieder. Er dachte schon, sich getäuscht zu haben, da schoss hinter ihm eine Möwe aus der Klamm und ins Freie hinaus, schwebte kurz mit zitternden Flügelspitzen im Aufwind und kippte dann mit einem schrillen Schrei steil hinunter. Bjarne war sicher, dass die Möwe grüne Augen hatte – und dass Loki sie als Trugbild ausgesandt hatte, um einen weiteren Besucher in die Bucht zu lotsen.

Bjarnes Herz begann gegen seinen Willen heftig zu schlagen. Würde Viggo jetzt ankommen? Würde er seinen Sohn endlich zu sehen bekommen, den er zuletzt als Neugeborenes erblickt hatte? Oder wartete eine von Lokis unliebsamen Überraschungen auf sie?

Bjarne war sich bewusst, dass man Loki auf keinen Fall trauen konnte, daher zog er Schwert und Axt aus dem Gürtel, marschierte durch die Klamm zurück in den Kessel und verbarg sich dort, um gegebenenfalls aus dem Hinterhalt über feindliche Ankömmlinge herfallen zu können.

7.

Wie jeder gute Seemann hatte Leif Eriksson zuerst gezögert und das Schiff angehalten, als die Nebelbank sichtbar geworden war. Viggo hatte ihn dabei beobachtet, wie er abwechselnd das Phänomen und dann den Speer der Götter gemustert hatte, der ruhig neben dem Mast lag. Er hatte Tyrker gebeten, die *Fröhliche Schlange* parallel zur Nebelbank auszurichten. Die Ruderer auf der dem Nebel zugewandten Seite hatten die Riemen ins Wasser getaucht und den Kurs des Schiffs um neunzig Grad gewendet.

Der Speer hatte gezittert und war dann wie eine Kompassnadel, die mit Verzögerung reagiert, zum Leben erwacht und hatte sich ebenfalls um neunzig Grad gedreht, sodass die Spitze wieder auf die Nebelbank zeigte und die Ruderer links und rechts des Mastes sich ducken mussten, damit der sich drehende Speerschaft sie nicht traf.

Leif hatte genickt. Viggo hatte ihm angesehen, dass er erneut an seinen verschollenen Freund Bjarne, Viggos Vater, dachte und sich fragte, ob auch er damals diesem merkwürdigen Nebel begegnet war.

Jetzt stapfte der Großteil der Besatzung der *Fröhlichen Schlange* einen steilen Pfad hinauf, als wäre es vollkommen normal, dass nach einer kurzen Fahrt durch den Nebel eine Insel, die wie ein riesiger grauer Kristall aussah, aufgetaucht war und eine Möwe mit leuchtend grünen Augen sie zu einer Bucht gelotst hatte, in der schon ein anderes, viel kleineres Boot auf dem Kiesstrand lag.

Sechs Mann waren als Wächter bei der *Fröhlichen Schlange* zurückgelassen worden, darunter zu dessen Verbitterung Thorkell, dem Leif als Trostpflaster den Befehl über die Wachmannschaft erteilt hatte.

Die restlichen Mannschaftsmitglieder hatten den Pfad betreten, weil sie nicht tatenlos am Ankerplatz herumsitzen wollten – und weil Gungnir sich plötzlich so gedreht hatte, dass seine Spitze genau auf ihn wies.

Viggo trug den Speer nun in beiden Händen, als er neben Leif her den Pfad hochstapfte, keuchend und schwitzend vor Anstrengung. Er hatte das Gefühl, dass Gungnir von allein den Pfad hinauffliegen würde, wenn er ihn losließe.

Nach einer gefühlten Ewigkeit erreichten sie eine Stelle, an der der Pfad flacher wurde und in eine Klamm hineinführte. Leif ließ die Gefährten haltmachen und Luft schöpfen. Ein paar Männer stützten sich auf die Knie und atmeten heftig, andere setzten sich auf Felsen und versuchten, wieder zu Atem zu kommen.

Viggo war durstig und fühlte sich schwindlig und rang nach Atem. Er musterte Thyra von der Seite, der die Anstrengung am meisten zugesetzt zu haben schien und die mit hochrotem Kopf und schweißüberströmt an der Wand der Klamm lehnte. Viggo erinnerte sich, vor wie kurzer Zeit sie noch todkrank in ihrem Zelt in Brattahlid gelegen hatte. Er trat neben sie, als Leif und Tyrker ein paar vorsichtige Schritte in die Klamm hinein taten und Viggo sich unbeobachtet fühlte. Er nahm Thyras Hand. Sofort verflachte sich der Atem des Mädchens, und die brennende Röte seines Gesichts wurde schwächer.

»Danke!«, flüsterte Thyra und drückte Viggos Hand.

Viggo fühlte eine tiefe innere Freude, dass die heilende Kraft, die er seit ihrer ersten Begegnung auf Thyra ausgeübt hatte, noch immer funktionierte.

Leif und Tyrker kehrten aus der Klamm zurück. »Dahinter geht's weiter«, sagte Leif. »Alles wieder bei Kräften? Dann los. Viggo, was sagt Gungnir?«

»Wenn ich ihn nicht festhalten würde, würde er wahrscheinlich ohne mich durch die Klamm fliegen.«

»Sehr gut.« Leif zog sein Schwert heraus. »Hast du eine Ahnung, was uns dort erwartet?«

Viggo dachte an das letzte Gespräch, das er mit Loki geführt hatte. Aber wusste er denn wirklich, was dort auf die Nordmänner wartete, außer dass Viggos dritte Aufgabe, den Ewigen Gefangenen zu befreien, noch unerledigt war und sie sich ihnen hier wahrscheinlich stellte?

Er schüttelte den Kopf.

Leif grinste. »So mag ich's«, erklärte er. »Bekannte Gefahren sind langweilig.«

Die Nordmänner lachten und zogen ebenfalls ihre Waffen. Viggo packte den Speer fester. Neben Leif, der wieder die Führung übernommen hatte, trat er in die Klamm, lächelte Thyra an, die darauf wartete, sich hinter ihnen in die Gruppe einzureihen, und brach dann mit einem Aufschrei in die Knie, weil er plötzlich das Gefühl hatte, lichterloh in Flammen zu stehen.

8.

Hildr starrte auf den Mann hinunter, der mit schweren Ketten gefesselt auf einem Felsen lag. Der Mann starrte mit leuchtend grünen Augen zurück. Er sah vollkommen gesund aus. Sein schwarzes Haar war lang und glänzend und um seinen Kopf herum auf dem Stein ausgebreitet, sein muskulöser Oberkörper ohne Narben, die ledernen Hosen, in denen seine Beine steckten, ohne Risse. Seine bloßen Füße waren unversehrt, auch dort, wo eiserne Fußschellen die Knöchel fesselten. Das Gleiche galt für seine Handgelenke. Der Mann wirkte jung, gelassen und äußerst attraktiv. Aber Hildr konnte durch die göttliche Regenerationsfähigkeit hindurchsehen und die geschundene Kreatur erblicken, in die sich der Mann in sechs Stunden verwandeln würde.

»Hallo, Loki«, sagte sie, ehrlich erschüttert.

»Hallo, schöne Valkyrja«, sagte Loki. »Du entschuldigst, dass ich nicht aufstehe, um dich zu begrüßen.«

»Wohin hast du dein Trugbild gesandt?«

»Deinem Sohn entgegen, um sein Schiff zu lotsen.«

Hildr nickte. Sie spürte Lokis forschenden Blick und konnte ihm nicht standhalten. Sie sah sich in der Höhle um. Sie war karg und leer. Vor Lokis Lager sah sie die Bruchstücke einer prächtigen Schale. Direkt über Lokis Kopf war ein Durchschlupf in der Wand. Als hätte sein Bewohner Hildrs Blick gespürt, schob er seinen Kopf aus der Öffnung. Eine gespaltene Zunge kam zwischen hornigen Lippen hervor und tastete die Luft ab. Die Schlange, die Loki verätzte, war erstaunlich klein. Ihre schwarzen Augen begegneten Hildrs Blick mit kalter, bösartiger Intelligenz. Fast erwartete die Valkyrja, die Schlange sprechen zu hören, so wie Fafnir sprach, aber sie zog sich nur stumm züngelnd wieder in ihr Versteck zurück.

»Ich wollte sie Freyja nennen«, sagte Loki im Plauderton, »aber der Witz wurde ziemlich schnell schal.«

Freyja war unter den Göttern diejenige, deren Macht sich auf die Fruchtbarkeit, den Frühling, das Glück und die Liebe erstreckte. Sie galt unter den Göttinnen als die schönste und sanfteste, obwohl sie auch auf den Schlachtfeldern daheim war und die Valkyrjar anführte, um die Hälfte der tapferen Seelen zu beanspruchen, die Odin in seine Halle einlud.

»Ja«, sagte Hildr. »Und er war schon von Anfang an nicht gut.«

Loki zuckte mit den Schultern. »Ich dachte ja auch nicht, dass er noch jemandem außer mir gefallen müsste.«

Hildr sah in Lokis grüne Augen. »Was ist mit dem Schmerz?«, fragte sie und sah, wie Loki zusammenzuckte. Die Frage hatte den gefesselten Gott überrascht.

»In den sechs Stunden, in denen ich ihm nicht ausgesetzt bin, tobt er in meiner Erinnerung«, gab Loki zu.

Hildr konnte ihm ansehen, dass er die Wahrheit sprach. Sie wusste, dass erinnerter Schmerz nicht weniger grausam war als reeller. Bevor sie richtig darüber nachdenken konnte, was sie tat, streckte sie eine Hand aus und legte die Fingerspitzen auf Lokis Stirn. Sie hatte die Macht, Tote auf der Schwelle zum Jenseits aufzuhalten und diejenigen, die sie schon überschritten hatten, wieder zurückzuholen. Sie würde Lokis Erinnerung heilen können.

»Nein!«, rief Loki erschrocken.

Der Schmerz zuckte Hildrs Arm hoch wie ein Feuerstoß und hüllte sie ein. Die Schlange schnellte aus ihrem Versteck hervor und spie ihr Gift mitten in Hildrs Gesicht. Sie schrie.

»NEEEEEIN!«, brüllte Loki.

Hildr brach neben Lokis Lager zusammen. Ihre Hand glitt von Lokis Stirn. Loki brüllte, als ein paar Tropfen von dem Gift seine Haut trafen. Hildr sank auf den Boden und bewegte sich nicht mehr.

9.

Bjarne hörte den Schrei aus der Höhle und wusste instinktiv, dass Hildr etwas passiert sein musste. Sein Körper reagierte sofort. Noch bevor Lokis »NEEEEEIN!« verklungen war, warf er sich schon aus seinem Versteck, in der Rechten das Schwert, in der Linken die Axt hoch erhoben, und rannte auf die Höhle zu.

Aus der Klamm sprinteten gleichzeitig etliche Nordmänner hervor, die ebenfalls Waffen schwangen – die Besatzung des Schiffs, auf die Bjarne gelauert hatte. Einen lähmenden Augenblick lang waren beide Fraktionen unsicher, ob sie Feinde waren und aufeinander losgehen sollten. Doch ein neuerliches Brüllen aus der Höhle löste diese Frage. Nebeneinander rannten sie zum Höhleneingang. Erst jetzt fiel Bjarne siedend heiß ein, dass die ganze Aktion keinen Sinn ergab, weil niemand von ihnen am Unsichtbaren Wächter vorbeikommen würde. Dann erhielt er einen neuen Schock, weil ihm bewusst wurde, dass er ein paar der Männer aus Island kannte – und dass ihr Anführer Leif Eriksson war!

Sein alter Freund starrte ihn beim Laufen genauso fassungslos an wie er ihn.

»Bjarne?«, stieß Leif hervor.

»Lauf!«, keuchte Bjarne. »Hildr ist da drin!«

Sie rannten in vollem Lauf in den Höhleneingang hinein wie in ein klebriges Spinnennetz aus Luft. Der Unsichtbare Wächter verlangsamte ihre Schritte, stemmte sich ihnen entgegen, brachte sie zum Stillstand, ließ sie keuchen und fluchen und gegen sich ankämpfen und schob sie trotz aller Mühen wieder hinaus, ein wütender, verwirrter Haufen von Kriegern, die mit ihren Waffen Löcher in die Luft hieben und mit rutschenden Schuhsohlen immer mehr Boden verloren, je stärker sie gegen den Druck angingen.

Bjarne gab als Erster auf und rief den anderen zu, sie sollten ihren Widerstand einstellen; es war zwecklos. Erst als sie alle wieder vor dem Höhleneingang standen, schwer atmend und einander ratlos anstarrend, ließ die Wirkung des Unsichtbaren Wächters nach. Die Nordmänner ließen die Waffen sinken.

Bjarne stand neben Leif. Der wandte sich mit noch größerer Fassungslosigkeit als zuvor an ihn. »Bjarne?!«, fragte er zum zweiten Mal.

Bjarne achtete nicht auf ihn. Er sah Hildr aus dem Dunkel des Höhleneingangs hervorkommen. Die Valkyrja stützte sich an der Wand ab und wirkte angeschlagen, aber je weiter sie sich ihnen näherte, desto kräftiger wurde sie. Als sie vor ihnen stand, nur durch die Kraft des Unsichtbaren Wächters von ihnen getrennt, sah sie wieder so aus wie immer. Bjarne verdrängte den Verdacht, dass er vor wenigen Sekunden noch blasige Verbrennungen auf ihrer Stirn hatte sehen können, ins Reich der Fantasie. Er trat vor.

»Hildr, was ist passiert?«

Hildr sah ihn an, dann irrte ihr Blick an ihm vorbei. Bjarne folgte ihm. Die anderen Wikinger taten es ihm unwillkürlich gleich.

Auf dem Pfad kam ein junger Mann herangehumpelt, der so wirkte, als hätte er gerade einen Kampf auf Leben und Tod überstanden. Eine ebenso junge Kriegerin stützte ihn.

Bjarnes Mund klappte auf. Er kannte das Mädchen. Es war die Schiffbrüchige, die Hildr auf Lokis Geheiß hin im Meer vor Island von der Schwelle des Todes geholt hatte und die schon längst tot wäre, wenn die Valkyrja nicht ihre Kräfte dagegengesetzt hätte. Ihm dämmerte, wer der junge Mann sein musste.

»Lasst sie durch«, hörte er Hildr sagen.

Eine Gasse tat sich auf. Bjarne, vollkommen aus dem Gleichgewicht, mischte sich unter die anderen Männer und trat in den Hintergrund.

Der Junge, dessen Kräfte mit jedem Schritt zurückzukehren schienen, ging durch die Gasse, die Hand des Mädchens haltend. Er hatte für niemanden Augen als für die schöne, jung wirkende Frau jenseits der unsichtbaren Barriere.

Bjarne schluckte und wusste nun mit absoluter Sicherheit, dass der Junge sein Sohn war. Tränen wollten in seinen Augen aufsteigen, aber er kämpfte sie zurück.

»Viggo«, sagte Hildr.

»Mutter?«

»Willkommen, Viggo«, sagte Hildr. Im Gegensatz zu Bjarne kämpfte sie ihre Tränen nicht zurück, sondern ließ ihnen freien Lauf.

Das Mädchen in Viggos Begleitung wollte sich losmachen, aber Viggo hielt es fest. Hildr machte eine einladende Geste, und Viggo und das Mädchen überschritten den Unsichtbaren Wächter, als ob es ihn nicht gäbe, und folgten Hildr in die Höhle hinein.

Erst jetzt löste sich die Anspannung der Nordmänner und sie begannen erregt zu murmeln. Zum dritten Mal wandte sich Leif Eriksson an seinen ältesten, besten Freund und sagte mit äußerster Fassungslosigkeit: »Bjarne???«

Bjarne räusperte sich, um die Gefühlsaufwallung, die beim Anblick seines Sohnes in ihm aufgestiegen war, in den Griff zu bekommen. »Ja«, bestätigte er und streckte Leif die Hand hin. »Du siehst besser aus denn je, Leif.«

Leif hob seine Rechte, aber statt Bjarne die Hand zu

143

schütteln, holte er aus und versetzte seinem Freund einen Faustschlag, dass dieser zurücktaumelte und auf den Rücken fiel. Leif setzte ihm nach und baute sich breitbeinig und mit geballten Fäusten über ihm auf.

»Weißt du überhaupt, welche Sorgen ich mir all die Jahre deinetwegen gemacht habe?«, brüllte er.

10.

In Viggos Kopf, aber mehr noch in seinem Herzen, war alles ein einziges Durcheinander. Er war der Frau, die kaum zehn Jahre älter wirkte als er selbst und von der er doch wusste, dass sie seine Mutter war, in die Höhle gefolgt; aber nach einem Dutzend Schritten und ohne dass sie das Ende der Höhle erreicht hatten, blieb er stehen.

»Mutter?«, fragte er nochmals.

»All ihr Götter, wie habe ich mich danach gesehnt, dich wiederzusehen«, sagte die junge Frau. Noch immer liefen ihr Tränen über die Wangen. Sie machte ein paar unsichere Bewegungen, als wüsste sie nicht, was sie tun sollte.

Viggo stand da wie ein Klotz, überwältigt, gelähmt von seinen eigenen Gefühlen. Er spürte, wie Thyra ihre Hand fast mit Gewalt aus der seinen löste und ihm einen Schubs verpasste. Er taumelte nach vorn, in die plötzlich geöffneten

Arme der jungen Frau. Die Berührung nahm ihm den letzten Zweifel, dass sie seine Mutter war, und verriet ihm zugleich alles über sie – ihre Art, ihr Wesen. Er keuchte und schlang die Arme um sie. In seiner völligen Verwirrung und Aufgewühltheit begann er zu lachen und gleichzeitig zu weinen.

»Bleib hier, Mädchen«, hörte er seine Mutter zu Thyra sagen, die sich offenbar wieder aus der Höhle zurückziehen wollte. »Du gehörst dazu.«

»Ja, Herrin«, antwortete Thyra demütig, und Viggo erkannte an ihrem Tonfall, dass auch ihr klar war, dass Viggos Mutter ein göttliches Wesen war. Er hatte das Gefühl, er sollte Thyras Hand erneut nehmen, um ihr Sicherheit zu geben, aber er brachte es nicht über sich, seine Mutter loszulassen. Doch seine Mutter löste das Problem, indem sie Thyra einfach mit in ihre Umarmung zog.

Viggo wusste nicht, wie lange sie so dastanden, zu dritt in einer Umarmung, die alles war: eine Begrüßung, eine Bitte um Vergebung für die verlorenen Jahre, ein Informationsaustausch, der viele, viele Worte gebraucht hätte und stattdessen stumm und auf einer Ebene stattfand, die Viggo gar nicht verstand.

Plötzlich wusste er, wieso seine Mutter und sein Vater ihn weggegeben und Loki anvertraut hatten. Er wusste, weshalb Fafnir sein Leben verschont hatte. Er wusste, wie Thyra ins Spiel gekommen war. Er wusste, mit welcher Verzweiflung in Muspelheim, der Welt der Götter, der Ausbruch von Ragnarök verfolgt wurde.

Der Austausch fand auf derselben Ebene statt, die es Viggo ermöglicht hatte, kurz den Schmerz zu spüren, den Hildr von Loki zu nehmen versucht hatte und der sie daraufhin selbst ereilt hatte.

Nach einer gefühlten Ewigkeit hörte Viggo eine etwas nörglerische Stimme aus dem hinteren Teil der Höhle. »Könnte mal jemand zur Kenntnis nehmen, dass hier auch noch andere Leute sind?«

Widerwillig lösten sie sich aus ihrer Umarmung und gingen noch tiefer in die Höhle hinein. Als sie vor Loki standen, strahlte dieser wie ein Showmaster, der eine besonders gute Vorstellung geliefert hat.

»Was hab ich versprochen?«, fragte er Viggo. »Na, was hab ich versprochen? Bekomme ich jetzt vielleicht ein bisschen Respekt?« Er rasselte mit seinen Ketten.

Thyra war hinter Viggo und Hildr zurückgeblieben. Sie war blass und schien wie erstarrt vor Ehrfurcht und Demut. Viggo versuchte sich klarzumachen, wie das Mädchen empfinden musste. Es war, als würde ein frommer Christ plötzlich Jesus leibhaftig begegnen. Er wandte sich von Loki ab und legte Thyra die Hände auf die Schultern. »Kann ich dir irgendwie helfen?«

»Du könntest mir etwas von deiner Gelassenheit im Umgang mit einem Gott geben«, flüsterte Thyra zurück.

»Ich habe Loki als Herrn Koil vom Jugendamt kennengelernt, der sich über mein Zimmer lustig machte und einen unpassenden Kleidergeschmack demonstrierte«, sagte
Viggo. »Ich glaube, das hilft mir dabei.«

»Das habe ich gehört«, rief Loki.

Thyra starrte Viggo verwirrt an. Sie hatte offensichtlich
nur die Hälfte seiner Worte verstanden. »Und deine Mutter
ist … ist eine Valkyrja«, sagte sie stockend. »Dieselbe, die
mir das Leben gerettet hat. Ich wusste es ja, aber dich und
sie dann tatsächlich zusammen zu sehen …«

»Ich wäre nicht hier, wenn du nicht gewesen wärst«, sagte
Viggo, um ihr ihre Selbstsicherheit wiederzugeben.

»Du wärst nicht hier, wenn *ich* nicht gewesen wäre«, ver-
meldete Loki. »Und vielleicht könntest du dich mal der
Aufgabe zuwenden, die du noch lösen musst?«

Viggo zerrte probehalber an Lokis Ketten. Loki seufzte
und verdrehte die Augen.

Hildr sagte: »Diese Ketten kann kein Sterblicher öffnen.
Nicht einmal ein Gott kann sie sprengen. Sie sind mit dem
Hammer Mjöllnir geschmiedet worden, einem Werkzeug
der Götter.«

»Wo sie recht hat, hat sie recht«, bemerkte Loki.

»Und wie hast du dir das dann gedacht?«, fragte Viggo.
»Ich soll dich doch befreien, oder? Hast du erwartet, dass
die Ketten zu Asche werden, wenn ich sie nur berühre?«
Tatsächlich hatte Viggo etwas in der Art erwartet. Aber die

148

Ketten blieben auf beunruhigend undramatische Weise real. Wenn man sich auf einer Insel aus Stein gewordenem Kristall befand, in einer Höhle, die von einem Unsichtbaren Wächter geschützt wurde, und mit einem auf einen Stein gefesselten Gott sprach, dann waren die Ketten eine bestürzend realistische Komponente.

»Ich borge mir Leifs Axt«, sagte Viggo.

»Um was zu tun?«, fragte Loki. »Hast du deiner Mutter nicht zugehört? Diese Ketten bekommst du mit der Waffe eines Sterblichen nicht entzwei.«

»Und jetzt?«

Loki sagte: »Es braucht ein Artefakt der Macht, um diesen Ketten zu Leibe zu rücken.«

»Aha. Was wäre das?« Viggos Gesicht leuchtete auf. »Der Speer! Gungnir! Ich habe ihn draußen gelassen ...«

»Der Speer«, versetzte Loki und rollte erneut mit den Augen, »ist zu schwach. Wenn seine Klinge so massiv wäre, dass er die Ketten zerbrechen könnte, würde keiner mehr in der Lage sein, ihn zu werfen – nicht mal Odin selbst.«

»Wie wäre es, wenn du meinem Sohn einfach sagst, welches Werkzeug nötig ist?«, fragte Hildr. »Es geht ja immerhin um *deine* Freiheit, nicht um seine.«

»Schönste Valkyrja«, sagte Loki, »es geht um den Fortbestand aller Welten trotz des Ausbruchs von Ragnarök, insofern sollten wir alle ein Interesse daran haben, dass dein Sohn seine Aufgabe endlich erfüllt.«

»Ja, dann sag mir halt, was ich dazu brauche, Alter!«, brauste Viggo ungeduldig auf. »An mir liegt's ja nicht, oder?«

»Du brauchst den Ring Draupnir«, sagte Loki. »Von ihm …«

»Ja, ich weiß. Von ihm tropft jede neunte Nacht genug Metall, um damit jede Waffe zu fertigen, die man sich wünscht. Also brauchen wir nur eine Axt zu schmieden, mit der wir deine Ketten entzweihauen können.« Viggo sah sich um. »Wo ist der Ring?«

Loki schwieg. Er musterte Viggo nachdenklich.

»Wo ist der Ring?«, fragte Viggo.

»Er ist nicht hier«, sagte Thyra leise. »Wenn er es wäre, würden wir einen gewaltigen Berg aus Metall sehen, der seit Lokis Fesselung von Draupnir abgetropft ist.«

»Selbst ein sterbliches Mädchen kapiert schneller als du«, sagte Loki zu Viggo.

Viggo dämmerte es. »Der Ring ist überhaupt nicht auf der Insel, oder? Um ihn zu finden, ist eine neue Fahrt ins Ungewisse nötig. Den Ring zu finden, ist überhaupt eine ganz eigene Aufgabe! Du hast wieder mal gelogen, Loki!« Seine Stimme war immer lauter geworden. Am Ende hatte er gebrüllt. Von draußen, jenseits der unsichtbaren Barriere, hörte er die Rufe seiner Schiffskameraden und die Stimme Leifs, der fragte, ob alles in Ordnung sei. Er ignorierte sie.

»Du siehst das falsch«, erklärte Loki. »Der Ring ist eine Unteraufgabe. Quasi … ein Meilenstein auf dem Weg zum Projekterfolg.« Er grinste fröhlich. »Hab ich schon mal gesagt, dass ich deine Zeit und ihre Sprache total erfrischend finde? Jedes Wort wird so lange glatt geschliffen, bis es nur noch eine leere Hülle ist, die man mit Belieben füllen kann. Es gibt gar keine Lüge mehr. Oder alles ist eine Lüge!«

»Du würdest fantastisch dort hinpassen«, sagte Viggo säuerlich.

»Da ich ja weiß, wie man in deine Zeit gelangt, werde ich öfter mal dort Urlaub machen«, sagte Loki.

»Vorausgesetzt, die neun Welten vergehen nicht im Weltenbrand«, erinnerte ihn Hildr. »Also sag Viggo, wo er den Ring findet, damit wir hier fertig werden.«

Loki nickte. »Du hast recht, schönste Valkyrja.« Er wandte sich an Viggo. »Willst du wissen, wo der Ring ist? Ich sag's dir. Odin gab ihn der Leiche des Sonnengottes Baldur mit, als dieser mit einem Schiff hinaus aufs Meer gestoßen wurde. Feuerpfeile setzten das Schiff in Brand, als es weit draußen war. In einer gewaltigen Feuerlohe, die dem größten aller Helden und dem Liebling aller Götter nur zu gerecht wurde, fuhr Baldur nach Hel und sein Schiff auf den Meeresgrund.«

Lokis Stimme hatte bitter und verächtlich geklungen bei dieser Schilderung. Viggo kam es so vor, als erzählte der gefesselte Gott etwas, woran er selbst nicht glaubte. Aber darauf kam es nicht an. Wichtiger war die Information hinter der Erzählung.

»Dann liegt der Ring in dem gesunkenen, verbrannten Wrack eines Götterschiffs?«, fragte er fassungslos. »Irgendwo auf dem Grund irgendeines Ozeans zwischen den neun Welten?«

»Ich bin mir nicht ganz sicher«, sagte Loki nachdenklich.

»Was!?«

»Um wirklich zu wissen, wo der Ring abgeblieben ist, braucht man die Weisheit, die einem nur durch einen Schluck aus der ältesten Quelle aller Welten gegeben werden kann«, sagte Loki. »Die Suche einfach so zu starten, wäre kompletter Unsinn.«

»Moment mal«, sagte Viggo. »Du meinst doch nicht …« Er fühlte, wie eine fassungslose Wut in ihm hochstieg.

»Meilensteine, mein lieber Viggo«, sagte Loki. »Der Weg zum Erfolg ist gepflastert mit Meilensteinen.«

»Du verlogener …«, begann Viggo.

»Aber, aber. Wenn es so einfach wäre, hätte ich es ja selbst gekonnt, trotz meiner Fesselung.«

»Du bist doch …«

Hildr legte Viggo die Hand auf den Arm. »Lass ihn ausreden«, sagte sie. »Er ist, wie er ist. Sich darüber aufzuregen, wäre genauso zwecklos, wie sich über das Wetter aufzuregen.«

152

»In meiner Zeit regt sich jeder über das Wetter auf«, stieß Viggo hervor, dem vor Wut auf Loki schlecht war.

»Bei Hel, wie ich deine Epoche liebe«, seufzte Loki selig. »Die Menschen regen sich über so viele nichtige Dinge auf, dass man sie mit Leichtigkeit lenken kann, weil sie vor lauter Aufregen keinen Blick mehr haben für das Wesentliche. Ich könnte ein Gott sein unter den Menschen deiner Zeit.«

»Du bist doch schon ein Gott«, sagte Hildr.

Loki blinzelte ernüchtert. »Stimmt«, sagte er. »Man neigt dazu, es zu vergessen, wenn man gefesselt auf einem Stein liegt und alle sechs Stunden von Schlangengift zerfressen wird.«

»Erklär mir, wie ich zu dieser Quelle komme, damit ich einen Schluck nehmen kann und weiß, wo der Ring ist«, forderte Viggo erschöpft.

»Die Quelle sprudelt am Fuß von Yggdrasil, dem Weltenbaum«, erklärte Loki. »Um aus ihr zu trinken, reicht es aber nicht, die hohle Hand hineinzutauchen. Das Wasser muss mit dem Gjallarhorn aufgenommen werden.«

»Warum bin ich jetzt nicht überrascht?«, fragte Viggo. »Und wo bitte ist das blöde Gjallarhorn – nein, halt: Wo bitte finde ich diesen weiteren *Meilenstein*?«

»Äh ... ja ... nun, den hat ... hmmm ... Das ist nicht so einfach.«

»Wieso, hütet ein Drache ihn?«

Loki sah Viggo misstrauisch an. »Beinahe gut geraten«, sagte er.

Viggo wurde bleich. »Fafnir hat ihn?«

»Wer? Fafnir? Der dämliche Lindwurm? Aber ich bitte dich …«

»So dämlich kam er mir nicht vor, als ich ihm begegnet bin.«

Loki ignorierte Viggo. Er wand sich mit allen Anzeichen der Verlegenheit auf seinem Stein. »Also, das Gjallarhorn ist … bei meiner Frau!«

Viggo starrte den Gott sprachlos an. »Dann ist es ja einfach, oder?«, brachte er hervor.

»Äh … nein«, sagte Loki.

Hildr seufzte. »Es hat immer geheißen, Sigyn wäre an deiner Seite und würde das Gift auffangen, um deine Qual zu lindern«, sagte sie. »Aber ich sehe sie nirgends.«

»Sie hat irgendwann die Lust verloren …« Loki stieß die Luft aus und senkte den Blick. »Was rede ich?«, murmelte er. »Ich hab sie vertrieben. Zum Teil konnte ich es nicht mehr mit ansehen, dass sie da neben mir saß und die Ewigkeit damit verbrachte, Schlangengift wegzukippen – und zum Teil war ich einfach ein undankbarer Narr.«

»Wo ist sie jetzt?«, fragte Hildr.

»Ich weiß es nicht«, sagte Loki. »Wir hatten ein Heim, das die Seevögel umkreisten und das wir mit unseren Söhnen bewohnten, an einer Klippe über dem Meer, hoch über den

Wolken, wo die Sonne immer schien … aber Thor hat es zerstört. Ich weiß nicht, wo sie ist.«

»Ich wusste nicht, dass du Söhne hast«, sagte Viggo verlegen.

Loki betrachtete ihn stumm, ging aber nicht darauf ein. »Du musst Sigyn finden und sie überreden, dir das Gjallarhorn zu geben. Ich hoffe, sie hat es noch. Sie hat damit das Gift aufgefangen, als sie noch an meiner Seite war.«

»Wenn sie in Asgard bei den anderen Göttern ist, kann Viggo nicht zu ihr gelangen«, warf Hildr ein. »Nicht einmal als mein Sohn, nicht einmal mit meiner Hilfe.«

»Sie ist nicht in Asgard. Sie hat sich von allen abgewendet.«

»Wer kann mir dann sagen, wo ich sie finde?«, fragte Viggo.

»Der Speer!«, sagte Thyra. »Gungnir kann dir den Weg weisen.«

»Hab ich schon mal gesagt, dass dieses sterbliche Mädchen viel schneller …?«, setzte Loki an.

»Ja, hast du. Vielen Dank auch«, knurrte Viggo. »Gibt es sonst noch irgendwelche Meilensteine? Ich meine, ich muss ja bislang nur deine Frau finden, damit ich das Gjallarhorn bekomme, damit ich aus der Quelle trinken kann, damit ich weiß, wo der Ring ist, damit ich ihn holen und hierher bringen kann, damit ich eine Waffe erschaffe, mit der ich dich befreien kann … Das ist ja übersichtlich. Gibt's nicht noch

ein paar kleine Komplikatiönchen, die du beinahe vergessen hättest zu erwähnen?«

»Je länger ich ihm zuhöre, desto mehr klingt er wie dein
Mann Bjarne Brummbär«, sagte Loki zu Hildr.

»Der Vater schlägt eben in ihm durch«, erklärte Hildr
stolz.

11.

Draußen, vor der Höhle, saßen Bjarne und Leif nebeneinander auf einem Stein und unterhielten sich. Bjarne hatte eine geschwollene Wange, wo ihn Leifs Faustschlag getroffen hatte.

»Und du hast wirklich das Herz einer echten Valkyrja gewonnen?«, fragte Leif.

»Ja«, erwiderte Bjarne schlicht. »Und da ich wusste, dass so etwas in keiner der Welten, weder Asgard noch Midgard noch sonst wo, gern gesehen ist, haben wir uns in die Einsamkeit zurückgezogen.«

»Du hättest mich trotzdem einweihen sollen. Ich bin dein Freund. Ich hätte auf jeden Fall zu dir gehalten.«

»Genau deshalb habe ich dich nicht eingeweiht und bin einfach verschwunden. Du solltest dein eigenes Leben führen und nicht in meines mit hineingezogen werden. Besonders als Hildr schwanger wurde, war das wichtig. Eine Weile wussten wir nicht, was Odin tun würde, wenn er von Viggo erführe. Wir fürchteten um Viggos Leben, Hildr fürchtete um meines, und zusammen fürchteten wir uns um das Leben aller Sterblichen um uns herum.«

»Odin hätte Viggo etwas angetan? Ich dachte, Hildr wäre ihm die Liebste unter den Valkyrjar? Oder haben sich das die Skalden nur ausgedacht?«

»Nein, das ist schon wahr. Umso größer musste für ihn das Gefühl des Verrats sein, wenn er Viggo entdeckte.«

»Die Götter sind also auch nur Menschen«, seufzte Leif.

»Wir haben Viggo aus diesem Grund Loki anvertraut«, sagte Bjarne. »Loki sagte, er kenne einen Weg, Viggo aus Midgard zu entfernen und ihn trotzdem hierzubehalten, sodass Odin seine Spur nicht finden könne. Er sagte, er habe eine Abkürzung im Fluss der Zeit entdeckt, und diese benutzte er, um Viggo zu verstecken.«

»Er hat eine Abkürzung im Fluss der Zeit entdeckt?«, fragte Leif. »Entschuldige, aber das ist mir zu hoch.«

»Mir auch«, sagte Bjarne mit einem schiefen Grinsen. »Was beweist, dass die Götter doch nicht bloß Menschen sind.«

»Und warum ist Viggo jetzt wieder hier? Wird Odin nicht auf ihn aufmerksam werden?«

»Odin ist mit den Vorbereitungen zu Ragnarök beschäftigt«, sagte Bjarne. »Alle Götter konzentrieren sich auf die letzte Schlacht. Und Loki versucht, sein eigenes Spiel zu spielen. Ich habe keine Ahnung, was er beabsichtigt.«

»Aber du vertraust ihm? Dem Gott der Lüge?«

»Hildr vertraut ihm genug, dass sie unser einziges Kind in seine Obhut gegeben hat. Sie sieht etwas in ihm, was er sonst keinen sehen lassen will, denke ich. Und ich vertraue Hildr.«

Leif schüttelte den Kopf. »Ich weiß immer noch nicht, ob ich wütend auf dich bin oder einfach nur froh, dass du lebst. Aber dich hier zu finden und zu erfahren, dass wir alle in eine Sache verwickelt sind, die nicht einmal dem Göttervater Odin bekannt ist, macht mir eines unmissverständlich klar.«

»Was wäre das?«

Leif strahlte. »Dass uns das bei Hel größte Abenteuer bevorsteht, in das sich je ein Nordmann gewagt hat!«

Sie blickten auf, als sich ihnen ein Mann aus Leifs Besatzung näherte. Bisher hatte Leifs Skipverjar die beiden Freunde gemieden und ihnen Raum für ihr Wiedersehen gegeben. Jetzt strebte Tyrker auf sie zu und nickte Bjarne gelassen zu. Bjarne nickte zurück.

»Siehst gut aus wie immer, Tyrker«, sagte er.

»Seh ich aus, wie ich ausseh«, erklärte Tyrker gleichmütig und im Singsang seiner Heimatsprache, deren Akzent und sprachliche Eigenheiten er nie gänzlich verloren hatte. »Freut es mich, dass dir gefällt, was? Was ich sonst noch sagen wollte – sie kommen wieder raus, Leif. Der Junge, das Mädchen und Bjarnes Frau.«

»Bjarnes Frau ist eine echte Valkyrja!«, sagte Leif.

Tyrker zuckte mit den Schultern. »Was überrascht's dich? Hast du doch immer gemeint: Wenn Bjarne sagt, er hat ein Götterwesen zur Frau, dann wird's stimmen, weil Bjarne nicht lügt.«

»Du hast mich verteidigt?«, fragte Bjarne bewegt.

»Nur in der Öffentlichkeit«, sagte Leif verlegen. »Im Stillen hab ich dich verflucht.«

»Sie kommen jedenfalls raus«, sagte Tyrker und stapfte wieder zurück.

Bjarne und Leif sahen sich an. Leif schlug seinem Freund auf die Schulter. »Komm«, sagte er. »Ich stell dich deinem Sohn vor. Und du mich deiner Frau. Ich hoffe, dass sie es sein wird, die mich holt, wenn ich dereinst reif bin für Walhall.«

12.

Es dauerte nicht lange, um die Nordmänner davon zu überzeugen, Viggo auf seiner Suche nach dem Gjallarhorn zu begleiten. Die Besatzung der *Fröhlichen Schlange* sah es so wie ihr Skipherra: Ihnen stand das größte Abenteuer aller Zeiten bevor, und bei Hel, wer da nicht freiwillig mitmachte, sollte sich zu den alten Weibern und den Geschorenen ans Lagerfeuer setzen und Biersuppe löffeln!

Es gab zwei schmerzhafte Abschiede, denn Bjarne Herjulfsson verkündete, dass er nicht mitfahren werde. Hildr hatte beschlossen, bei Loki zu bleiben und zu versuchen, seine Schmerzen zu lindern, wenn das Gift der Schlange wieder auf ihn tropfte. Er sah sich als Beschützer seiner Frau, auch wenn er außerhalb der Höhle bleiben musste, und wollte daher die Insel im Nebel nicht verlassen.

Der Abschied zwischen Bjarne und Leif fiel so aus, wie es

unter Männern üblich war: Keiner wollte zeigen, dass er den Freund, den er gerade wiedergefunden hatte, nur ungern aufs Neue verließ, und um ihre innere Regung zu verbergen, klopften die beiden Männer sich auf die Schultern, umarmten sich verlegen, gaben sich Knüffe und taten so, als würden sie nicht bemerken, dass sie beide einen Riesenkloß im Hals hatten.

Der Abschied zwischen Bjarne und Viggo war dagegen sehr hölzern. Viggo wusste nicht, wie er die Distanz zu seinem leiblichen Vater überbrücken sollte, denn anders als bei Hildr bestand zwischen ihnen nicht die gemeinsame übernatürliche Ebene, die bei beiden ein inneres Verständnis schuf, das mit Worten nicht zu erreichen war.

Bjarne überreichte Viggo nach kurzem Zögern ein Geschenk: sein Schwert, das ebenfalls aus der Ulfberth-Schmiede stammte und nicht weniger wertvoll aussah als das von Thorkell.

Viggo zögerte ebenfalls kurz. Er dachte an die Trainingseinheiten, die er mit Thorkell und ein paar der anderen Besatzungsmitglieder auf dem Schiff absolviert hatte. Wollte er im Kampf überhaupt eine Waffe führen? Mittlerweile war er sich absolut sicher, dass die Antwort auf diese Frage ein Nein war. Daher wies er das Geschenk mit unbeholfenen Worten zurück und wandte sich danach ab, um die Überraschung und den Schmerz in den Augen seines Vaters nicht sehen zu müssen.

Leif ließ etwas vom Proviant der *Fröhlichen Schlange*
nach oben in den Felsenkessel bringen, um Bjarne und
Hildr die Zeit bis zu ihrer Wiederkehr komfortabler zu
gestalten. Thorkell nutzte die Gelegenheit, um mit den
Trägern mitzukommen und die Höhle, Viggos legendären
Vater und vor allem seine Mutter, eine echte Valkyrja, zu
bestaunen.

Bjarne fand zu Thorkell leichter Zugang als zu seinem eigenen Sohn, indem er eine Geschichte von Thorkells Großvater erzählte, die nicht einmal Leif gekannt hatte. Danach
nahm Hildr Thorkell beiseite und vertraute ihm feierlich als
Viggos bestem Freund dessen Leben und Gesundheit an –
ein Gespräch, aus dem Thorkell strahlend zurückkam und
fest entschlossen, notfalls einen Drachen mit einem Zahn-
stocher zu erlegen, sollte er Viggo gefährlich werden wollen.

Dann marschierten die Nordmänner wieder ab, und
Bjarne, der kurz vorher noch ausgiebig Schultern geklopft
und Hände geschüttelt hatte, und Hildr, die jede Verbeu-
gung mit einem huldvollen Nicken erwidert hatte, standen
auf einmal ganz verloren in dem weiten Kessel.

Viggo drehte sich immer wieder zu ihnen um, bis er in
die Klamm eintrat und seine Eltern nicht mehr sehen
konnte. Er hatte das schreckliche Gefühl, alles falsch gemacht zu haben, und war enttäuscht über sich selbst, über
die Begegnung, über den unbeholfenen Abschied, über die
Tatsache, dass er nicht bei seinen Eltern bleiben konnte. Er

ließ den Kopf hängen, bis er merkte, dass Thyra und Thorkell, die neben ihm hergingen, ihn intensiv anschauten.

»Ich hab's verbockt, oder?«, fragte er deprimiert.

»Du hättest das Schwert annehmen sollen«, sagte Thorkell, der von Thyra erfahren hatte, was passiert war.

»Aber ich will nicht mit Waffen kämpfen!«

»Dein Vater hat dir keine Waffe geben, sondern ein Geschenk überreichen wollen«, sagte Thyra. »Wenn er etwas anderes gehabt hätte, was ihm so wertvoll war wie sein Schwert, hätte er dir das überreicht. Aber er hatte sonst nichts.«

Viggo sah von Thorkell zu Thyra und zurück. »Ich hab's so was von verbockt!«, stöhnte er.

»Wie der dümmste aller Skralinger«, bestätigte Thorkell.

Viggo blieb stehen. »Ich hole euch ein!«, rief er auf einmal voller Panik, dass er seinen Fehler nicht wieder würde gutmachen können. Er drückte Thyra den Speer in die Hände, warf sich herum und rannte zurück, aus der Klamm hinaus. Seine Mutter schien in die Höhle gegangen zu sein, aber sein Vater stand noch da, wo sie ihn zurückgelassen hatten. Er schaute überrascht auf, als er Viggos schnelle Schritte hörte. Viggo blieb keuchend vor ihm stehen.

»Das Schwert«, stieß er hervor. »Kann ich es doch haben?«

»Ich dachte, du wolltest nicht damit kämpfen?«

»Das will ich auch nicht.«

»Wozu willst du es dann?«

»Um es dir zurückzugeben, wenn wir wiederkommen. Dann hast du mir ein Geschenk gemacht, und ich kann dir auch eines machen. Das Schwert gehört zu dir, aber wenn ich es eine Weile trage, wird es auch zu mir gehören, und dann …«, Viggo geriet ins Stottern, »… dann sind wir darüber verbunden … und dann gehören auch wir … gehören auch wir zusammen …« Er verstummte und schluckte. Röte stieg in sein Gesicht.

Bjarne musterte ihn schweigend, und Viggo war sicher, jetzt erst recht alles falsch gemacht zu haben.

»Wir sind bereits verbunden«, sagte Bjarne langsam. »Wir sind Vater und Sohn.«

»Ich weiß«, flüsterte Viggo. »Aber das Schwert hilft mir, es auch fühlen zu können.«

Bjarne nestelte das Schwert samt Scheide von seinem Gürtel. Er zog die Klinge kurz heraus. Das Licht ließ sie aufschimmern. »Es heißt Einnfyrstr – das Eine und Einzige –, weil es die erste und einzige Klinge ist, die ich jemals selbst geschmiedet habe. Es passt zu dir. Du bist mein einer und einziger Sohn.«

Aus dem Dunkel der Höhle heraus, ungesehen von Bjarne und Viggo, beobachtete Hildr den Austausch der beiden und wischte sich eine Träne von der Wange. Dann ging sie zu Loki hinein, setzte sich neben ihn und klaubte in den

Bruchstücken der Schale herum, bis sie eines fand, das etwas Flüssigkeit aufnehmen konnte. Lokis Blicke folgten ihrem Bemühen.

»Was wird das?«, fragte er.

»Ich habe nach etwas gesucht, mit dem ich das Gift der Schlange auffangen kann. Ein bisschen wird dich zwar immer noch treffen, aber besser als nichts, oder?«

»Warum tust du das? Warum bleibst du hier?«

»Ich bin die Einzige unter den Valkyrjar, die heilende Kräfte hat. Es ist meine Aufgabe.«

»Weißt du was, schönste Hildr? Ich glaube dir das sogar – als einen Teil deiner Motivation, mir beizustehen. Und was ist mit dem Rest?«

Hildr lächelte. »Ich dachte mir, im Gegenzug verrätst du mir, was hier wirklich vorgeht? Dass Ragnarök eines Tages kommen würde und was das Schicksal der Götter und Menschen dann sein wird, darüber gibt es viele Lieder. Aber sie weichen alle von dem ab, was derzeit geschieht. Etwas hat den Lauf der Dinge verändert. Bist du daran schuld, Loki? Was in Hels Namen hast du getan?«

»Ich bin ausnahmsweise unschuldig.«

»Dann erklär mir die Sachlage, damit ich die Kraft aufbringen kann, dir das zu glauben.«

Loki schniefte und holte tief Luft. Er kämpfte eine Weile sichtlich mit sich, dann begann er zu erzählen. Hildr hörte ihm still zu und wurde immer blasser.

Als er fertig war, sagte sie: »Wenn das stimmt, sind wir alle verloren.«

»Nein. Viggo ist das Zünglein an der Waage. Von ihm hängt alles ab.«

»Aber … Loki … er ist noch ein halbes Kind und noch dazu in der falschen Zeit aufgewachsen. Er weiß nichts. Und der Gegner, den wir haben, ist mächtiger als alle Ungeheuer und alle Reifriesen zusammen! Wie kannst du glauben, dass wir auch nur den Hauch einer Chance haben, das Geschick zu wenden und den Weltenbrand aufzuhalten? Noch dazu, wo du sagst, dass uns die Zeit, die wir haben, schon fast davongelaufen ist!«

»Weil ich ein Spieler bin, Hildr«, sagte Loki und grinste. »Und ein Spieler glaubt immer daran, dass beim allerletzten Wurf die Würfel zu seinen Gunsten fallen.«

13.

Auf der *Fröhlichen Schlange* legte Viggo den Speer Gungnir so neben den Mast, dass er sich frei nach allen Richtungen drehen konnte. Die Mannschaft beobachtete ihn gespannt.

»Ich meine«, sagte Viggo, »man kann es ja mal probieren, oder?«

Thorkell zuckte mit den Schultern.

Leif sagte: »Wenn es so einfach wäre, hätte Loki dir das gesagt.«

»Loki lügt, wenn er den Mund aufmacht«, sagte Thyra.

»Probieren wir es trotzdem«, beschloss Viggo. Er räusperte sich. Er kam sich immer noch komisch vor, einen scheinbar leblosen Speer um etwas zu bitten. »Gungnir, zeig uns, wo wir den Ring Draupnir finden«, bat er.

Der Speer rührte sich nicht. Leif sah so aus, als würde er sich ein »Ich hab's dir doch gesagt!« verkneifen müssen.

Viggo startete einen zweiten Versuch. »Gungnir, wo finden wir das Gjallarhorn?«

Keine Bewegung.

»Wo finden wir …?« Viggo wandte sich Hilfe suchend an Thyra. Diese verstand sofort, worauf er hinauswollte.

»Odins Wunschmantel?«, fragte sie.

Viggo nickte dankbar. »Wo finden wir Odins Wunschmantel?«

Falls jemals jemand ein Beispiel dafür gebraucht hatte, wie ein Zauberspeer sich *nicht* bewegte, hätte Gungnir in diesem Moment ausgezeichnet dafür herhalten können.

»Frag mich nicht, warum«, sagte Leif, »aber ich nehme an, der Speer ist nicht in der Lage, Artefakte der Macht zu finden. Vielleicht weil er selber eines ist?«

Viggo seufzte. Es wäre auch zu schön gewesen. »Gungnir, zeig uns den Weg zu Sigyn, Lokis Frau«, bat er.

Der Speer zitterte, dann bewegte er sich mit einem schabenden Geräusch um seine Querachse herum, bis die Spitze in die Richtung wies, in der sie Sigyn und hoffentlich auch das Horn finden würden.

Leif stieß die Luft aus und wechselte einen Blick mit Tyrker, dem Steuermann.

Tyrker grinste und sagte: »Wird nicht einfacher, diese Mission, was?«

3. LIED

DIE WEISHEIT DER GÖTTER

I.

Vater Unwan saß in Ole Jorundssons Haus und lernte begierig von einem Meister der Hinterlist.

»Wenn einem Nordmann ein Leid geschieht, macht er selbstverständlich die Götter dafür verantwortlich«, erklärte Ole. »Dass man vielleicht selber schuld ist, will man ja nicht hören. Um die Leute auf deine Seite zu bringen ...«

»Um sie auf die Seite des Herrn Jesus Christus zu bringen«, korrigierte Unwan würdevoll.

Ole schnaubte irritiert, fuhr aber fort: »... musst du sie also davon überzeugen, dass die Götter ihnen nicht nur nicht helfen werden, sondern dass sie auch darauf aus sind, ihnen zu schaden und diese Kolonie zu vernichten. Wenn alle das glauben, musst du ihnen nur noch schlüssig beweisen, dass die Rettung einzig und allein in deinem Gott zu finden ist und dass alle seine Regeln befolgen müssen. Es reicht, wenn du die Frauen auf deine Seite bringst. Sobald sie überzeugt sind, werden sie ihre Männer bearbeiten, den rettenden Glauben anzunehmen – und wenn sie sich ihnen verweigern müssen, um ihr Ziel zu erreichen!«

»Du meinst, wenn sie nicht mehr für ihre Männer kochen und waschen?«

Unwan hatte den Eindruck, dass Ole ihn mit einem äußerst mitleidigen Blick betrachtete. »Genau das meinte ich«, sagte der Schwager des Jarls sanft.

»Aber du hast doch gesehen, dass keiner mir zuhört«, klagte Unwan. »Wie soll ich sie dann überzeugen? Ich hatte erwartet, die Herrin Thjodhild würde mir mit ihrer Autorität beistehen, aber seit Jarl Erik Trübsinn bläst, kümmert sie sich nur noch um ihn!«

»Du brauchst einen Beweis, dass dein Gott Schaden von den Leuten abwenden kann, während die alten Götter nur tatenlos herumsitzen.«

»Wie soll ich denn so einen Beweis liefern?«

»Was weiß ich? Du bist doch der Experte für deinen Gott. Kann man ihn nicht mit ein paar Opfern bitten, sich ein wenig dafür einzusetzen, dass du neue Anhänger bekommst?«

»So funktioniert das nicht.«

»Nicht? Ich dachte, ihr Geschorenen predigt immer, dass euer Gott jede kleinste Kleinigkeit sieht und die Menschen liebt und jede Menge Wunder vollbringen kann?«

»Das trifft auch zu.«

»Aber wenn du, sein Skalde, ihn um ein Wunder bittest, dann hört er weg!?«

»So kann man das nicht sehen«, sagte Unwan und hoffte, dass Ole ihn nicht fragen würde, wie man es dann sehen konnte. Aber Ole winkte nur ab.

»Dein Gott ist auch nicht besser als unsere«, beschied er. »Egal. Dann sorgen wir eben für das Wunder. Ich hab auch schon eine Idee. Los, komm mit.«

Unwan folgte Ole, der, ohne zu zögern, aufstand und losmarschierte. Er führte ihn einen steilen Hügel hinauf, der sich in geringer Entfernung über dem Zentrum Brattahlids erhob. Die einzelnen Gehöfte der Ansiedlung waren weit verstreut, sodass man eigentlich nicht von einem Zentrum sprechen konnte, aber um Eriks Halle gruppierten sich einige näher beisammenliegende Behausungen. Unwan keuchte und mühte sich, mit dem kräftigen Ole Schritt zu halten, aber mit seinen Sandalen und in der kratzigen, schmutzstarrenden Kutte war das Vorankommen schwer. Der Schweiß rann ihm über die Stirn und in die Augen. Er war zu stolz, um Ole um eine langsamere Gangart zu bitten, ahnte aber, dass er es demnächst doch würde tun müssen, weil er sonst am Ende umkippen und nach Luft ringend im Gras liegen würde. Er war dankbar, als Ole auf halber Höhe des Hügels stehen blieb, merkte es aber wegen seines gesenkten Kopfes so spät, dass er in den Nordmann hineinlief.

Dieser deutete nach vorn. »Aufpassen!«, sagte er.

Unwan wischte sich den Schweiß mit dem Kuttenärmel vom Gesicht und hinterließ dort eine graue Schliere, von der er nichts ahnte. Er sah nichts außer besonders dichtem, niedrigem Gebüsch und langem Gras. »Warum?«, keuchte er. »Was ist dort?«

»Dein Wunder.«

»Da ist nichts!«

»Du weißt nicht, wie recht du hast. Folge mir.«

Ole ging zu Unwans Ratlosigkeit in einem weiten Bogen um die Stelle herum, auf die er gezeigt hatte. Endlich erreichten sie das Ende ihres Aufstiegs. Ole, der voranging, erklomm die Spitze des Hügels, doch statt dort stehen zu bleiben, schien er zu Unwans Fassungslosigkeit plötzlich in die Erde zu sinken, immer kleiner zu werden, bis nur noch sein Kopf über den Rand schaute. Der Kopf sah Unwan ungeduldig an. »Worauf wartest du? Beeil dich, sonst verpasst du es.«

Unwan bekreuzigte sich und stolperte Ole hinterher. Als er den höchsten Punkt des Hügels erreicht hatte, wurde ihm klar, dass das Gelände seinen Augen einen Streich gespielt hatte. Die Hügelkuppe war nicht rund, sondern ausgehöhlt. Sie war ein Krater mit einem dünnen, außen herum ungebrochen laufenden Rand, sodass man von unten denken musste, die Kuppe sei massiv.

Ole stieg bereits in das Innere des Kraters hinein. Er war nicht tief. Auf seinem Grund schimmerte eine Schlammpfütze von den Ausmaßen eines Marktplatzes. Noch während Unwan sie misstrauisch musterte, wölbte sich plötzlich eine Blase über der Schlammpfütze auf, wurde größer und größer, die Haut spannte sich ölig schillernd … dann platzte sie mit dem Geräusch, als würde jemand eine aufgepumpte Schweinsblase aufstechen, und mit dem Platzen drang ein Gestank in Unwans Nase, dass er das Gesicht verzog und dachte, aus Versehen einen tiefen Atemzug in der Gemeinschaftslatrine seines Heimatklosters in Brema getan zu haben.

»Was ist das für ein Geruch?«, stöhnte er.

»Er kommt aus dem Inneren der Erde. Würde mich nicht wundern, wenn dort ein Kamin direkt zu Hels großem Donnerbalken führen würde. Aber der Geruch ist es nicht, um den es mir geht. Hast du gesehen, wie der Schlamm sich aufgewölbt hat? Was für eine Kraft dahinter steckt? Diese Schlammblasen bilden sich mit schöner Regelmäßigkeit, mehrmals am Tag.«

»Die Blase war mindestens mannshoch, bevor sie platzte«, sagte Unwan beeindruckt.

»Auf Island hatten wir Hunderte von diesen Dingern«, sagte Ole. »Aus manchen schossen Fontänen kochenden Wassers, so hoch wie der Giebel der höchsten Halle. Wir haben zuweilen Sklaven reingeworfen, die die Hand gegen ihren Herrn erhoben. Und den einen oder anderen Geschorenen.«

Unwan erschauerte. Seine Faszination für das Natur-
phänomen vor seinen Augen erstarb.

»Ich kann mich an einen Vorfall erinnern«, fuhr Ole unbarmherzig fort. »Da hatte ein Geschorener – sah nicht viel
anders aus als du – die Sklaven eines reichen Bauern ermu-
tigt, zu eurem Glauben überzutreten und sich dann zu wei-
gern, für den Bauern zu arbeiten. Als der Bauer ganz richtig
erkannte, wer seine Sklaven aufgewiegelt hatte, begann er
den Geschorenen zu prügeln. Die Sklaven fielen ihm in den
Arm. Also musste das Thing beschließen, dass die Aufsäs-
sigen in eine der kochenden Springquellen geworfen würden – und der Geschorene, der an allem schuld war, gleich
mit dazu. Aber das war wohl ein bisschen viel Masse auf
einmal, denn die Springquelle versiegte daraufhin für einen
ganzen Tag. Wir dachten alle schon, wir hätten irgendwas
falsch gemacht und die Götter gegen uns aufgebracht, aber
der Skalde meinte, das könne nicht sein, höchstens sei der
Gott der Geschorenen verärgert, aber der hätte ja bloß einzugreifen brauchen, als wir seinen Anhänger in die Quelle
warfen, und da er das nicht getan hatte, war es ihm wahrscheinlich egal. Jedenfalls – am Abend dieses Tages schoss
die Wasserfontäne endlich wieder empor, höher und mit
stärkerem Druck und heißer als jemals zuvor … Sie hörte
eine gefühlte Ewigkeit nicht mehr zu tosen auf – allerdings
ein paar Mannslängen von der Stelle entfernt, an der sie
sonst immer hochgesprudelt war.«

»Warum erzählst du mir das?«, fragte Unwan, dem angesichts der Bilder, die in seinem Kopf entstanden waren, schlecht geworden war.

Ole grinste und kletterte wieder aus dem Krater hinaus. »Ich zeig's dir.«

Der Nordmann führte Unwan zu einer Stelle unterhalb des Kraters. Dort bog er dichtes Gebüsch zur Seite. Unwan sah, dass eine Höhle in den Berg führte, in der ein erwachsener Mann gebückt hätte stehen können. Die Höhle war gleich nach dem Eingang durch Geröll und eine Masse verstopft, die wie Mörtel aussah. Unwan vermutete, dass es jahrzehntealter, hart gebackener Schlamm war.

»Ich habe so etwas auch auf Island gesehen«, erklärte Ole. »Diese Höhle ist ein Gang, der in den Krater führt – tief unterhalb der jetzigen Oberfläche des Schlammsees. Sie war mal der einzige Ausgang, den der Schlamm nehmen konnte. Dreh dich um und schau nach unten.«

Unwan sah, dass direkt unterhalb des Höhleneingangs ein langer, breiter Streifen dichteres, grüneres, üppigeres Gras nach unten führte. Irgendwo auf halber Höhe des Abhangs brach er mit einer scharfen Kante ab. Unwan erkannte, dass es genau an der Stelle war, die Ole so weiträumig umgangen hatte.

»Der Schlamm, der aus dem Inneren der Erde kommt, ist fruchtbar«, sagte Ole. »Früher wuchs auf dieser Strecke wahrscheinlich kein Grashalm, weil ständig neuer heißer

178

Schlamm hinunterströmte. Dann passierte irgendwas im Inneren des Hügels … ein Schlammfluss schwemmte Felsbrocken mit sich, die den Ausgang verstopften … der Druck konnte nicht mehr entweichen, er baute sich auf und baute sich auf, wie damals bei der Springquelle, in die wir die Sklaven und den Geschorenen geworfen hatten … und eines Tages platzte dann die Hügelkuppe weg, und der Krater entstand mitsamt dem Schlammsee in seinem Inneren – der übrigens auch ansteigt und ansteigt, nur langsam und ohne großen Druck, weil der Krater ja frei ist. Eines Tages wird der Schlammsee über den Kraterrand fließen, aber das dauert noch viele Jahrzehnte. Wenn du dich jetzt fragst, woher ich das alles weiß – ich habe ähnliche Dinge auf Island beobachtet. Wer immer diese Welt geschaffen hat – dein Gott oder die Reifriesen oder Odin und seine Geschwister –, hat dafür gesorgt, dass etliche Wunder und Rätsel in ihr verborgen sind.«

»Ich frage mich immer noch, warum du mir das alles erzählst.«

»Ganz einfach. Wenn wir es schaffen, den Ausfluss des Schlamms in den Krater zu verstopfen, wird der Druck sich wieder einen neuen Weg suchen müssen.« Ole bückte sich in die Höhle hinein, zog seine Axt aus dem Gürtel und polkte mit dem Stiel an der massiven Wand aus Geröll und hartem Schlamm herum, die den Ausgang hier verstopfte. Steine fielen herab, getrockneter Schlamm rieselte in staubigen Rinnsalen zu Boden. »Und wenn wir diese Stelle hier mit ein bisschen körperlicher Arbeit so schwächen, dass der Druck sie überwinden kann …«

»… strömt der heiße Schlamm aus dem Krater wieder hier heraus, auf dem Weg, den er ursprünglich genommen hat!«, rief Unwan. Er drehte sich erneut um und spähte nach unten, zum Fuß des Hügels. »Heiliger Herr Jesus!«, stieß er erschrocken hervor und bekreuzigte sich hastig, weil er den Namen des Herrn unnötig in den Mund genommen hatte.

Es war sonnenklar: Der Schlamm, der hier herausströmte, würde den geraden Weg den Hügel nach unten nehmen – und dort lag das Zentrum Brattahlids. Unwan versuchte sich vorzustellen, welche ungeheuren Mengen kochend heißen Schlamms oberhalb dieses verstopften Ausgangs waren. Der Pegel des Schlammsees würde absinken, bis er wieder auf einer Ebene mit diesem Ausfluss war. Der Schlamm würde das kleine Tal brusthoch füllen mit brühheißem, zähflüssigem Dreck. Am Ende würde nur Eriks Halle auf ihrer erhöhten Warte dem Schlamm entkommen sein. Der Großteil des Siedlungszentrums aber würde darin versinken. Das Herz Brattahlids wäre zerstört.

»Zwei Nächte Arbeit für ein Dutzend Sklaven«, sagte Ole leichthin. »Eine Nacht, um die Verstopfung hier zu schwächen. Eine weitere Nacht, um Geröll und Heuballen und mit Erde gefüllte Säcke in den Kraterschlund zu schütten.

Ich selbst habe vier Sklaven. Ich kenne ein paar Männer, die mir in jeder Hinsicht folgen. Wenn ich mir ihre Sklaven ausborge, bringe ich leicht ein Dutzend zusammen. Und falls jemand fragt, was hier vorgeht, sagen wir einfach, die Sklaven sammeln Schlamm aus dem Kratersee, um die Felder ihrer Herren fruchtbarer zu machen.«

»Aber ... wenn das alles so klappt, wie du es dir vorstellst, und dieser Ausgang hier«, Unwan trat unwillkürlich beiseite, als er sich bildlich vorstellte, wovon er sprach, »speit den Schlamm aus, der sich im Krater gesammelt hat ...«

»... wird das eine Katastrophe ersten Ranges«, bestätigte Ole. »Es wird Tote und Verletzte geben. Viele Häuser werden zerstört. Ein Großteil Brattahlids wird neu erbaut werden müssen.«

»Was soll dir und mir dieses schreckliche Ereignis nützen?«, rief Unwan.

»Na, da sich unsere Götter wie üblich um nichts kümmern, wird *dein* Gott diese Katastrophe aufhalten.«

»Was? Aber wie denn ...?«

Ole zuckte mit den Schultern. »Indem du ihn darum bittest. Du predigst doch immer, wie wertvoll deinem Herrn Jesus jedes einzelne Menschenleben ist.«

»Ja ... aber ...« Unwan stockte.

Ole grinste. »Mit euch Leuten ist es immer dasselbe, ob Skalde oder Geschorener. Ihr versprecht, dass die Götter auf uns Menschen hören und dies und das tun, wenn man sie nur freundlich bittet oder ihnen Opfer bringt – aber wenn es drauf ankommt, fangt ihr an zu stottern und bringt fadenscheinige Erklärungen, warum es gerade jetzt doch nicht geht.«

»Du verstehst einfach zu wenig vom Glauben an den Herrn Jesus«, sagte Unwan beleidigt.

»Mag schon sein. Aber es gibt eine Möglichkeit, wie wir den Leuten hier den Glauben geben, dein Gott hätte uns alle gerettet.«

»Und was soll das sein?«

Ole sagte es ihm. Die Erklärung dauerte eine Weile, weil Unwans immer größer werdende Fassungslosigkeit verhinderte, dass er alles auf Anhieb verstand. Dann verstand er es schließlich doch. Auf sein Gesicht stahl sich langsam ein Grinsen, das immer breiter und breiter wurde.

»Ich habe noch eine bessere Idee!«, sagte er.

»Ich bin ganz Ohr«, sagte Ole und erwiderte Unwans Grinsen.

2.

Viggo, der gelernt hatte, Leif Eriksson erst dann anzusprechen, wenn dessen Pflichten als Schiffsführer getan waren, wartete, bis sie den Nebel hinter sich gelassen hatten.

Zu Viggos großer Verwirrung schien außerhalb der Nebelbank noch immer die Sonne. Seinem Gefühl nach hatten sie viele Stunden, vielleicht sogar einen halben Tag im Nebel und auf Lokis Insel zugebracht. Trotzdem war offenbar immer noch dieselbe Tageszeit wie zu dem Moment, an dem sie in den Nebel hineingefahren waren. War tatsächlich keine einzige Minute vergangen? Oder waren in Wirklichkeit vierundzwanzig Stunden vergangen?

Er stand von seinem Ruderplatz auf – der Wind füllte das Segel wieder, sodass die Holumenn nicht rudern mussten – und rief zu Leif nach hinten, ob er aufs Achterdeck kommen dürfe. Leif winkte ihn heran.

»Wie geht's dir?«, fragte Leif zu Viggos Überraschung, noch bevor dieser etwas sagen konnte.

»Gut«, sagte Viggo automatisch.

Leif musterte ihn. »Passiert nicht alle Tage, dass man seine leiblichen Eltern endlich kennenlernt.«

Viggo suchte nach Worten. Schließlich sagte er: »Ich muss das alles erst verarbeiten.«

»Wie – verarbeiten? Was meinst du damit? Ein Schiff darüber bauen? Einen Backofen mauern?«

»Nein … äh …«

»Wenn es dich beschäftigt, rede drüber. Wenn du Fragen hast, stelle sie. So macht man das bei uns.«

»Ich weiß gar nicht, was ich fühle«, sagte Viggo zögerlich. »Es ist alles wie ein einziger Strudel in meinem Kopf. Mein Vater – dein bester Freund, den du für verschollen gehalten hast! Meine Mutter, eine Valkyrja! Und ich habe Loki gegenübergestanden, dem leibhaftigen, auf einen Stein gefesselten Loki!«

»Wie kann man nicht wissen, was man fühlt?«, fragte Leif.

Erneut war Viggo um Worte verlegen. Ihm dämmerte, dass er mit den modernen Ausflüchten, nicht über seine Gefühle nachdenken zu wollen, hier nicht weiterkam. Die Nordmänner waren einfach zu gradeheraus.

»Ich weiß schon, was ich fühle«, sagte er. »Es ist … Freude. Verwirrung. Unglaube. Angst, dass alles nur ein Traum ist.

Überraschung …« Langsam erwärmte er sich dafür, sich seiner Gefühle bewusst zu werden und diese auch laut auszusprechen. »Enttäuschung, dass ich sie schon wieder verlassen musste. Vorfreude darauf, sie wiederzusehen. Stolz, dass mein Vater dich zum Freund hat. Ehrfurcht, dass meine Mutter ein Götterwesen ist …« Er brach ab.

»Und …?«, fragte Leif nach.

»… und große Furcht davor, was das aus mir macht!«

»Na, ein Halbgötterwesen«, sagte Leif vergnügt. »So was Ähnliches wie Hugin und Munin, die Raben Odins. Oder Sleipnir, Odins achtbeiniges Pferd, das der Legende nach von Loki auf die Welt gebracht wurde, als er sich mal für einige Zeit in eine Stute verwandelt hatte, aber ich glaube, da haben die Skalden was falsch verstanden …«

»Das hab ich schon mal gehört«, sagte Viggo. »Man kann wirklich nur hoffen, dass es ein Missverständnis ist, oder?«

»Sowohl für Sleipnir als auch für Loki«, bestätigte Leif grinsend.

»Jedenfalls freut es mich, auf einer Stufe mit zwei Vögeln zu stehen und einem Pferd mit zwei Paar Beinen zu viel.«

»Man kann sich seine Verwandtschaft nicht aussuchen«, sagte Leif und lachte schallend. »Bjarne hat dir sein Schwert geschenkt, oder?«

Viggo warf einen Blick auf das lederumwickelte Bündel neben der Seekiste an seinem Platz. Er nickte.

»Wirst du es benutzen?«

»Ich hatte es nicht vor.«

»Ich weiß schon, deine Kampftechnik ohne Waffen. Sieht beeindruckend aus, das gebe ich zu. Aber …«

»… aber im Ernstfall wäre ich chancenlos. Das wäre ich mit einem Schwert auch.«

»Verlass dich auf Thorkell, sollte es zum Kampf kommen. Er wird deinen Rücken decken.«

»Und ich den seinen«, sagte Viggo, der sich nach all dem Reden über seine Gefühle über diese Aussage Leifs so gerührt fühlte, dass er einen Kloß in der Kehle spürte. »Wie es sich unter Freunden gehört.«

Leif nickte. »Was wolltest du von mir?«

»Ich wollte wissen, warum Tyrker gesagt hat, dass der neue Kurs diese Mission nicht einfacher macht.«

Leif wandte sich lächelnd um. »Hey, Tyrker, warum sagst du solche Sachen?«

Tyrker, der das Segel, den Himmel und das Wasser gleichzeitig beobachtete, brummte nur: »Hab ich nix gesagt.«

»Weißt du, in welche Richtung der Speer zeigt?«, fragte Leif.

Viggo versuchte sich zu orientieren. »Ich könnte es dir sagen, wenn ich wüsste, wie spät es ist.«

»Etwa vier Stunden bis Sonnenuntergang.«

Viggo seufzte. »Woher weißt du das?«

»Die Höhe der Sonne über dem Meer und das Wissen, welchen Tag wir heute haben.«

»Wer sagt dir, dass wir nicht einen ganzen Tag im Nebel verbracht haben?«

»Haben wir nicht. Dort drin ist keine Zeit vergangen.«

»Bist du dir da sicher?«

Leif grinste breit. »Natürlich nicht. Aber denk mal nach – die Sonne steht genauso hoch wie zu dem Zeitpunkt, als wir reinfuhren. Es müsste also ein kompletter Tag vergangen sein. Oder zwei. Oder drei. Das kann aber nicht sein, sonst wären wir alle am Verhungern und Verdursten. Alles deutet also darauf hin, dass überhaupt keine Zeit vergangen ist.«

Viggo konnte angesichts dieser typisch nordmännischen Beweisführung mithilfe des Magens nicht anders, als zu lächeln. »Wenn es stimmt, dass es mitten am Nachmittag ist, dann müsste die Sonne im Südwesten stehen. Und dann würde der Speer … hm … nach Norden weisen.«

Leif nickte. Er stellte sich in Positur und deutete die Himmelsrichtungen an. »Austri, Vestri, Suthri, Northri. Das sind die Höfuthett, die vier Hauptachsen der Welt. Dazwischen gibt es weitere vier Ettir. Die Sonne steht im Útsuthr, das hast du richtig bemerkt.«

»Unser Kurs führt uns also nach Northri«, sagte Viggo. »Was ist daran so besonders schwierig? Das Eis?«

»Das Eis ist ein Problem«, bestätigte Leif. »Im Winter würden wir in dieser Höhe schon treibende Eisschollen sehen. Die können den Rumpf beschädigen, Riemen abbrechen oder das Ruder splittern lassen. Aber bis es so weit ist, dauert es gut und gern noch drei Monate. Nein, das erste Eis sehen wir frühestens übermorgen Abend, und es werden nur kleine Bruchstücke sein. Es geht um etwas anderes.« Er blickte zu Tyrker hinüber, der eine Augenbraue hochzog.

»Ist gut, dass Bjarne dir das Schwert hat gegeben«, sagte der Steuermann zu Viggo. »Wirst es brauchen können.«

»Jetzt sagt mir halt endlich, was an der Nordrichtung so schlimm ist!«, rief Viggo entnervt. »Müssen wir bis zum Nordpol fahren und den Weihnachtsmann finden? Oder krachen wir wie die *Titanic* in einen Eisberg? Oder fallen die Reifriesen über uns her?«

»Ich weiß nicht, was du mit den beiden anderen Sachen gemeint hast«, sagte Leif. »Aber die Reifriesen kommen erst später, wenn Ragnarök schon in vollem Gang ist.«

»Der Norden«, sagte Tyrker, »ist das Reich der Wölfe. Und ihr Anführer ist Fenrir Vángandr, das Monster vom Fluss, der Verschlinger der Götter.«

»Im Vergleich mit ihm ist der Drache Fafnir ein vernünftiger Pragmatiker, mit dem man jederzeit einen guten Kompromiss aushandeln kann«, erklärte Leif.

Viggo kramte in seiner Erinnerung an die nordische Sagenwelt. »Aber ich dachte, Fenrir wäre mit einer magischen Fessel gebunden und würde sich erst befreien, wenn Ragnarök angebrochen … oh …«

»Direkt in sein Maul fahren wir, wenn diese Richtung wir

beibehalten«, sagte Tyrker fröhlich. Er wechselte einen fragenden Blick mit Leif.

Leif grinste. »Der Wind ist günstig«, sagte er. »Ich glaube, wir spannen das Segel noch ein bisschen weiter aus.«

3.

Leif hatte sich geirrt. Das erste Eis sahen sie schon am Mittag des folgenden Tages, und es wurde immer mehr. Den Gesichtern der Nordmänner war abzulesen, dass dies ein ungewöhnliches Phänomen war. Viggo erinnerte sich an das Erdbeben, das die Klippe vor der irischen Küste hatte abbrechen lassen und beinahe Sturebjörns Piratenflotte vernichtet hätte; und an das über alle Maßen heftige Gewitter an dem Tag, an dem Loki im Haus seiner Pflegeeltern erschienen war. Ragnarök hatte begonnen, und die Natur war aus dem Gleichgewicht – sowohl in Viggos eigener Zeit als auch hier bei den Nordmännern. Genau wie es die Sagen prophezeiten …

Das Segel wurde wieder verkleinert. Die Riemen wurden mit äußerster Vorsicht gehandhabt und nur jeder zweite Ruderplatz besetzt. Viggo wurde übergangen, desgleichen

Thyra, die jetzt mit Thorkell zusammen den Feindausguck machte. Auch Eyvind Rollosson, der Schiffslotse, war vom Rudern befreit und war den Steven so weit hinaufgeklettert, wie er nur konnte, um dem Schiff leichte Richtungsänderungen durchzugeben.

Viggo war klar, dass jetzt nur noch die erfahrensten Männer ruderten. Er nutzte die Gelegenheit, ein paar Notizen über die bisherige Reise zu machen; immerhin hatte er Frodes Platz als Skalde eingenommen. Aber es war schwer, sich auf die Notizen zu konzentrieren, wenn immer wieder Eisschollen dumpf polternd gegen den Rumpf stießen und Eyvind scharfe Kommandos gab, um gefährlicheren Brocken auszuweichen.

Viggo stellte sich den Kurs der *Fröhlichen Schlange* von oben gesehen vor – ein unruhiger Slalom um treibende Eisschollen herum, Passagen, in denen die Riemen das grünblaue Wasser aufwühlten, um Tempo zu machen, und andere, durch die das Schiff förmlich kroch, weil das Wasser nicht frei war. Olof und Svejn Flokisson, die Brüder und Schiffszimmerer, hingen links und rechts neben dem Steven gefährlich weit über den Bootsrand hinaus und stießen heranschwimmende Eisklumpen, vor denen Eyvind nicht mehr hatte warnen können, mit langen Stangen beiseite.

Müßig dachte Viggo daran, dass diese Fahrt auch eine aufregende Sequenz in einem Computerspiel abgegeben hätte.

Die *Fröhliche Schlange* eilte auf ihrem Zickzackkurs dahin, unbeirrt und vorangetrieben von der Muskelkraft der Ruderer, gelassen gesteuert und befehligt von Tyrker und Leif, und Viggo hätte nirgendwo anders sein wollen in diesem Moment, auch wenn er fror und bei jedem besonders lauten Poltern der Eisschollen am Schiffsrumpf aufschreckte.

Dann kam die Nachricht von Eyvind, dass voraus alles frei sei, und Leif befahl, das Segel erneut auszuspannen. Der Wind blies immer noch günstig von achtern. Sigmundur Rollosson, der Segelmeister, folgte dem Befehl. Am Brausen und Zischen des Wassers jenseits der dünnen Planken erkannte Viggo, wie schnell die *Fröhliche Schlange* wieder vorankam. Er spähte über die Bordwand. In weiter Entfernung erhoben sich jetzt links und rechts des Drachenboots grauweiße Formen, als fahre die *Fröhliche Schlange* in ein weites Flussdelta hinein.

Einer der anderen Ruderer bemerkte Viggos forschenden Blick und sagte: »Eisberge. Wenn du einen Pelz hast, dann pack ihn mal so langsam aus. Bald wird's richtig kalt.«

Die Umgebung änderte sich nicht, bis es dämmrig wurde. Viggo hatte bereits Erfahrung damit, wie schnell die Nacht in diesen Breiten hereinbrach, und war daher nicht überrascht, dass Tjothrik Rollosson, der Ankertaumeister, noch bei gutem Licht den Befehl bekam, das Schiff mit einem Treibanker für die Nacht zu stabilisieren.

Der Treib- oder Seeanker hielt das Schiff nicht auf seinem Platz, aber er machte es dem Winddruck schwerer, es zu versetzen. Er war nützlich, wenn der Meeresgrund so weit weg war, dass kein Ankertau bis ganz hinunter reichte und deshalb kein normaler Anker gesetzt werden konnte.

Üblicherweise ankerten die Nordmänner bei Einbruch der Nacht so nah am Ufer, dass sie den eigentlichen Anker setzen konnten, oder zogen die Schiffe auf den Strand, wenn das möglich war. Hier ging das alles nicht, weshalb zur Ausrüstung der *Fröhlichen Schlange* auch zwei lange, mit Stangen verstärkte, zusammengefaltete Ledersäcke gehörten, die, mit Steingewichten am Ende versehen, versenkt werden konnten. Das einströmende Wasser öffnete die Säcke, die dann wie große, schwere Wasserbeutel etliche Meter unter dem Schiffsrumpf hingen und eine Abdrift erschwerten.

Viggo sah Leif und Tyrker im letzten Licht des Tages eine Positionsbestimmung anhand der Umrisse der weit entfernten Eisberge vornehmen, dann wurde das Schiff auf die Nacht auf hoher See vorbereitet.

Das Zelt wurde über zwei Drittel der Länge des Schiffs aufgespannt, kaltes Dörrfleisch ausgegeben, kaltes, dünnes Bier getrunken. Viggo fror und war froh, dass er den Pelz, den Leif ihm geschenkt hatte, noch rechtzeitig aus der Seekiste geholt hatte. Jetzt, wo alle dicht zusammengedrängt unter dem Zelt saßen, wäre das nur noch unter vielfachem Rücken und Schubsen möglich gewesen. Er kuschelte sich hinein und sah, dass ungefähr die Hälfte der Besatzung seinem Beispiel folgte; der Rest besaß entweder keinen Pelz oder war abgehärtet genug, um keinen zu brauchen.

Viggo suchte in der Düsternis unter der Zeltplane mit seinen Blicken nach Thyra und erspähte sie ein paar Plätze abseits, die Arme um den Körper geschlungen. Sie fror offenbar erbärmlich. Viggos erster Impuls war, sich aus seinem Pelz zu schälen und ihn ihr zu reichen, doch dann dachte er an Leifs Worte bezüglich ihr und ihm und war sich auf einmal nicht mehr sicher, wie diese Geste bei Leif und vor allem bei Thorkell ankommen würde. Thorkell, der zu denen gehörte, die keinen Pelz brauchten, hatte Thyras Problem noch gar nicht bemerkt.

Allerdings war der Drang, Thyra zu helfen, sehr stark; und die Vorstellung, den Pelz am Morgen von ihr zurückzubekommen und sich dann in die Wärme und den Duft, den ihr Körper darin zurückgelassen hatte, einzuhüllen, war schön. Natürlich wäre der Duft der von nass gewordenem Leder, feuchter Kleidung, Schweiß und öligem Haar gewesen; aber da sie alle so rochen, machte ihm der Gedanke daran nichts aus.

Schließlich warf er alle Bedenken über Bord. Sollte Leif ihn doch morgen strafend anschauen. Sollte Thorkell ihm doch böse sein. Thyra zitterte vor Kälte! Er schälte sich aus dem Pelz, blickte zu ihr hinüber – und sah mit Erstaunen, dass ihr gerade jemand einen Pelz um die Schultern legte.

Thyra blickte dankbar auf. Zu Viggos Überraschung war der Wohltäter Leif Eriksson. Er hatte das Gefühl, dass Leif zu ihm herüberblickte, als hätte der Skipherra geahnt, welche Gedanken Viggo bewegten, und eingegriffen, bevor Viggo eine unangenehme Situation provozieren konnte.

Thorkell hatte immer noch nichts gemerkt. Thyra hingegen warf Viggo ebenfalls einen Blick zu, und auch wenn er in der Finsternis ihren Gesichtsausdruck nicht lesen konnte, glaubte er doch zu ahnen, dass sie seine Geste mitbekommen hatte und ihre Dankbarkeit durch einen langen, liebevollen Blick ausdrückte.

Was Viggo im Grunde nicht viel half, denn nun hatte er den Pelz ausgezogen, und prompt stieß ihn einer seiner Nebenmänner an und sagte lachend: »Recht hast du, Viggo, ist noch viel zu warm für einen Pelz für harte Burschen wie uns!«

Es gab Gelächter und Spott, und Viggo blieb nichts anderes übrig, als den Pelz ausgezogen zu lassen und gute Miene zu machen.

Konsequenterweise fror er die halbe Nacht wie ein Hund, und das Klappern seiner Zähne mischte sich mit dem Stakkatoschnarchen eines ganzen Schiffs voller Nordmänner, was zwar laut, aber leider kein bisschen wärmend war.

4.

Beim ersten Tageslicht und nachdem sie die Treibanker eingeholt hatten, machten sie sich wieder auf den Weg. Heute war der Wind schwächer; das Segel flappte nur müde von der Rah. Trotzdem kam die *Fröhliche Schlange* schnell voran.

Viggo hatte sich am Morgen eingebildet, dass die Umrisse der Eisberge links und rechts anders aussahen als am Abend zuvor, und bekam nun die Bestätigung dafür. Eine starke Strömung hatte das Schiff erfasst und es über Nacht weitergetragen und ließ auch jetzt nicht nach. Nach einiger Diskussion entschied sich die Besatzung dafür, ihr so lange zu folgen, wie sie in die richtige Richtung führte.

Viggo bekam den Auftrag, genauestens auf Gungnir zu achten und sofort Bescheid zu geben, wenn die Spitze des Speers auszuwandern begann. Aber die Waffe Odins lag wie festgenagelt neben dem Mast und zeigte unverrückbar dorthin, wohin die *Fröhliche Schlange* fuhr.

Eine gute Stunde später war Viggo überzeugt, dass die Eisberge links und rechts näher gerückt waren. Den Gesichtern der Männer sah er an, dass sie es schon lange bemerkt hatten. Viggo rappelte sich auf und ging, nachdem er Leif mit einem Blick um Erlaubnis gefragt hatte, nach vorn zu Thorkell und Thyra auf ihrem doppelten Ausguck.

»Wir sind in einer Art Fahrrinne, oder?«, fragte er.

Thorkell nickte, ohne den Blick vom Wasser voraus abzuwenden. »Und sie wird enger.«

Thyra fügte hinzu: »Aber es muss eine Fahrrinne sein, die am Ende offen ist. Wäre das eine Sackgasse, wäre die Strömung nicht so stark.«

»Es kann trotzdem eine Blockade geben«, meinte Thorkell. »Strömungen können auch unter Packeis hindurchgehen.«

»Was würde in diesem Fall geschehen?«, fragte Viggo.

»Im günstigsten Fall würden wir vor einem Riesenhaufen Eis haltmachen, das Schiff wenden und dann gegen die Strömung zurück- und aus der Rinne hinausrudern, um nach einem anderen Weg zu suchen. Spaßig wäre das nicht.« Thorkell griff nach einer von Viggos Händen und drehte sie mit der Handfläche nach oben. »Wasserblasenzeit«, grinste er mit einem Blick auf Viggos immer noch unterentwickelte Hornhaut.

»Wann wissen wir, ob wir wieder zurückrudern müssen?«

»Wenn wir am Ende dieser Rinne ankommen und feststellen, dass sie eine Sackgasse ist.«

»Und wenn wir jetzt gleich umkehren?«

Thorkell schüttelte erstaunt den Kopf. »Bevor wir wissen, was los ist? Gehst du einem Kampf aus dem Weg, noch bevor du sichergestellt hast, dass du ihn nicht vielleicht doch gewinnen kannst?«

»Auf keinen Fall«, sagte Viggo, der dachte, dass er in seiner Welt genau das getan hätte – so wie jeder andere.

Eine weitere Stunde später waren die Eisberge so nahe herangerückt, dass die Fahrrinne wie ein Fluss wirkte. Viggo erinnerte sich an Urlaube, die er mit seinen Pflegeeltern gemacht hatte. Die Rinne war jetzt maximal noch so breit wie der Rhein und die Strömung so stark, dass das Schiff nur so dahinglitt.

Viggo sah Tyrker und Leif in eine Dauerdiskussion vertieft, die sie nur unterbrachen, um neue Positionsmessungen mithilfe des Sonnenstands und der veränderten Silhouetten des Ufers zu beiden Seiten vorzunehmen. Er blickte zu Eyvind Rollosson hoch, dem Schiffslotsen, der mittlerweile am Mast emporgeklommen war und von dort oben versuchte, einen noch besseren Ausblick zu bekommen.

»Wird das noch enger?«, rief Leif hinauf.

»Sieht so aus«, erwiderte Eyvind.

»Irgendeine Blockade zu sehen?«

»Nein, freies Wasser voraus!«

Leif schwieg einen Augenblick. »Viggo?«, rief er dann.

Viggo zuckte zusammen, dann fiel ihm wieder ein, dass er auch einen Beobachtungsposten hielt. »Gungnir zeigt weiter geradeaus!«, antwortete er hastig.

Leif und Tyrker nickten sich zu. Sie würden der Strömung weiter folgen.

Thyra richtete sich vorn am Steven plötzlich auf. Sie hatte ebenso wie Thorkell auf der Bordwand gestanden und sich am Vordersteven festgehalten. Jetzt zeigte sie mit der freien Hand in eine Richtung, die ungefähr elf Uhr auf einem Ziffernblatt entsprochen hätte.

»Mann voraus!«, rief sie laut.

Die Mehrzahl der Ruderer auf ihren Plätzen stand auf und folgte ihrem Fingerzeig. Leif schritt über den Laufgang zu ihr nach vorn und stieg neben ihr auf die Bordwand, um zu erspähen, was Thyra gesehen hatte. In diesem Moment rief auch Thorkell: »Mann voraus!« Er deutete Richtung zwei Uhr.

Viggo stand ebenfalls auf. Die Richtung, in die Thorkell deutete, war ungefähr Nordnordost. Die tief stehende Vormittagssonne blendete von der Seite. Viggo hielt sich die Hand über die Augen, um etwas erkennen zu können. Dann sah er den Umriss, der auf einem Eisblock stand und zu dem sich schnell nähernden Schiff herüberstarrte.

Viggo verstand, dass »Mann voraus« einfach nur eine Warnung war vor einem beliebigen Wesen, das der Ausguck gesehen hatte. Denn derjenige, der dort reglos nach dem Schiff Ausschau hielt, war kein Mensch.

Es war ein Wolf.

Und noch während Viggo ihn angaffte, die *Fröhliche Schlange* mittlerweile auf gleicher Höhe mit dem Tier und schnell an ihm vorüberziehend, tauchten neben ihm vier – nein, fünf – nein, ein halbes Dutzend weiterer Wölfe auf, lautlos, so plötzlich, als hätten sie sich dort materialisiert. Sie standen alle gespannt da und starrten das Schiff an.

Viggo spähte unwillkürlich über die Schulter, als er Rufe aus der Besatzung hörte. Am gegenüberliegenden Ufer standen ebenfalls ein Dutzend oder mehr Wölfe und sahen zum Drachenboot herüber. Es war wie in einem dieser alten Westernfilme, wenn die Höhenrücken links und rechts des Siedlertrecks auf einmal von finster schweigenden Indianern gesäumt sind.

Die *Fröhliche Schlange* fuhr zwischen den beiden reglosen Wolfsrudeln hindurch. Ein paar Nordmänner hatten ihre Bögen herausgeholt und Pfeile aufgelegt und warteten auf ein Kommando Leif Erikssons, das aber nicht kam.

Eyvind Rollosson rief von seinem Ausguck herunter: »Immer noch freies Wasser voraus!«

Die *Fröhliche Schlange* passierte auch das zweite Wolfsrudel am linken Ufer und ließ es hinter sich zurück. Viggo fühlte sich erleichtert. Obwohl er wusste, dass Wölfe so gut wie nie Menschen anfielen und schon gar nicht welche, die auf einem Schiff an ihnen vorbeifuhren, hatte er sich von den stillen Tieren bedroht gefühlt. Er blickte zu den Wölfen am rechten Ufer zurück, von denen sie sich schon ein gutes Stück entfernt hatten – und bekam einen Schock, als zwischen den Tieren ein neues Wesen auftauchte. Es war ebenfalls ein Wolf – grau, struppig, mit einer dunklen kurzen Mähne um Nacken und Schultern, den kantigen Schädel stolz erhoben und den Blick auf das Schiff gerichtet.

Aber dieser Wolf war viel größer als die anderen. Er war mindestens so groß wie ein Pferd!

Der riesige Wolf warf den Kopf zurück und heulte.

»Fenrir!«, stieß einer der Nordmänner hervor und fasste an den Thorshammer, der neben dem vergessenen Kruzifix an seiner Halskette baumelte. Alle auf dem Schiff starrten zu der Bestie hinüber. Gesichter wurden blass, Thorshämmer in die Fäuste geschlossen, Äxte fester gepackt.

Viggo fühlte, wie ihn ein kalter Schauer überlief. Fenrir, der riesige Wolf der Apokalypse – eines der erbarmungslosen Ungeheuer, das von Ragnarök freigesetzt worden war und nichts als Verwüstung vorhatte und Rache an den Göttern, die ihn dereinst überlistet und gefesselt hatten. Wenn man den Liedern glaubte, gehörte Fenrir genau wie Fafnir und die Reifriesen zu den Monstern, die während des großen Weltenbrands die Schöpfung überrennen und den

Fall der Götter herbeiführen würden. Ragnarök beschwor sie einen nach dem anderen auf den Plan.

Fenrir senkte den Kopf, und obwohl die Entfernung schon beträchtlich war, schien es Viggo, als würde das Ungeheuer direkt ihn anblicken. Seine Augen waren zwei flammende Schlitze.

Die beiden Wolfsrudel am linken und rechten Ufer setzten sich in Bewegung und folgten der *Fröhlichen Schlange* in weiten Sätzen. In wenigen Augenblicken waren sie beiderseits gleichauf und liefen dann am Ufer neben der *Fröhlichen Schlange* her. Viggo konnte jetzt sehen, dass auch ihre Augen in gelbem Feuer loderten. Dies waren keine normalen Wölfe.

»Fenrirs Horde«, murmelte einer der Männer. »Wen sie im Kampf zerreißen, den können nicht mal mehr die Valkyrjar zu Odin bringen.«

Viggo dachte an seine Mutter. Er war froh, dass die Fahrrinne so breit war und genügend Wasser zwischen dem Schiff und dem Ufer lag.

»Durchfahrt verengt sich in dreihundert Schiffslängen!«, rief Eyvind vom Mast herunter.

5.

In seiner Heimat in Brema, aber auch in Kaupangen war Unwan dem Rhythmus des Klosterlebens unterworfen gewesen. Dieser wurde von den Stundengebeten bestimmt, den sogenannten Horen. Eingeführt hatte diese der heilige Benedikt von Nursia vor fast vierhundert Jahren. Es gab sieben Tagesgebete und eines in der Nacht, das als erstes Gebet des Tages galt, denn Tage wurden im Kloster von Mitternacht bis Mitternacht gerechnet.

Unwan hatte es immer als extrem schwierig empfunden, mitten in der Nacht aufzustehen und zum sogenannten Wachgebet kurz nach Mitternacht die Psalmen zu murmeln, den Hymnus zu singen, das Vaterunser zu beten und die Fürbitten zu sprechen. Er war manchmal dabei eingeschlafen und natürlich dafür bestraft worden.

Auf der Reise von Kaupangen nach Grönland war es

überhaupt nicht möglich gewesen, die Gebetszeiten einzuhalten. Und seit er hier in Brattahlid weilte und die Stundengebete wieder für sich allein hatte aufnehmen können, hatte Unwan stillschweigend das Wachgebet – die Vigil – ausfallen lassen. Und weil er tagsüber so beschäftigt war, auch die Terz mitten am Vormittag und die Sext zur Mittagsstunde. Die Non betete er, weil sie für drei Uhr nachmittags vorgesehen war, der überlieferten Todesstunde Jesu Christi, und er zu viel Angst vor dem Ärger des Herrn hatte, um sie zu streichen. Dafür ließ er dann das abendliche Gebet, die Vesper, wieder entfallen. Und weil schon die Vigil hatte dran glauben müssen, entfiel auch die Komplet, das Gebet zur Nachtruhe im Schlafsaal des Klosters.

Lediglich die Laudes zum Tagesbeginn und die Non am Nachmittag hatten es also geschafft, in Unwans persönlichen frommen Tagesplan aufgenommen zu werden. So wie er die Non aus Angst vor dem Zorn des Herrn betete, betete er die Laudes aus schlechtem Gewissen, weil er all die anderen Gebete unterschlagen hatte.

Aus diesem Gebet wurde Unwan nun unsanft gerissen, weil die Tür seiner Hütte plötzlich aufgerissen wurde und Ole Jorundsson hereinpolterte.

»Was bei Hel machst du da?«, schnappte Unwans Verbündeter.

»Ich bete den morgendlichen Lobgesang«, erklärte Unwan nach einer kleinen Pause.

»Mit dem Kopf unter dem Bett und dem Hintern in die Luft gereckt?«, fragte Ole ungläubig.

»Dem Herrn ist es egal, wie man ihn verehrt«, sagte Unwan. Er kroch rückwärts wieder unter seiner Schlafstätte hervor, rappelte sich auf und klopfte sich den Schmutz von der Kutte. Als Ole die Tür aufgerissen hatte, war Unwan überzeugt gewesen, jemand wollte ihm an den Kragen, und in seinem Schreck Kopf voran unter sein Bett gehechtet, um sich zu verstecken. Er hatte nur nicht ganz darunter-gepasst.

»Bete deinen Lobgesang oben am Hügel«, sagte Ole. »Es ist bald so weit.«

»Du meinst, der heiße Schlamm explodiert heute noch aus dem seitlichen Loch im Hügelabhang?«

»Ich meine«, sagte Ole grimmig, »dass du noch vor dem Mittag einen Haufen neuer Anhänger haben wirst, wenn du dich nicht zu blöd anstellst.«

»Und du wirst der Herr über die Kolonie sein – wenn deine Vorbereitungen richtig waren und alles so abläuft, wie du geplant hast«, gab Unwan zurück.

Ole nickte. »Pack dein Zeug und fang an. Wie sagt ihr Geschorenen zu eurem Bischof? *Herr?*«

»Ehrwürdiger Vater.«

»Pack dein Zeug und fang an – ehrwürdiger Vater von Grönland«, sagte Ole und grinste.

Eine Stunde später stand Unwan ein ganzes Stück unterhalb des Lochs, aus dem der Schlamm explodieren sollte, und sang lauthals einen Psalm. Seine Stimme kippte und kratzte, weil er aufgeregt war und weil das Wissen, dass das Austrittsloch des brühend heißen Schlamms über ihm war, ihm angstvolle Schauer über den Rücken jagte. Was, wenn Ole sich verrechnet hatte und die Explosion zu früh erfolgte? Was, wenn der Schlamm viel weiter herausgeschleudert wurde als gedacht und Unwan traf und verbrühte? Plötzlich bedauerte der Missionar es zutiefst, die ganzen Stundengebete versäumt zu haben. Wenn Gott jetzt ärgerlich auf ihn war und ihm einen Denkzettel verpassen wollte?

Ein paar Dutzend Meter hinter Unwan klaffte die von Gebüsch und Gras verborgene Spalte im Boden. Was, wenn Oles Plan überhaupt nicht funktionierte? Wenn die Spalte zu schmal war? Nach und nach wurde Unwan bewusst, dass er sich in seiner ersten Begeisterung für Oles Intrigen dazu hatte verleiten lassen, alles auf eine Karte zu setzen. Wenn diese Aktion hier fehlschlug, würde er bei den Grönländern ein für alle Mal ausgespielt haben. Niemand würde ihn noch ernst nehmen. Vielleicht würde man ihn sogar davonjagen, in ein Boot setzen und aufs Meer hinaustreiben lassen, damit ihn dort die Fische fraßen. Unwans Stimme versagte, und er musste sich räuspern, um weitersingen zu können.

Einige Grönländer verdienten ihren Lebensunterhalt mit

Fischfang, andere mit dem Ertrag ihrer Gemüsegärten. Die Ersteren waren mit ihren Booten bereits seit der Dämmerung draußen in der Bucht. Von den anderen schlenderten aber irgendwann ein paar näher und fragten Unwan, was er vorhabe und ob er den Gockeln in den Hühnerställen Konkurrenz machen wolle mit seinem Krähen; in diesem Fall solle er sich schon vorab geschlagen geben, denn die Gockel krähten melodischer.

»Der Herr hat mir offenbart, dass er heute ein Wunder tun wird!«, rief Unwan und hob theatralisch beide Arme. »Holt so viele von euren ungläubigen Heidengenossen wie möglich, damit sie es sehen und sich bekehren können. Holt den Jarl, damit ihm die Macht des Herrn Jesus Christus offenbar wird.«

Alles kam nun darauf an, dass so viele Grönländer wie möglich zusammenliefen, und vor allem, dass Jarl Erik mit dazukam. Ole hatte versprochen, dass er seinen Schwager schon am Vorabend mit ein paar entsprechenden Bemerkungen dazu motivieren würde. Von allein würde der seit Leifs Abreise düster vor sich hin brütende Erik vermutlich nicht erscheinen. Aber Ole war der Meinung, er würde Erik schon nahebringen, dass er zur Wahrung seiner Autorität als Jarl dabei sein müsse, wenn der verachtete Geschorene versuchte, seinen Gott ein Wunder wirken zu lassen – und dabei mit Sicherheit versagen würde! Das eigentlich Bösartige an diesem Teil des Plans war, dass Erik seine Autorität ganz im Gegenteil *genommen* werden sollte und er nur aus diesem Grund zugegen sein musste.

Die spärliche Zuschauermenge war nur halb interessiert. Doch am Ende lief jemand los und alarmierte Erik und Thjodhild, dass der Geschorene auf dem Hügel stand und ein Kräftemessen zwischen seinem Gott und den Göttern der Nordmänner versprach.

Erik tauchte nach einer Weile tatsächlich auf und erfüllte schon vom Aussehen her Unwans heimliche Wünsche. Sein Bart und seine Haare waren ungekämmt, seine Tunika fleckig. Er wirkte wie ein alter, senil gewordener Mann, der nicht länger fähig war, die Geschicke der Kolonie zu leiten. Er hatte sich sein Schwert umgebunden und seine Axt in den Gürtel gesteckt und sah damit hinreichend kriegerisch aus, aber er war nur ein Schatten seines früheren Selbst. Thjodhild ging mit verbissener Miene an seiner rechten Seite und stützte ihn, Ole wie geplant an seiner linken. Eriks Bein war bis zum Knie hinauf mit Holzstangen und Leinenstreifen geschient, und er versuchte, es so wenig wie möglich zu belasten. Einer seiner Sklaven trug ihm einen Stuhl hinterher, damit er sich setzen konnte, wenn ihm die Kraft ausging.

Mit Erik und Thjodhild kam ein Dutzend Männer und Frauen, und als diese Kongregation den Hügel hinaufstieg, schlossen sich ihr weitere Grönländer an, Männer, Frauen und Kinder, die, nachdem sie sich bei anderen erkundigt hatten, was hier los war, ihre Gartenarbeit liegen ließen und ebenfalls den Hügel erklommen.

»Was soll das werden?«, grollte Erik.

»Der Herr ist mir im Traum erschienen und hat mir gesagt, dass er heute ein Wunder wirken werde!«, rief Unwan.

»Und wie soll das Wunder aussehen?«, fragte Erik sarkastisch.

Jemand aus der Zuschauermenge, der offenbar letztens bei Unwans Märtyrergeschichte über den heiligen Sebastian zugehört hatte, rief: »Sollen wir ein paar Pfeile in dich schießen und schauen, ob du es überlebst?«

»Der Herr Jesus Christus«, sagte Unwan salbungsvoll, »hat mich wissen lassen, dass er diese Kolonie vor dem Untergang retten wird, obwohl ihr alle Heiden und des Himmelreichs unwürdig seid.«

Das brachte ein kurzes Gemurmel hervor. Unwan vermied es, zu Ole zu schauen, obwohl er einen aufmunternden Blick seines Verbündeten hätte vertragen können. Vorhin hatte er das Gefühl gehabt, dass der Hügel innerlich bebte, als ob er alle seine Muskeln für einen Ausbruch anspannen würde.

»Da bin ich aber gespannt, wie er das machen will«, erklärte Erik. Etwas leiser murmelte er: »Was soll's, ist doch eh alles einerlei.«

Seine Frau gab ihm einen Rippenstoß und winkte den Sklaven mit dem Stuhl heran.

»Wann beginnt das Wunder?«, fragte eine der Frauen. »Ich hab nämlich einen Kessel überm Feuer.«

Die Menge lachte.

»Lasst uns beten«, rief Unwan, der das Zittern des Bodens diesmal ganz deutlich gespürt hatte und sah, wie ein paar Leute in der Menge überraschte und befremdete Blicke tauschten. Sie hatten es ebenfalls wahrgenommen. »Lasst uns beten um den Beistand des Herrn Jesus Christus und um seine Gnade. Lasst uns beten, so wie er selbst uns das Beten …«

Weiter kam er nicht.

Oles Plan funktionierte.

Mit einem Krachen gab die Blockade im Inneren des eigentlichen Ausflusskanals des heißen Schlamms nach, und in das vielstimmige Schreien der Zuschauer mischte sich das wütende Zischen von heißem Dampf, der entweicht, und das Geräusch, das Hunderte von Tonnen brühend heißen Schlamms machen, die aus einem engen Kanal herausschießen und die Luft um sich herum zum Kochen bringen.

6.

»Rudert, Männer!«, brüllte Leif. »Rudert!«

Die Riemen der *Fröhlichen Schlange* hoben und senkten sich in einem rasenden Takt. Segelmeister Sigmundur Rollosson hatte das Segel aufrollen lassen. Das Schiff war mit Strömung und Riemeneinsatz schneller als der schwach gewordene Rückenwind, sodass es gegen den Mast gedrückt worden war und das Vorwärtskommen behindert hatte.

Die *Fröhliche Schlange* zischte über das Wasser, dass es beiderseits des Bugs aufgischtete. Nur noch der Lotse und die beiden Ausgucke – Eyvind, Thyra und Thorkell – waren vom Rudern befreit, alle anderen legten sich ins Zeug, dass der Rumpf ächzte.

Viggo keuchte mit den anderen, Schweiß lief ihm über das Gesicht, seine Hände brannten. Er erinnerte sich an das unfreiwillige Rennen, das sich die *Fröhliche Schlange* – noch

unter dem Kommando ihres Eigentümers Erling Skjalgsson – und Leifs eigentliches Schiff vor der Insel Skuy geliefert hatten. Damals hatte Viggo gedacht, dass die *Fröhliche
Schlange* mit Höchstgeschwindigkeit gerudert worden wäre.
Jetzt wurde ihm klar, dass es sogar noch schneller ging. Die
Fröhliche Schlange raste dahin wie ein von Riemen getriebe-
ner Torpedo.

Und doch hatte das Schiff keine Chance gegen Fenrirs
Horde.

Die Wölfe rannten an beiden Seiten der sich immer
weiter verengenden Fahrrinne neben dem Schiff her, über-
holten es, ließen sich wieder zurückfallen – sie spielten mit
ihrer Beute. Eis und Schnee stoben von ihren Läufen auf,
hochgeschleudert von Krallen, die sich in den Untergrund
bohrten, und von sehnigen Beinen, die die muskulösen
Körper vorwärtsschnellen ließen.

Fenrir lief in der Horde mit, ein Gigant mit lodernden
Flammenaugen, bizarr in seiner Größe.

Die *Fröhliche Schlange* flog förmlich übers Wasser, die
Wölfe flogen über den Schnee, das Eis links und rechts
rückte näher und näher heran. Es konnte nur noch eine
Frage der Zeit sein, bis die Rinne so eng war, dass die Wölfe
herüberspringen und die Mannschaft des Drachenboots
zerreißen konnten.

Die Holumenn zogen die Riemen dennoch durchs Wasser, so schnell sie konnten. Anzuhalten hätte aufzugeben

geheißen, und ein Nordmann gab nicht auf, solange sein Schiff noch schwamm und er genügend Kraft besaß, um irgendetwas zu tun – und sei es zu rudern, dass die Muskeln und Sehnen in seinen Armen und im Oberkörper brannten wie Feuer.

Leif feuerte die Ruderer an, sein Schwert in der einen und seine Axt in der anderen Faust, und brüllte zugleich Verwünschungen zu den Wölfen hinüber. Sein Haar wehte im Fahrtwind, die Gischt spritzte um ihn herum auf, schwappte über die Reling und durchnässte ihn und die Männer am Ruder. Der Drachenkopf am Vordersteven bleckte seine hölzernen Zähne.

»Blockade voraus!«, brüllte Eyvind.

Viggo sah Leif nach vorne sprinten und Ausschau halten. Einen Augenblick schien der Skipherra erstarrt, dann fuhr er herum.

»Wenden!«, schrie er. »Wendet das Schiff!«

Viggo hatte ein ähnliches Wendemanöver schon einmal mitgemacht und über die Wendigkeit eines Wikingerschiffs gestaunt. Würde dieser Trick jetzt, bei voller Geschwindigkeit, auch gelingen? Würde die Fahrrinne überhaupt breit genug sein? Selbst die extrem wendige *Fröhliche Schlange* würde nicht auf der Stelle eine Kehrtwende vollführen können, sie würde Raum brauchen.

Tyrker gab die Kommandos. Er war der Steuermann und wusste am besten, wie der Befehl Leifs umzusetzen war.

»Schwerthandseite – pullt!«

Die Ruderer auf der rechten Seite legten sich noch mehr ins Zeug.

»Schildhandseite – Riemen unten!«

Die Ruderer auf der linken Seite tauchten die Riemen ins Wasser. Die *Fröhliche Schlange* bockte und bebte. Tyrker zerrte an den Steuerholmen, zog den einen zu sich heran und stemmte sich gegen den anderen.

»Schildhandseite – rückwärts!«

Die Ruderer links zogen die Riemen zu sich heran, während die Ruderer auf der rechten Seite immer weiter durchzogen. Der Effekt war der eines Fahrzeugs, dessen Räder auf der einen Seite rückwärts liefen und auf der anderen vorwärts.

Tyrker brüllte auf vor Anstrengung, als er mit aller Kraft versuchte, die Drehbewegung des Schiffs mit dem Steuer zu unterstützen.

Die *Fröhliche Schlange* neigte sich mit der linken Seite tief ins Wasser. Der Mast wippte wie eine riesige Peitsche. Wasser schlug über die Bordwand und tränkte die linke Ruderreihe. Das Schiff ruckte bockend und tanzend von seiner bisherigen Richtung ab, schoss auf das linke Ufer zu. Scharrend wirbelte der Speer Odins um den Mast herum, um die alte Richtung anzuzeigen. Die Männer, die dort saßen, duckten sich.

»Schwerthandseite – pullt, pullt, pullt!«

Einar Einarsson, der Rudermeister, nahm den Ruf auf.
»Pullt, ihr lahmen Kröten. Pullt!«

Die Riemen auf der rechten Seite wühlten das Wasser auf.
Ein paar von den kleineren Männern sprangen auf und
ruderten im Stehen und mit hoch über den Kopf erhobenen
Armen weiter, damit die Riemenblätter das Wasser erreichten. Viggo tat es ihnen gleich, keuchend vor Erschöpfung.
Die Salzgischt brannte in seinen aufgerissenen Handflächen, in seinen Augen, in seinem offenen Mund.

Über die Wellen holpernd, die sie selbst verursacht hatte,
glitt die *Fröhliche* Schlange noch weiter herum.

»Pullt, pullt, pullt!«

Leif und Thorkell kamen über den Laufsteg gerannt,
stemmten sich zusammen mit Tyrker ins Steuerruder.
Eyvind und Thyra im Bug des Schiffs klammerten sich am
Steven fest. Die linke Bordwand war beinahe auf gleicher
Höhe mit der Wasseroberfläche. Zwanzig Zentimeter mehr,
und das Schiff würde kentern.

»Kappt den Mast!«, brüllte Leif, um zu verhindern, dass
dessen aus dem Gleichgewicht geratenes Gewicht die *Fröhliche Schlange* umkippen lassen würde.

»Nein!«, brüllte Tyrker. »Zieht er uns nachher wieder
hoch, der Mast!«

Leif zögerte keine Sekunde. »Finger weg vom Mast!«,
schrie er Svend Bjornsson an, der sich mit geschwungener
Axt von seinem Ruderplatz erhoben hatte.

215

Die *Fröhliche Schlange* wendete. Sie schlitterte über das Wasser, Schaum aufwühlend, sie tanzte und taumelte und schwankte, aber sie wendete. Es war unglaublich. Der Mast peitschte in die Gegenrichtung zurück, und Tyrker hatte recht behalten. Er richtete das schwer nach links krängende Schiff wieder auf, tauchte es dafür auf der rechten Seite fast bis zur Reling ins Wasser, stabilisierte die Kippbewegung aber auch gleichzeitig.

Mit dem Heck in der bisherigen Fahrtrichtung und wild schwankend, schwamm die *Fröhliche Schlange* wieder fast in der Mitte der Fahrrinne. Der Speer zeigte jetzt zum Heck.

Einar Einarsson wartete das Kommando Tyrkers nicht ab, sondern gab es selbst. »Beide Seiten! Pullt, ihr Faulpelze, pullt, pullt, pullt!«

Das Schiff zitterte über seine gesamte Länge, als wollte es zerbersten. Die Riemen zogen sich so schwer durch das Wasser wie durch zähen Morast. Stöhnend nahm die *Fröhliche Schlange* Fahrt auf, stemmte sich gegen die Strömung, die sie in die bisherige Richtung weitertragen wollte. Das Wasser rund um das Schiff brodelte.

Die Wölfe hatten das Manöver beobachtet. Jetzt warf Fenrir den mächtigen Schädel in den Nacken und heulte.

Wenn Viggo noch Luft gehabt hätte, hätte er voller Triumph zu dem riesigen Wolf hinübergebrüllt. Während des Wendens hatte er einen Blick auf das Hindernis werfen können, das mehrere Hundert Meter voraus die Fahrrinne abschnitt – ein niedriger Bogen aus Eis, der sich von einer Seite zur anderen zog, in der Mitte ausgehöhlt, wo die Strömung sich einen Durchlass gehobelt hatte, eine gigantische, natürliche Brücke, unter der das Schiff niemals hindurchgepasst hätte und um die herum die Gischt aufspritzte.

Dann wurde Viggo klar, dass Fenrir nicht aus Enttäuschung geheult hatte, sondern aus Siegesgewissheit.

Sein eigenes Triumphgefühl wurde augenblicklich zu Asche.

Die Strömung war so stark, dass sie die *Fröhliche Schlange* trotz aller Bemühungen der Ruderer auf das Hindernis zutrug. Mit dem Heck voraus wurde sie zu der Eisbrücke geschwemmt. Und schon setzten sich die Wölfe links und rechts wieder in Bewegung, rannten leichtfüßig voraus, um auf der Brücke zu warten und sich von dort auf die Mannschaft zu stürzen, wenn die *Fröhliche Schlange* an dem Hindernis zerschellte.

7.

Heiße Schlammspritzer trafen mehrere Zuschauer, die zurückwichen und sie fluchend mit den Händen von ihrer Haut wischten. Kinder begannen zu weinen. Aus dem Loch, das von der Explosion des gefangenen Dampfs und Schlamms weiter aufgesprengt worden war als vorher, wälzte sich eine Blasen schlagende, dampfende, brühheiße Lawine.

Erik starrte die Katastrophe entsetzt an.

»Herr Jesus Christus, errette uns!«, kreischte Unwan verabredungsgemäß. »Rette deinen Diener, und rette diese Heiden, damit sie deine Wahrheit erkennen!« Er spähte über die Schulter und erschrak. Die kochende Schlammlawine kam viel schneller den Hügel herab als erwartet, und sie breitete sich fächerförmig aus, alles niederwalzend, erdrückend, zerkochend, was ihr im Weg lag.

»Du musst die Götter um Beistand bitten, Herr!«, schrie Ole und schüttelte Erik. Der Jarl blickte ihn schockiert an. Er blinzelte. Etwas von seinem früheren Tatendrang kehrte zurück, denn er krallte sich an Oles Tunika fest, zog sich aus dem Stuhl und schrie die Zuschauer an: »Zurück nach unten. Bringt das Vieh aus den Ställen. Rettet die Vorräte und die Waffen. Bringt alles in meine Halle, der Schlamm wird sie nicht erreichen.« Es war der vernünftigste Vorschlag, den Erik machen konnte. Und der größte Fehler, den er beging.

»Nein!«, schrie Ole. »Nein! Wir dürfen nicht zulassen, dass der Schlamm unsere Heimat begräbt. Wir müssen ihn aufhalten.« Er riss sich von Erik los und stellte sich am Rand der unsichtbaren Spalte in Positur, beide Fäuste gegen die herannahende Lawine gereckt. »Ihr Götter!«, brüllte er. »Asen, helft uns! Odin Allvater! Thor Hammerschleuderer! Heimdall! Freyr! Helft uns!«

Die Lawine wälzte sich weiter herab. Die Luft über ihr flimmerte vor Hitze. Aus dem Loch floss immer noch weiter kochend heißer Nachschub.

Ole drehte sich um. »Die Götter haben uns verlassen!«, schrie er. Er fiel auf die Knie. »Alles ist verloren!«

Unwan bewunderte ihn für seine Schauspielkunst. Verspätet fiel ihm ein, dass das sein Stichwort gewesen war.

»Der Herr Jesus Christus verlässt euch nicht!«, rief er und rannte zu Ole hinüber. Sein Nackenhaar stellte sich auf, als

er die Hitze spürte, die die Schlammlawine vor sich her-
schob, und ihren Geruch nach faulen Eiern, heißem Dreck
und verbrühtem Gras wahrnahm.

»Bekennst du dich zum Herrn Jesus Christus, zu Gott
dem Allmächtigen und der Heiligen Dreifaltigkeit?«, schrie
er Ole ins Gesicht. Es war wichtig, dass alle Zuschauer hörten, was er sagte.

Oles Gesicht zuckte wegen des Sprühnebels, der aus
Unwans Mund kam. Er warf dem Missionar einen aufge-
brachten Blick zu, dann schloss er die Augen wie einer, der
sich einer höheren Macht ergibt.

»Ich bekenne mich!« rief er. »Ich bekenne mich!«

»Ole Jorundsson, *ego te baptizo in nomine Patris et filii
et ...*«, begann Unwan die lateinische Taufformel.

»Die sollen dich doch verstehen, du Idiot!«, zischte Ole
und öffnete ein Auge, um Unwan anzufunkeln.

Unwan schluckte. Die Lawine war schon ganz nah.
Schweiß brach ihm aus. »Ole Jorundsson, ich taufe dich im
Namen des Herrn und seines Sohnes Jesus Christus und des
Heiligen Geistes!« Er schlug Ole mit der flachen Hand und
mit aller Kraft ins Gesicht. »Steh auf als Christ!«

Die Menge ächzte überrascht auf. Ole rappelte sich auf
und wendete sich wieder der Lawine zu. Mit ausgebreiteten
Armen schrie er: »Im Namen von Jesus Christus und seinem Vater, dem Heiligen Geist, befehle ich dir, uns zu ver-
schonen! Ich, Ole Jorundsson, sage dir: Halt an!«

»Herr Jesus, hilf deinem neugeborenen Sohn!«, ergänzte Unwan.

Die Schlammlawine wälzte sich heran, näher und näher. Von Oles Gesicht strömte der Schweiß. Die Menge wich zurück. Eriks Sklave und seine Frau schleppten den Stuhl, in dem der ungläubig dreinblickende Jarl saß.

»Verschone uns!«, rief Ole.

»Herr Jesus, rette uns!«, rief Unwan.

Die Schlammlawine erreichte die Abbruchkante der Spalte. Sie wälzte das Gebüsch nieder. Sie ergoss sich über das lange Gras. Sie dampfte und stank – und floss in die Spalte hinein, sodass es für alle, die weiter hinten standen, aussah, als halte die Lawine einfach an. Als habe Ole Jorundsson, neugeboren im Glauben an Jesus Christus und als Einziger mit dem Mut beseelt, der Katastrophe entgegenzutreten, diese aufgehalten. Als habe der Gott der Geschorenen durch ihn ein Wunder gewirkt.

Ole sank auf die Knie in der perfekten Vorstellung eines Mannes, der von der Macht Gottes erschüttert ist und zu beten beginnt. Unwan bekreuzigte sich.

Die Menge brach in Jubel aus. »Ole, Ole!«-Rufe wurden laut. Eine Frau drängelte sich zu Unwan durch, kniete sich vor ihm auf den Boden und rief: »Ich bekenne mich auch!«

»Und ich!«

»Ich bekenne mich zu deinem Gott, Geschore... Vater Unwan!«

Immer mehr Leute drängelten sich nach vorn. Die »Ole, Ole!«-Rufe wurden nicht leiser.

Inmitten des Aufruhrs sah Unwan, wie Erik der Rote fassungslos und mit hassverzerrtem Gesicht von Ole zu Unwan und dann zu der Spalte schaute, in die der Schlamm harmlos abfloss. Es war klar, dass er kapiert hatte, was hier gespielt worden war.

Ebenso war klar, dass er nichts mehr dagegen tun konnte. Seine Tage als Anführer der Kolonie waren vorüber.

8.

Die Besatzung der *Fröhlichen Schlange* brauchte keinen Befehl, um das Einzige zu tun, was sie in dieser Lage tun konnte: kämpfen. Die Riemen wurden eingezogen, die Waffen gezückt, die Schilde von der Bordwand gelöst und aufgenommen. Mit dem Heck voran trieb das Schiff auf das Hindernis zu, von Tyrker stabil gehalten, damit es sich wenigstens nicht hilflos um sich selbst drehte. Wenn die Besatzung eines Wikingerschiffs schon in den Tod ging, dann tat es sie es mit Stil.

Viggo hielt sein Schwert Einnfyrstr – das Eine und Einzige – mit einer schwitzigen Hand fest und schluckte. Er stand wie die anderen Männer an seinem Ruderplatz und starrte zu der Eisbrücke, auf der sich die Wölfe in einer langen Reihe versammelt hatten. Er hörte jemanden aus der Besatzung – offenbar ein getaufter Christ, der sich dem neuen Glauben aus ganzem Herzen verschrieben hatte – murmeln: »Herr Jesus, steh uns bei!« Von anderswo her hörte er einen der Nordmänner zu seinem Nachbarn sagen: »Schau dir an, wie viele Biester das sind. Bei Hel, ich hasse so was. Die ganze Arbeit, den toten Viechern nachher das Fell abzuziehen!«

Thorkell drängelte sich durch und stellte sich neben Viggo. Er trug seine volle Ausrüstung und nickte ihm lächelnd zu. »Stell dich auf meine linke Seite!«, sagte er.

»Wozu?«

»Damit ich dich mit meinem Schild decken kann. Warum hast du dir vor der Abfahrt keinen eigenen Schild gemacht, du fauler Strick?«

Viggo versuchte den leichtherzigen Ton Thorkells aufzunehmen. »Ich konnte mich nicht entscheiden, wie ich ihn anmalen soll, Alter.« Sein Herz klopfte vor Angst so hart, dass seine Stimme gepresst klang.

Als Nächste drängte sich Thyra an Viggos Seite. Anscheinend hatten alle Ausgucke ihren Posten aufgegeben. Warum auch nicht – was als Nächstes auf die Besatzung zukam, konnte jeder deutlich sehen. Sie trug einen Bogen und einen Köcher mit vielen Pfeilen, offenbar von einem der Männer ausgeliehen, der sich für den Kampf mit Schwert und Axt entschieden hatte. Auch sie nickte Viggo lächelnd zu, aber sie konnte ihre eigene Angst nicht so gut verbergen wie Thorkell. Und während Viggo in Thorkells Augen Freundschaft und Loyalität gelesen hatte, konnte er in Thyras Augen ein viel tieferes Gefühl erkennen. Er schluckte erneut, aber diesmal, weil sein eigenes Herz Thyras Gefühle erwiderte und dadurch plötzlich etwas weniger hart schlug.

»Hey«, sagte Thorkell und grinste Thyra an. »Wir machen die Biester fertig, was?«

Thyra wies mit dem Kinn auf die dunkle Reihe der Wölfe, deren unnatürlich gelbe Augen ihnen entgegenleuchteten. »Mit dem Viech in der Mitte fange ich an.« Sie spannte den Bogen mit dem bereits eingelegten Pfeil, um ihren Worten Ausdruck zu verleihen.

Viggo suchte in seinem Hirn krampfhaft nach einer Bemerkung, mit der er unter Beweis stellen konnte, dass er ganz gelassen in den Kampf ging. Er wollte seine Freunde nicht enttäuschen, indem er aus Furcht stumm blieb. »Den hab ich mir schon ausgesucht«, sagte er schließlich.

»Ach? Was willst du mit ihm machen?«

»Ich greif ihn mir und erschlag mit ihm zwei andere.«

Thorkell lachte und gab Viggo mit dem Schild einen spielerischen Stoß. »Und wann fängst du dann richtig zu kämpfen an?«

Die *Fröhliche Schlange* war nur noch zweihundert Schritte von der Brücke entfernt … dann noch hundertachtzig … hundertsiebzig …

Das Schiff begann zu schwanken, weil das Wasser sich vor dem Hindernis zurückstaute und kabbelig wurde … die schnelle Fahrt verlangsamte sich … Tyrker hantierte mit den Steuerrudern, um die *Fröhliche Schlange* auf Kurs zu halten …

Viggo sah, wie Fenrir, der bisher am Ufer geblieben war und die Aufstellung seiner Wölfe auf der Brücke beobachtet hatte, nun auch den natürlichen Bogen hinauflief. Die Krallen des riesigen Wolfs schleuderten Eisbrocken in die Höhe. Doch dann stemmte das Ungeheuer auf einmal die Läufe ein. Es blieb stehen und schien überrascht den Kopf zu schütteln.

Hundertfünfzig Schritte.

Thyra spannte den Bogen noch einmal probehalber. Er knarrte. Voraus zischte und brodelte die Gischt, die an der Eisbrücke hochspritzte.

Leif stand breitbeinig beim Mast, auch er jetzt gerüstet und einen Schild in der Linken. Er hob sein Schwert und drosch damit auf den Schild.

BAMM!

»Bei Odin!«, brüllte er.

Fenrir hatte den Kopf hoch erhoben und witterte in alle Richtungen.

Hundertzwanzig Schritte.

BAMM!

Die Männer taten es Leif nach und hieben mit Äxten und Schwertklingen auf ihre Schilde.

BARRAMMBAMM!

226

»Bei Thor!«, brüllte Leif.

»THOR!«, brüllten die Männer. Viggo hörte sich selbst mitbrüllen.

Fenrir drehte sich einmal so schnell um sich selbst, dass Eis und Schnee rund ihm ihn hochstoben. Er bäumte sich auf wie ein Pferd.

BARRAMMBAMM!

»Heimdall!«, schrie Leif.

»HEIMDALL!«

Viggo fühlte etwas wie ein Berührung durch seinen Geist gleiten, eine Präsenz, die ihn für einen Moment vollkommen ausfüllte … eisiges, dunkles Wasser um ihn herum, in seinem Inneren rasender Zorn und eine verzehrende Glut … blinde Wut auf die Dummheit derer, die seine Verbündeten waren …

Viggo taumelte und wäre auf die Knie gesunken, wenn er nicht dicht an dicht mit Thorkell und Thyra gestanden hätte. Die beiden achteten nicht auf ihn. Sie brüllten mit den anderen mit.

BARRAMMBAMM!

Hundert Schritte.

»Baldur!«

Fenrir heulte auf. Seine Wölfe fuhren mit allen Anzeichen des Schreckens zu ihm herum.

»BALDUR!«

Viggo keuchte. Er wollte zuschlagen, zerfetzen, zermalmen, Feuer spucken. Sein Geist war ausgefüllt mit einem Zorn jenseits aller Messbarkeit, mit Selbstverachtung wegen der Allianzen, die er hatte eingehen müssen, mit der Lust zu zerstören, zerschmettern, zerreißen … Feuer und die Kraft eines riesigen Leibs aus Muskeln, Sehnen, gepanzert mit Schuppen wie Stahl …

Dann war die Präsenz wieder weg, und Viggo musste sich an Thorkells Schild festhalten. Einnfyrstr glitt aus seiner kraftlos gewordenen Hand und polterte auf die Planken. Thorkell sah ihn bestürzt an.

Neunzig Schritte.

BARRAMBAMM!

Fenrir jagte von der Brücke herunter. Seine Wölfe warfen sich herum und strömten in Richtung der beiden Ufer.

»Loki!!«, brüllte Leif.

Ob die Besatzung die Anrufung des Lügengottes aufnahm, hörte Viggo nicht mehr.

Die Brücke explodierte.

9.

Sie explodierte in einer ungeheuren Fontäne aus Eis, Schnee und Wasser, in einer senkrecht nach oben schießenden riesigen Säule aus Dampf und Gischt und Splittern. Inmitten der Säule wurde ein mächtiger Körper sichtbar, der mit weit ausgebreiteten Schwingen in die Luft flatterte, mit peitschendem Schwanz und kraftvoll sich windendem Leib, Schauer aus Eiswasser und einen Hagel von Eissplittern verbreitend.

Grelles weißes Licht flammte auf, während der Drachenleib sich in der Luft drehte, Flammenstrahlen leuchteten durch den Dampf, die sich von der Drehung wie ein Feuerschal um den Körper wanden, Eisstücke zum Explodieren brachten und Dampfwolken aufwallen ließen wie Hunderte von zerplatzenden Geysiren.

Das Tosen und Brüllen von Wasser und Feuer war unbeschreiblich. Dazwischen war das Heulen der Wölfe zu vernehmen, die es noch von der Brücke heruntergeschafft hatten und jetzt an den Ufern entlang flohen, von Sturzbächen kalten und heißen Wassers verfolgt, während Eisbrocken um sie herum einschlugen oder sie trafen. Fenrir war ein sich aufbäumender, riesiger Schatten, überschüttet von Wasser, umwallt von Dampf, der nicht wich, sondern vor Wut auf der Stelle tanzte.

Trümmerstücke, die nicht vom Drachenfeuer verdampft worden waren, fielen rings um die *Fröhliche Schlange* herum ins Wasser, ließen Fontänen aufspritzen wie Granaten in einer modernen Seeschlacht. Eine Flutwelle, ausgelöst von dem aus dem Meer hervorgebrochenen mächtigen Drachenkörper, rollte auf das Schiff zu, schäumend, gischtend, dampfend.

»Rudern!«, brüllte Leif. »Rudern!«

Die Besatzung der *Fröhlichen Schlange* ließ Waffen und Schilde fallen und fuhr die Riemen aus, so schnell sie konnte. Eis und Wasser, Splitter und Bruchstücke prasselten auf sie herunter. Sie hatten die Riemen einsatzbereit, als die Flutwelle das Heck traf, es hochhob, sodass die Männer, die noch nicht auf ihren Plätzen waren, übereinanderfielen.

»Puuuulllt!«, schrie Leif.

Der gesamte Schiffskörper stieg hoch, als die Welle unter seinem Rumpf hindurchrollte. Viggo stemmte sich mit den anderen in die Riemen. Mit weit aufgerissenen Augen beobachtete er, wie am oberen Ende der Wolke aus Dampf und Eistrümmern Fafnir in den Himmel stieg, mehr und mehr an Höhe gewinnend; seine riesigen Flügel zerstoben die Dampfwolke, schleuderten Bruchstücke durch die Gegend wie von Katapulten abgefeuert. Er warf den Schädel in den Nacken und röhrte. Seine Brust glühte von innen heraus.

Fenrir, der mit tanzenden Bewegungen den Trümmern auswich, die um ihn herum einschlugen, heulte voller Wut zurück. Die Wölfe an beiden Ufern hatten keinen Blick mehr für das Schiff, sie rannten voller Panik davon, nass und triefend oder mit dampfendem Fell, wenn sie von dem vom Drachenfeuer erhitzten Wasser getroffen worden waren.

»Pullt!«

Für ein paar unfassbare Augenblicke ritt die *Fröhliche Schlange* auf dem Kamm des Tsunamis mit, den Fafnir ausgelöst hatte, dann sank das Heck nach unten. Viggos Magen hob sich, wie er es auch in einer Achterbahn getan hätte. Die Folgewelle traf das Schiff wie der Tritt eines Riesen ins Heck, und es kletterte erneut mit dem Ende voraus eine Wellenwand hoch.

Tyrker stand an den Holmen der Steuerruder wie ein Surfer und hielt sie mit allen Kräften fest.

»Pullt!«

Fafnir, hoch oben in der Luft, spuckte wieder Feuer. Das Licht des grellweißen Feuerstrahls war wie ein Stroboskopblitz, warf zuckende Schatten um die rudernden Männer.

Die *Fröhliche Schlange* raste vor diesem Licht davon, angetrieben von den Riemenzügen einer Mannschaft, die jedes letzte Quäntchen Kraft dafür einsetzte, und fortgeschwemmt von den Wellen.

Viggo, wie alle anderen mit dem Gesicht zum Heck rudernd, wurde Zeuge, wie der riesige Drache flatternd aus seiner Höhe herunterkam und mit gewaltigen Flügelschlägen in der Luft stand, vor Nässe glänzend wie ein Regenbogen, kleine Wirbelstürme auslösend, die am triefenden Fell Fenrirs zerrten, vor dem der Drache nun haltgemacht hatte.

Viggo hörte Fenrir heulen und Fafnir röhren. Er erwartete, dass jeden Moment ein Feuerstrahl den mächtigen Wolf treffen würde oder dass Fenrir, der vor Erregung auf der Stelle tanzte, hochspringen und mit Zähnen und Klauen auf Fafnir losgehen würde.

Doch nichts geschah. Für mehrere Herzschläge standen sich die beiden Ungeheuer gegenüber, Fenrir am Ufer mit wehendem Fell, Fafnir vor ihm über der nun freigelegten Fahrrinne flatternd, wo das Wasser immer noch schäumte und über der sich ein gewaltiger weißer Dampfpilz erhob. Irgendwie schienen sie zu kommunizieren.

Dann brüllte Fafnir auf und schwang sich in die Höhe, scheinbar mühelos, der riesige Drachenkörper sich windend, als würde er die Luft erklimmen, die Flügel weit ausgreifend. Fenrir warf sich herum und jagte am Ufer entlang, seinen Wölfen nach. Der Drache flog in Spiralen um den Dampfpilz herum, verwirbelte ihn, gewann an Höhe, schien kleiner und kleiner zu werden und war immer noch gewaltig anzusehen.

Fenrir raste an der *Fröhlichen Schlange* vorbei, überholte sie. Ein mörderischer Blick aus Flammenaugen traf das Schiff, traf Viggo, von dem Fenrir offensichtlich genau spüren konnte, wo er saß. Dann griffen seine Vorderläufe noch weiter aus, und er rannte mit atemberaubender Geschwindigkeit seiner fliehenden Schar hinterher, ohne sich noch einmal umzudrehen.

Der Drache war nur noch ein Punkt am Himmel, dann war auch dieser verschwunden. Einzig der Dampfpilz und die freie Fahrrinne zeigten noch, dass die Konfrontation der beiden Monster wirklich stattgefunden hatte; und das von Eisstücken übersäte und vor Nässe glänzende Deck der *Fröhlichen Schlange*.

Fafnir, der Drache, hatte die Besatzung der *Fröhlichen Schlange* vor Fenrir und seinen Wölfen gerettet.

Verwirrt und fassungslos gehorchte Viggo dem Befehl, die Riemen ins Wasser zu tauchen und die Fahrt des Schiffs zu stoppen. Sein Körper gehorchte den Anweisungen automatisch, während seine Gedanken rasten. Fafnir hatte den Nordmännern tatsächlich das Leben gerettet. Und er hatte Fenrir eine Botschaft übermittelt, die diesen hatte zurückweichen lassen. Welche Botschaft konnte das sein? Dass Viggo an Bord war? Dass Fafnir schon sein Anrecht auf dessen Tod angemeldet hatte und der Junge ihm gehörte?

Die *Fröhliche Schlange* hielt an. Leif stapfte über das Deck und kickte ein paar größere Eisbrocken von Bord. Vor Viggos Platz hielt er an und kauerte sich auf den Laufgang, um mit Viggo auf Augenhöhe zu sein.

»Was hatte das zu bedeuten?«, fragte er rau.

»Fafnir will anscheinend, dass wir bei unserer Mission weiterkommen«, erwiderte Viggo ratlos.

»Und weshalb will er das?«

»Ich weiß genauso viel wie du, Leif.«

Leif stand auf. Er schüttelte den Kopf und sah sich um. Überall erblickte Viggo verschwitzte Gesichter mit weit aufgerissenen Augen.

Der Skipherra holte tief Luft. »Habt ihr das gesehen, Männer?«, schrie er dann. »Die haben Reißaus genommen. Fenrir und seine Wölfe sind abgehauen und der Drache ist auch weg! Wisst ihr, warum?«

Die Frage war eine Versuchung, der kein Nordmann widerstehen konnte. Das erste Grinsen stahl sich auf ihre Gesichter.

»Na, unseretwegen!«, rief einer.

»So ist es!«, erwiderte Leif. Er ballte eine Hand zur Faust und stieß sie in die Luft. »Habt ihr gesehen, wie die Viecher gerannt sind? Fenrir mit eingekniffenem Schwanz …!«

234

»Und der Lindwurm hat sich auch verpisst!«

Lachen brandete auf.

Viggo ließ sich gegen die Bordwand sinken. Zu seinen Füßen lag Einnfyrstr in einer Lache aus Seewasser. Er barg das Schwert und legte es sich über die Knie. Sobald es ging, würde er es trocknen und reinigen.

»Aber vorher hat er noch den Weg frei gemacht für uns!«, rief Leif. »Wir sollten ihm dankbar sein, was?«

»Fafnir!«, brüllte einer der Nordmänner lachend.

Die anderen fielen ein in den spöttischen Triumphgesang für den Drachen und pumpten Fäuste in die Luft. »Fafnir! Fafnir! Fafnir!«

»He, Tyrker!«, rief Leif. »Ist dir schon aufgefallen, dass wir in der falschen Richtung pflügen?«

»Warte ich nur darauf, dass ihr Schwächlinge wieder kommt zu Kräften, dann ich wende erneut!«, rief Tyrker grinsend zurück.

Leif nickte Viggo zu, während die Besatzung noch lauter lachte. Leifs Bemerkungen waren müde Scherze gewesen, aber sie hatten ihren Zweck erfüllt. Selbst Nordmänner konnten von unerwarteten Ereignissen erschüttert werden, und der Kampf zwischen einem gigantischen Wolf und einem mächtigen Drachen fiel zweifellos in eine solche Kategorie. Doch Leif hatte den alten selbstbewussten, prahlerischen Zustand, der die Defaulteinstellung der Nordmänner war, im Handumdrehen wiederhergestellt.

Viggo empfand Ehrfurcht vor Leifs Fähigkeiten als Schiffsherr und eine solche Zuneigung zu dem Sohn Eriks des Roten, dass er plötzlich mit einem lauten Ruf hervorstieß: »Leif! Leif! Leif!«

Die anderen fielen nach einer überraschten Pause mit umso größerer Begeisterung ein. »Leif!«

Leif Eriksson stand grinsend und breitbeinig am Heck und tat nicht sonderlich überzeugend so, als wollte er die Hochrufe unterdrücken.

Viggo hatte auf einmal eine Vision – dass Bjarne Herjulfsson, sein Vater, neben Leif stand. Er war sicher, dass dieser als Schiffsführer genauso umsichtig und raffiniert gehandelt hätte wie Leif. Er vermisste Bjarne, mit dem er bislang keine zwanzig Worte gewechselt hatte, auf einmal so stark, dass seine Hand sich um den Griff des Schwerts klammerte, weil es die einzige Verbindung zu ihm darstellte.

»Ich«, hörte er Leif brüllen, »ich bin Leif Eriksson, und ich sage euch eines: Den nächsten Monstern, die sich uns in den Weg stellen, treten wir eigenhändig in die Ärsche! Seid ihr dabei?«

Während die Besatzung ihre Zustimmung brüllte, flüsterte Viggo: »Ich bin Viggo Bjarnesson, und ich bin dabei.«

10.

Einige Zeit, nachdem sie die zerstörte Naturbrücke hinter sich gelassen hatten, verbreiterte sich die Fahrrinne wieder, bis das linke, westliche Ufer schließlich ganz verschwand und sie an einer Küste aus Eis und Schnee entlangruderten.

Der Speer zeigte unvermindert nach Norden. Die Eislandschaft hinter der Küste war flach, die Küste selbst ein gezackter, fast senkrechter Eisabbruch, der an keiner Stelle mehr als eine Mannslänge hoch war.

Es war kaum zu glauben, wenn man bedachte, was sie alles erlebt hatten, aber die eintönige Landschaft aus blaugrünem Meer und weißem, flachem Eis begann Viggo zu langweilen. Er war sogar froh, dass sich der günstige Wind gelegt hatte und sie deshalb rudern mussten.

Den anderen ging es genauso. Selbst Thorkell, der nun, da keine unmittelbare Gefahr drohte, als alleiniger Feindausguck beim Steven stand, gähnte ab und zu und lehnte sich an die Bordwand. Alle waren schläfrig, unaufmerksam, eingelullt. Tyrker schien mit offenen Augen und im Stehen zu schlafen, sein Körper machte die nötigen winzigen Ruderkorrekturen anscheinend von allein. Leif hatte seine Kampfausrüstung wieder ausgezogen und hockte mit angezogenen Beinen im Bug des Schiffs neben Thorkell, den Kopf nach unten hängend und die Augen geschlossen.

Wahrscheinlich lag es an der Langeweile und der Schläfrigkeit, dass Viggo das scharrende Geräusch nicht gleich bemerkte. Aufmerksam wurde er erst, als er etwas hörte, was sich so anhörte, als hätte jemand mit einer Holzstange einen Schlag auf die Stirn bekommen, gefolgt von einem Knurren und einem Fluch.

Der Speer hatte sich gedreht und einem der Männer in der Nähe des Masts einen Schlag mit seinem Schaft verpasst. Der Mann rieb sich die Stirn und funkelte Gungnir aufgebracht an.

Viggo starrte den Speer ein paar Momente lang wie benommen an, sah zu, wie er sich langsam drehte, bis die Spitze nach rechts zeigte. Während die *Fröhliche Schlange* weiterfuhr, wanderte der Speer von der Fahrtrichtung aus und deutete unbeirrt mitten hinein in die leere, flache Eiswüste. Erst da kapierte Viggo, was geschehen war.

»Anhalten!«, rief er. »Wir sind am Ziel vorbeigefahren!«

Der Ausruf machte die Besatzung augenblicklich wieder

wach. Leif ließ das Schiff wenden und langsam zurückrudern, bis der Speer exakt senkrecht zur Längsachse lag. Die Treibanker wurden ausgebracht, dann schickte Leif den Lotsen Eyvind den Mast hinauf.

Viggo stellte sich derweil auf die Bordwand und spähte in die Richtung, die Gungnir vorgab. Außer Eis, das sich irgendwo weit hinten am Horizont verlor, gab es nichts zu sehen. Wenn Gungnirs Wegweisung bedeutete, dass Sigyns Aufenthaltsort und damit das Gjallarhorn irgendwo dort hinten lagen, dann stand ihnen ein mehrtägiger Marsch über das Eis bevor.

Er seufzte innerlich. Ihm ging auf, dass er sich Sigyns Heim als eine große Halle vorgestellt hatte, die sich bequem direkt in Ufernähe erhob – so wie alle Wikingersiedlungen, die er bisher gesehen hatte. Aber Sigyn war keine Wikingerin, sie war eine nordische Göttin, und wenn sie wollte, konnte sie ihr Heim vermutlich auf einem Regenbogen aufschlagen. Viggo seufzte erneut.

»Siehst du was?«, rief Leif zu Eyvind hinauf.

»Ich sehe nichts«, rief Eyvind zurück, »aber davon eine ganze Menge.«

Leif brummte unzufrieden und musterte den Speer. Probehalber gab er ihm einen kleinen Schubs mit dem Fuß. Der Speer blieb liegen wie festgenagelt. Leif schüttelte den Kopf. Er wechselte einen Blick mit Viggo. Viggo zuckte ratlos mit den Schultern.

Tyrker gesellte sich zu Leif. »Was glaubst du, wo wir jetzt sind?«, fragte Leif seinen Steuermann.

»Wenn wir noch wären auf Midgard«, erwiderte Tyrker, »müsste im Osten, also dort …« Er wies auf die Eiswüste. »… die grönländische Küste liegen. Sieht aber anders aus, da bin ich sicher. Ich denke, wir sind irgendwo zwischen Midgard und einer der anderen acht Welten, und zwar schon seit wir gekommen sind aus dem Nebel.«

»Hört sich plausibel an, wenn man bedenkt, dass wir eine Göttin besuchen wollen, um an eines der Artefakte der Macht zu gelangen«, sagte Leif nüchtern. »Aber *wo* im Irgendwo wir sind, das würde ich schon gern wissen.«

»Mittendrin«, sagte Tyrker und grinste.

Leif wandte sich an Viggo. »Kannst du uns irgendeinen Anhaltspunkt geben, wo wir Sigyn finden?«

»Leider nichts außer dem, was du dir sicher auch schon gedacht hast: nämlich dass es so aussieht, als wohne sie hinter dem Horizont.«

»Na gut. Wird ohnehin Zeit, sich wieder die Beine zu vertreten.«

Sie ruderten die *Fröhliche Schlange* so nahe wie möglich ans Ufer. Tjothrik Rollosson, der Ankertaumeister, balancierte über ein paar Riemen an Land, trieb mit der Axt ein halbes Dutzend eiserne Spieße tief ins Eis und vertäute das Schiff daran. Knut Eriksson, der nicht mit Leif verwandt war und das Amt des Bryggjusporth, des Landemeisters innehatte, schlug eine Art waagrechte Leiter – zwei Holme, die von einer Vielzahl abgeflachter Sprossen verbunden wurden – von der Bordwand zum Ufer hinüber und sicherte sie mit langen Tauen, die er am Mast befestigte.

Keine fünf Minuten später verließen die Besatzungsmitglieder, die Leif für die Suche nach Sigyns Heim bestimmt hatte, über diese Leiter das Schiff und versammelten sich am Ufer.

Leif hatte sechs Männer ausgewählt, die bei der *Fröhlichen Schlange* bleiben und sie bewachen sollten: Knut Eriksson, Svend Bjornsson, den Stafnasmidir, und vier Holumenn. Die anderen machten sich auf den Weg.

Sie kamen nicht weit.

II.

Am Morgen hatten die Grönländer miterlebt, wie Ole Jorundsson, scheinbar unterstützt vom Gott der Geschorenen, in dessen Glauben er sich hatte taufen lassen, eine Naturkatastrophe von Brattahlid abgewendet hatte. Am Mittag war schon mehr als die Hälfte der Kolonie zu Ole-Anhängern geworden und bereit, sich ebenfalls taufen zu lassen. Am frühen Nachmittag suchte Ole, begleitet von einem vor Nervosität grünen Unwan – der verzweifelt versucht hatte, sich diesem Besuch zu entziehen –, die Große Halle seines Schwagers Erik auf.

Zwei von den Knechten Eriks verstellten ihm den Weg, sodass Ole zu Erik hineinrufen musste, dass es nicht rechtens sei, ihn nicht anzuhören. Eriks resignierte Stimme antwortete kurz darauf und befahl den Knechten, Ole und Unwan durchzulassen.

In der Großen Halle hatte sich ein Dutzend Männer versammelt – die loyalen Anhänger Eriks. Frode, der Skalde, war darunter und etliche andere, die wichtige Ämter in der Kolonie versahen. Dass sie sich hier versammelt und tatenlos abgewartet hatten, wie sich die Dinge entwickelten, zeigte Unwan, wie ratlos sie waren. Sie hatten zwar genau erkannt, welch fiesen Trick Ole und Unwan durchgezogen hatten, aber darauf kam es jetzt nicht mehr an. Worauf es ankam, war, dass mehr als die Hälfte der Kolonie glaubte, Zeugen eines Wunders gewesen zu sein, und ihre latente Unzufriedenheit mit ihrem herrischen Jarl sowie die Erkenntnis über dessen neuerdings zutage getretene Schwäche hatten sie veranlasst, sich auf Oles Seite zu schlagen.

Ole, der so getan hatte, als wäre er von der Entwicklung am meisten überrascht. Ole, der zunächst bescheiden abgelehnt hatte, als noch vor Ort unterhalb des Schlammkraters die ersten Rufer dafür plädiert hatten, Ole das Amt des Jarls zu übertragen (selbstverständlich waren diese Rufer vorher gekauft gewesen). Ole, der schließlich zum Wohl der Kolonie versprochen hatte, mit Erik über eine Nachfolge zu reden.

Und so stand Ole Jorundsson nun in der Halle, sicher im Wissen, dass seine Anhänger in der Überzahl waren, und begleitet von einem innerlich bebenden Unwan, der das Gefühl hatte, seine Eingeweide wären zu Brei geworden, so sehr fürchtete er sich vor einer gewaltsamen Reaktion Eriks.

»Du bist eine Schlange, die ich aus Versehen an meiner Brust genährt habe«, begann Erik das Gespräch.

Ole seufzte. »Es gibt zwei Möglichkeiten«, sagte er. »Die eine ist: Ich mache dir das Recht, den Titel des Jarls zu führen, offiziell streitig. Wir berufen ein Thing aller Grönländer ein – aus dieser Siedlung hier und aus der Westsiedlung –, um die Sache auf diese Weise entscheiden zu lassen. Es wird Wochen dauern, bis die Boten dort waren und die freien Männer hierher gereist sind. Wochen, in denen die Kolonie so gut wie unsteuerbar ist, weil sie gespalten sein wird entlang der Loyalitätslinien zwischen dir und mir, zwischen der alten Zeit und der Zukunft. Es wird Streit geben. Raufereien. Totschlag. Außerdem ist Ragnarök angebrochen. Wer weiß, ob wir überhaupt so viel Zeit haben, das Thing abzuwarten.«

»Was wäre die zweite Möglichkeit?«, fragte Frode, als Erik schwieg.

»Erik überträgt mir als seinem Nachfolger die Bürde des Jarls, und ich werde all diejenigen, die sich zu mir bekennen wollen, aus meinem eigenen Vermögen beschenken, um ihnen zu beweisen, dass ich ein Anführer bin, der Glück bringt. Und ich werde die Kolonie vor Ragnarök in Sicherheit bringen.«

»Wie willst du das machen?«, fragte Erik höhnisch. »Mein Sohn ist unterwegs, um das Land jenseits des Meeres zu finden. In seiner Mission liegt die einzige Rettung für uns.«

»Es gibt immer mehr als einen Weg«, sagte Ole. »Also, welche Möglichkeit wählst du?«

»Wir beraten uns«, sagte Erik. Seine Gefolgsleute sahen sich an.

Ole nickte. Er wandte sich um, packte Unwan, der zu langsam reagierte, am Kragen und schleppte ihn mit hinaus.

Draußen begann Unwan zu protestieren. »Warum hast du ihn nicht gezwungen abzudanken?«

»Weil wir schon gewonnen haben. Der alte Erik hätte mich nicht mal ausreden lassen, sondern mich in seiner eigenen Halle erschlagen. Der neue Erik hat nichts dergleichen getan. Er ist nicht mehr der Richtige, um die Kolonie zu führen. Hast du die Blicke seiner Männer nicht gesehen? Sie wissen es. Sie werden ihn dahin gehend beraten, Möglichkeit zwei zuzustimmen.«

»Und was wird dann?«

»Dann wirst du deinem Gott viele neue Anhänger bescheren und dir selbst den Titel Bischof verleihen können.«

»Und die Kolonie? Ragnarök?«

Ole antwortete nicht, sondern stapfte ein paar Schritte von der Halle weg, um einen freien Ausblick auf die Bucht zu bekommen. Er nickte in Richtung des offenen Meeres.

»Die einzige Rettung vor dem Weltenbrand ist das neue Land, das niemand kennt. Du wirst allen, die du zu bekehren versuchst, sagen, dass Gott dieses Land für die Aus-

245

erwählten bereitgestellt hat. Die Auserwählten, das sind die im Namen deines Gottes Getauften, die mir, seinem Gefolgsmann, die Treue schwören. Sobald ich Jarl bin, rüsten wir die vorhandenen Boote so um, dass wir alle damit in See stechen können, um das Land im Westen zu finden.«

»Aber wenn Leif es zuerst findet?«

»Er darf es eben nicht zuerst finden.«

»Er hat jede Menge Vorsprung! Er könnte jetzt schon vor seiner Küste ankern!«

»Und wir haben deinen Gott auf unserer Seite. Hast du nicht gesagt, er ist allmächtig?«

Unwan war fassungslos. Er wusste nicht, ob Ole ihn verspottete oder ob der Mann vollends größenwahnsinnig geworden war. »Wenn aber Leif doch vor uns dort eintrifft? Er wird das neue Land im Namen Eriks und im Namen König Olafs in Besitz nehmen.«

Ole machte eine wegwerfende Geste. »Worte, in den Wind gesprochen. Sie werden abrupt enden, wenn ihrem Sprecher der Hals durchgeschnitten wird.«

Unwan glotzte Ole an. »Du willst Leif umbringen, wenn er das neue Land vor uns findet?«

»Ich will alle umbringen, die mir im Weg sind«, sagte Ole. »Mit Leif Eriksson fange ich an, so oder so. Und jetzt geh an die Arbeit, ehrwürdiger Vater. Dein Gott hat durch mich ein Wunder gewirkt, und jetzt will er die Belohnung dafür haben. Fang ein paar Seelen für ihn ein.«

12.

Die Marschordnung der Nordmänner hatte Viggo als Anführer bestimmt. Er trug den Speer; er war – mit Gungnirs Hilfe – der wortwörtliche Pfadfinder. Thorkell und Thyra hatten sich an seine Seite gesellt. Leif stapfte hinter ihm. Dahinter wiederum kam die Besatzung der *Fröhlichen Schlange*, die Schilde geschultert und die Waffen im Gürtel. Viggo hörte sie Scherze machen und lachen.

Sie sind in einer Gegend irgendwo zwischen den Welten, dachte Viggo, ohne genau zu wissen, wie sie hierhergekommen sind oder ob sie jemals zurückfinden werden. Sie sind zuvor auf einer Insel im Nebel gelandet, auf der sich ihr am meisten gefürchteter Gott als Gefangener befindet, haben eine leibhaftige Valkyrja gesehen und sich mit der Tatsache auseinandergesetzt, dass der Sohn dieser Valkyrja einer ihrer Schiffskameraden ist. Jetzt folgen sie einem Speer, der ihrem obersten Gott Odin gehört, ins Ungewisse – auf der Suche nach einer Göttin, um ihr ein Artefakt der Macht abzuschwatzen, das diese hütet. Sie sehen dem Untergang ihrer Welt entgegen und versuchen, die Rettung für ihr Volk in einem geheimnisvollen Land zu finden, von dem ich zwar sicher weiß, dass es existiert, sie es aber nur hoffen können. Und was höre ich sie reden angesichts all dieser Umstände? Ich höre sie einen Witz erzählen über zwei Dänen, die beim Angeln sind und einen Fisch gefangen haben, und der eine sagt: »So ein Mist, wir haben das Messer vergessen – wie bringen wir ihn jetzt um?« Und der andere sagt: »Ertränken wir ihn halt …«

Die Nordmänner hinter Viggo brüllten vor Lachen. Viggo spürte, wie sich auch sein Gesicht zu einem Grinsen verzog. Thorkell schaute ihn an und fragte: »Kanntest du den noch nicht? Der ist doch so alt wie Odin.«

»Warum lachst du dann, wenn er so alt ist?«

»Ich hab ja nicht gesagt, dass er nicht gut wäre.«

Viggo stapfte kopfschüttelnd weiter. Die Eisfläche war uneben und rutschig, glatt poliert vom Wind, der immer wieder Schneekristalle darübergefegt hatte. Viggo hielt den Blick gesenkt und achtete auf seine Füße. Er wollte nicht ausrutschen und sich unter allgemeinem fröhlichem Gelächter auf den Hosenboden setzen. Der Speer in seiner Hand vibrierte. Er blickte auf und musterte die Waffe – und stellte fest, dass er allein war.

Erschrocken fuhr er herum. Der Speer in seiner Hand zitterte und sträubte sich, die Drehung mitzumachen. Viggo ließ ihn los. Er fiel klappernd auf das Eis und schnellte zurück in die vorherige Richtung. Viggos Gefährten waren einige Schritte entfernt stehen geblieben und schauten verdutzt. Thorkell saß auf dem Boden und rieb sich die Stirn. Neben ihm strich Thyra mit den Händen in der Luft herum, als wäre sie eine Pantomimendarstellerin. Leif hatte sein Schwert gezogen und sah sich mit grimmigem Blick um. Die anderen schauten ebenfalls in alle Richtungen aus.

»Was ist los?«, fragte Viggo.

Niemand reagierte auf ihn. Für einen Moment stieg Furcht in ihm auf – Furcht, dass sich das Ganze mit dieser bizarren Situation als ein Traum herausstellen könnte, der bislang – sah man von Göttern und Ungeheuern ab – halbwegs realistisch gewesen war, aber jetzt endgültig absurd wurde. Dann glaubte er zu verstehen und stapfte zu seinen Gefährten zurück.

Leif zuckte zusammen und starrte ihn an. Thyra schluckte. Thorkell rappelte sich auf.

»Wo warst du?«, fragte Leif.

»Zehn Meter weiter«, sagte Viggo. »Habt ihr mich nicht gesehen?«

Thorkell schüttelte den Kopf.

»Und wir konnten auch nicht weitergehen«, sagte Thyra. »Hier ist eine unsichtbare Wand.« Wie zum Beweis streckte sie einen Arm aus und platzierte die Hand mitten in der Luft. Dann lehnte sie sich darauf wie jemand, der sich an eine Mauer lehnt. »Thorkell ist dagegengelaufen.«

»Es ist ein Unsichtbarer Wächter«, sagte Viggo. »Wie bei Loki. Nur dass er nicht nachgiebig ist.«

»Und nicht durchsichtig«, sagte Thyra.

»Aber wir sehen doch die Landschaft dahinter«, widersprach Thorkell.

Leif kratzte sich nachdenklich am Kopf. »Geh noch mal ein paar Schritte, bis ich ›Halt!‹ rufe«, sagte er zu Viggo.

Viggo gehorchte. Schon nach drei, vier Schritten ertönte Leifs »Halt!« – genau im selben Moment, in dem auf einmal auch Gungnir wieder neben Viggo auf dem Eis auftauchte. Erst jetzt wurde ihm bewusst, dass er den Speer vorhin zurückgelassen und während des Gesprächs mit Leif und den anderen nicht mehr hatte sehen können. Er hatte ihn für ein paar Augenblicke völlig vergessen gehabt! Umso erleichterter war er, ihn jetzt zu erblicken.

Er drehte sich um. Den Blicken seiner Gefährten konnte er entnehmen, dass sie ihn nicht mehr sehen konnten. Er drehte sich einmal um die eigene Achse. Aus seiner Sicht hatte sich die flache, eintönige Landschaft nicht verändert.

»Kannst du mich hören?«, fragte Leif.

»Klar und deutlich«, sagte Viggo.

»Viggo? Kannst du mich hören?«

Viggo trat wieder an Leif heran. Der Nordmann schreckte

zurück, als Viggo plötzlich vor ihm stand. »Daran muss man sich erst gewöhnen«, knurrte er.

»Habt ihr mich nicht gehört?«, fragte er.

»Kein Wort«, sagte Thyra.

»Das ist nicht nur ein Unsichtbarer Wächter, sondern eine Art Tarnschild«, mutmaßte Viggo. »Er soll das, was hinter ihm liegt, vor Blicken von außen verbergen, während derjenige, der sich dort befindet, alles mitbekommt, was sich draußen abspielt. Aber wozu? Jenseits der Barriere ist niemand. Und die Landschaft sieht genauso aus wie von hier.«

»Graben und Palisade«, sagte Leif nach ein paar Sekunden des Nachdenkens.

»Was meinst du damit?«

»Eine gute Verteidigungsanlage besteht aus mehreren Ringen«, erklärte Leif. »Eine Mauer allein reicht nicht. Um sie herum ist mindestens noch ein Graben gezogen. Im besten Fall zwei, die wiederum mit Palisaden oder Hindernissen bewehrt sind.«

»Du meinst …?«, begann Viggo.

»Ich denke, dass bald nach diesem Unsichtbaren Wächter noch mindestens ein zweiter kommt. Wenn du diesen überwunden hast, kommt entweder noch ein dritter, oder du stehst vor dem Ziel.«

»Sigyns Haus«, sagte Viggo. Sein Mund wurde auf einmal trocken.

»Du musst allein gehen«, sagte Leif. »Offensichtlich können wir nicht hinter den Unsichtbaren Wächter gelangen. So wie auf Lokis Insel.«

Viggo wandte sich an Thyra. »Nicht einmal du? Aber auf Lokis Insel konntest du doch …?«

»Hier geht es nicht«, sagte Thyra und sah unglücklich aus.

»Oh Mann, Alter«, seufzte Viggo. Er packte den Griff seines Schwerts fester. Er fragte sich, wozu Lokis Bemühungen, ihn mit einer Schiffsladung kriegerischer Gefährten zusammenzubringen, gedient hatten, wenn er jetzt schon wieder auf sich allein gestellt war. Er fühlte, wie Thorkell ihm auf die Schulter schlug, wie Thyra ihn mit ihrer Hand sacht an seiner berührte, und sah Leif in die Augen. »Wenn ich in einer Stunde nicht zurück bin, hol die Nationalgarde«, sagte er.

»Was sollen wir holen?«

»Nichts, nichts. War ein Scherz.«

»Wenn du in einer Stunde nicht zurück bist, reißen wir den Unsichtbaren Wächter nieder«, versprach Leif. Er musste so gut wie Viggo wissen, dass das ein völlig unhaltbares Versprechen war. Aber es passte zu einem Nordmann.

Viggo nickte, drehte sich um und überschritt die unsichtbare Schwelle, nahm Gungnir auf und folgte der Richtung, die der Speer wies, hoffend, dass Leif recht hatte und dass ihm nicht ein tagelanger einsamer Marsch über das Eis bevorstand.

Er war noch keine hundert Meter marschiert, da stand auf einmal wie aus dem Nichts eine große Halle vor ihm: das Dach mit Schindeln gedeckt; die Giebelhölzer reckten sich stolz in die Höhe mit den Köpfen zweier Schlangen, die sich anblickten; die Wände waren kniehoch aufgemauert und dann mit schweren Holzbohlen weiter in die Höhe geführt; aus dem Abzugsloch im Dach kräuselte sich Rauch. Der Effekt war so verblüffend, dass Viggo stehen blieb. Gungnir vibrierte kurz.

Viggo trat einen Schritt zurück. Gungnir vibrierte wieder. Die Halle verschwand. Er trat ein weiteres Mal vor. Der Speer meldete sich erneut.

Jetzt wusste Viggo, dass die Götterwaffe in seiner Hand den Übertritt über die Schwelle eines Unsichtbaren Wächters spürte und durch ein kurzes Zittern anzeigte.

Vor ihm lag Sigyns Halle. Aber jetzt stürzten aus der offenen Tür zwei gewaltige graue Wölfe und hetzten, ohne zu zögern, auf Viggo zu, der wie erstarrt stehen blieb. In den Augen der Wölfe loderten gelbe Flammen.

13.

Viggo ließ den Speer fallen und zog sein Schwert. Es fühlte sich schwer und unhandlich an. Die Wölfe waren groß und reichten Viggo mindestens bis zur Brust. Er wich zurück hinter die zweite Barriere und kurz waren die Wölfe verschwunden – dann kamen beide mit langen Sprüngen aus dem Nichts herangeflogen. Ihre Augen flammten.

Viggo wandte sich zur Flucht. Er hatte keine Chance gegen die Wölfe. Sie würden ihn zerreißen, noch bevor er das Schwert heben konnte.

Einen Moment lang dachte er an Odins Speer und dass er ihn hatte fallen lassen – ihren einzigen Wegweiser! Aber der Fluchtinstinkt war stärker. Vielleicht konnte er den Wölfen solange davonlaufen, bis er den ersten Unsichtbaren Wächter erreichte! Dann wäre er bei seinen Freunden; gemeinsam hatten sie eine Chance, die Wölfe zu besiegen.

Er sah die Nordmänner dort draußen stehen, ins Leere schauend. Sie wussten nicht, was hier drin vorging. Er konnte nicht einmal um Hilfe rufen! Er rannte auf sie zu.

Dann fiel ihm ein, dass die Wölfe, die ihn jagten, keine normalen Tiere waren, sondern übernatürliche Ungeheuer. Er würde sie direkt zu seinen Freunden führen! Und wenn die Nordmänner auch nichts gegen sie ausrichten konnten? Dann wäre er schuld, dass die Bestien unter seinen Gefährten wüteten. Thyra! Thorkell! Leif! Sie würden verletzt werden oder gar getötet! Das durfte nicht passieren!

Er fuhr schlitternd herum, um sich zum Kampf zu stellen. Der erste Wolf war heran, sprang, traf ihn mit den Vorderpfoten vor die Brust, und Viggo flog nach hinten, das Schwert wirbelte aus seiner Hand, er sah den zweiten Wolf herankommen und hob die Arme vors Gesicht und hätte vor Schreck und Furcht geschrien, wenn nach dem Aufprall noch Luft in seiner Lunge gewesen wäre.

14.

Die Frau hatte blondes Haar, das sie in einem Zopf um den Kopf gewunden hatte. Sie trug ein blaues Kittelkleid mit großen runden Schulterscheiben, die an ihr jedoch wirkten, als hätte sie sich zwei Münzen Kleingeld an die Träger des Kittels gesteckt. Sie war sehr groß und ungeheuer dick, ihr Gesicht war rot und ihre Augen fast nicht sichtbar hinter ihren Pausbacken. Sie zog eine Augenbraue hoch.

»Ich hatte Thor erwartet oder einen von den anderen Angebern«, sagte sie. »Ich weiß nicht, wer du bist.«

Viggo lag auf dem Rücken. Je eines seiner Hosenbeine steckte im Kiefer eines Wolfs. Dass der Stoff nicht gerissen war, war ein kleines Wunder. Die Wölfe hatten ihn daran auf dem Rücken liegend bis zur Halle und über die Schwelle geschleift, wobei er mit dem Hinterkopf gegen jede Bodenunebenheit stieß.

Die Frau musterte ihn genauer. »Von göttlicher Abstammung musst du sein, sonst hättest du die beiden Unsichtbaren Wächter nicht überwinden können. Aber ich hab dich noch nirgendwo in Asgard gesehen.«

»Ich heiße Viggo«, sagte Viggo.

Die Frau lächelte schwach. »Warum denkst du, das interessiert mich?«

»Bist du Sigyn?«

»Und wenn ich es wäre?«

Viggo setzte sich auf. Die Wölfe ließen seine Hosenbeine los und starrten ihn an. Viggo versuchte sich aufzurappeln. Die Wölfe zeigten die Zähne und knurrten. Viggo ließ sich vorsichtig wieder auf den Hosenboden sinken. Er war versucht, beruhigend »Braver Hund!« zu murmeln, ließ es aber sein.

»Dann hätte ich eine Botschaft deines Mannes für dich.«

Die dicke Frau stand für einen Augenblick ganz still. »Wie würde diese lauten, wenn ich Sigyn wäre?«, fragte sie.

Viggo hatte keinen Nerv auf dieses Spiel. Dass die Wölfe ihn zu Boden gebracht und dann hierher gezerrt hatten wie ein totes Stück Wild, hatte ihn erschüttert. Er fragte sich, ob er sein Schwert wiederfinden würde und Gungnir. »Bist du es oder nicht?«, fragte er.

»Wie kommst du darauf, dass du hier die Fragen stellst?«

Viggo seufzte. Er hatte den Eindruck, dass Loki und seine Frau – wenn die Frau wirklich Sigyn war, aber eigentlich zweifelte er nicht daran – gut zusammengepasst hatten. Lokis gelassene, unerschütterliche Arroganz strahlte auch Sigyn aus.

»Was willst du wissen?«, fragte Viggo.

»Wie kommst du darauf, dass mich irgendwas interessieren könnte, was mit dir im Zusammenhang steht? Allerhöchstens interessiert mich, ob ich Narfi und Vali noch füttern muss, nachdem sie dich verspeist haben.«

Die Wölfe blickten kurz auf, als sie ihre Namen hörten. Sie hechelten. Viggo interpretierte es als Lachen. Er wollte fragen, ob Narfi und Vali zu Fenrirs Rudel gehörten und ob Sigyn mit dem Ungeheuer zusammenarbeitete, aber er ahnte, dass er auch darauf keine Antwort erhalten würde.

»Weil du wissen möchtest, ob ich wirklich eine Botschaft von Loki habe«, sagte Viggo.

»Das kann ich dir ganz leicht entlocken, ohne dich etwas fragen zu müssen«, sagte Sigyn. »Narfi?« Der Wolf blickte auf. »Narfi, zermalme eines seiner Beine, bis er redet. Du darfst das Blut trinken.«

Zu Viggos Überraschung sah das grimmige Wolfsgesicht auf einmal irgendwie bestürzt aus. Der Wolf zögerte. Sein Blick ging von Viggo zu Sigyn und zurück. Er bewegte sich nicht.

»Ach, komm!«, sagte Sigyn enttäuscht. »Du sollst doch nur so tun, Narfi. Wie oft hab ich dir das gesagt!« Der Wolf ließ den Kopf hängen. Der andere Wolf schien sich ebenfalls angesprochen zu fühlen, denn er schaute genauso bedröppelt. Keiner von ihnen reagierte, als Viggo sich aufrappelte.

Sigyn sah ihn lange an. »Du kommst wirklich von Loki?«

Viggo nickte. »Und wenn du wissen willst, wie ich dich gefunden habe – Odins Speer hat mich hergeführt. Mich und eine Schar tapferer Nordmänner, die den Unsichtbaren Wächter nicht übertreten konnte. Im Gegensatz zu mir, denn meine Mutter ist Hildr von den Valkyrjar.«

Sigyn sah ihn mit allen Anzeichen der Fassungslosigkeit an. »Dann stimmt es, was Loki erzählt hat? Dass eine Valkyrja mit einem Sterblichen einen Sohn hat und er mit ihr einen Handel abgeschlossen hat, um das Kind vor Odin in Sicherheit zu bringen?«

»Mein Vater ist Bjarne Herjulfsson, der Seefahrer.«

Sigyn schüttelte den Kopf. »Ich war so sicher, dass das nur eine von Lokis fantastischen Geschichten wäre.« Sie wandte sich an die Wölfe. »Euer Vater hat ausnahmsweise mal nicht gelogen, wie mir scheint.«

Die Wölfe gaben ein paar knurrende Geräusche von sich. Viggo stierte sie an. Euer *Vater?* Die Wölfe waren Lokis und Sigyns Kinder?

»Ja, ja«, sagte Sigyn und hob die Hände. »Dann hab ich ihm halt dieses eine Mal unrecht getan. Ist ja nicht so, dass man ihm sonst alles glauben könnte, was er erzählt.«

Vor Viggos Augen verwandelte sich die dicke Frau auf einmal in eine ganz andere Gestalt. Sie wurde kleiner, bis sie genauso groß war wie Viggo. Sie wurde dünner, ihr Haar veränderte sich, bis auf einmal eine schlanke schwarzhaarige Frau mit schmalem Gesicht und großen blauen, traurigen Augen vor ihm stand. Der blaue Kittel war jetzt ein in allen Regenbogenfarben schimmerndes Kleid mit kurzen Ärmeln. An ihren bloßen Armen zogen sich von den Handgelenken bis unter die Ärmel Tätowierungen in Schlangenmustern. »Ich bin Sigyn«, sagte sie. »Und jetzt erzähl, Sohn einer Valkyrja. Erzähl mir von meinem Mann.«

15.

»Deine Gefährtin konnte den Unsichtbaren Wächter überwinden, der Lokis Höhle verriegelt, obwohl sie nicht göttlicher Abstammung ist?«, fragte Sigyn, nachdem Viggo ihr
alles von Anfang an erzählt und schließlich gefragt hatte,
warum Thyra diesmal nicht über die Schwelle hatte treten
können. »Und hier hat er sie abgewiesen?«

Viggo nickte. Er wollte sagen, dass Thyra nicht seine
Gefährtin war, aber es hörte sich irgendwie schön an, und
da er es sich außerdem wünschte, schwieg er und ließ die
Bezeichnung nicht ohne innere Freude stehen.

»Es liegt vermutlich an deiner Mutter. Wenn sie Thyra
gerettet hat, dann besteht ein Band zwischen ihr und dem
Mädchen. Bei Lokis Höhle hat es gereicht, dass der Unsichtbare Wächter sie nicht als Sterbliche erkannte. Aber jetzt ist
deine Mutter nicht hier.«

Viggos Blick fiel auf die beiden Wölfe, die sich im Hintergrund der Halle auf den Boden gelegt hatten und zu dösen schienen. Nur manchmal öffnete sich ein Flammenauge und blickte zum Tisch herüber, an dem Sigyn und Viggo saßen. Sigyn folgte Viggos Blickrichtung und nickte.

»Narfi und Vali«, sagte sie. »Unsere Söhne. Narfi dürfte etwas jünger sein als du, Vali etwas älter. Die anderen Götter haben sie, um Loki zu bestrafen, in diese Gestalt verwandelt und wollten sie dazu bringen, dass sie sich gegenseitig zerreißen. Aber ihre Bruderliebe war zu stark. Sie weigerten sich. Schließlich gaben die anderen nach. Sie konnten sehen, dass Loki schon entsetzt genug war, seine Söhne in dieser Form zu sehen. Mein eigenes Entsetzen hat keinen von denen gekümmert.«

»Ich dachte zuerst, sie gehören zu Fenrir.«

»Nein, das tun sie nicht. Fenrir und seine Schar sind unsere Feinde. Aber sie lassen uns in Ruhe. Als sie auftauchten, dachte ich zuerst, ich müsste mit Narfi und Vali fliehen, doch sie haben keinerlei Interesse an uns gezeigt.«

»Die beiden sahen auf den ersten Blick genauso aus wie Fenrirs Wölfe.«

»Weil auch sein Pack verwandelte Seelen sind. Asen, Sterbliche, Riesen … jeder, den Fenrir anfällt, verfällt ihm.«

Das ist ja wie in den Vampir- und Werwolfgeschichten, dachte Viggo. Wen das Monster beißt, der verwandelt sich selbst in eines.

Laut sagte er: »Ich dachte, ich bin verloren, als sie mich zu Boden warfen.«

Sigyn verdrehte die Augen. »Die Jungs können keiner Fliege was zuleide tun. Hast du ja gesehen.« Und plötzlich liefen Tränen aus ihren Augen. »Sie haben nie jemandem Schaden zugefügt, und doch haben Thor und die anderen sie in das verwandelt, was du da siehst. In seinem Rachedurst ist unser Geschlecht unmäßig.«

»Meine Mutter hat mich durch Loki vor Odin in Sicherheit bringen lassen – aus Angst, er würde mir etwas antun.«

»Berechtigterweise.«

»Gibt es eine Chance, die beiden zurückzuverwandeln?« Sigyn starrte Viggo an, bis es ihm unangenehm wurde. »Hab ich was Falsches gesagt? Ich meine – vielleicht kann ich ja was dafür tun … oder meine Mutter …«

»Die Götter haben die beiden verwandelt«, sagte Sigyn. »Selbst wenn es jemand könnte, würde niemand diese Verwandlung rückgängig machen. Es ist eine Strafe der Götter, auch wenn sie übertrieben und ungerecht ist. Sie aufzuheben hieße, das Gleichgewicht der Macht zu gefährden.«

»Das Gleichgewicht der Macht ist doch schon längst im Eimer«, sagte Viggo heftig. »Fafnir der Drache ist los, Fenrir läuft frei herum … und ich bin sowieso jemand, den niemand so richtig auf dem Schirm hat … Ich hätte keine Angst, den beiden wieder zu ihrer wahren Gestalt zu verhelfen, wenn ich wüsste, wie!«

»Du bist sehr ungewöhnlich, Viggo Bjarnesson«, sagte Sigyn nachdenklich.

Viggo zuckte verlegen mit den Schultern. Nach einer Weile sagte Sigyn: »Ich sollte dir das Gjallarhorn nicht geben. Es wird dich nur weiteren Gefahren aussetzen.«

»Aber Loki hat gesagt, ich brauche es, um rauszufinden, wer den Ring Draupnir hat! Du musst doch auch wollen, dass dein Mann befreit wird.«

»Ich möchte verhindern, dass du den Preis dafür zahlst. Loki hat noch nie auf andere Rücksicht genommen, um seine Ziele zu erreichen.«

»Aber er ist dein Mann – und ich nur ein Junge, den du noch nie zuvor gesehen hast. Du musst doch zu ihm halten.«

»Ich bin auch eine Mutter, und ich fürchte um eine tapfere junge Seele.«

»Hast du Loki deswegen mit dem Schlangengift in der Höhe alleingelassen? Weil du deine Söhne in Sicherheit bringen wolltest?«

»Nein«, seufzte Sigyn, »ich bin gegangen, weil ich seine Lügen nicht mehr anhören wollte – seine Geschichten, dass er nicht am Ausbruch von Ragnarök schuld sei und dass es eine Möglichkeit gebe, all das aufzuhalten … Ich habe ihm kein Wort geglaubt … Ich war voller Zorn auf ihn, weil er selbst in seiner verzweifelten Lage noch voller Lügen steckte … Ich konnte es nicht mehr aushalten, in seiner Nähe zu sein, deshalb bin ich gegangen.«

Einer der Wölfe – Narfi oder Vali? – richtete sich halb auf und knurrte. Sigyn seufzte.

»Ja, du hast ja recht«, murmelte sie. »Und jetzt besucht mich dieser Junge hier«, sie deutete auf Viggo, »und ich stelle fest, dass zumindest dieser Teil seiner Geschichte stimmt. Ich hab ihm unrecht getan.«

»Meine Mutter kümmert sich jetzt um ihn und versucht, seine Schmerzen zu lindern«, erklärte Viggo. »Du hilfst ihm am besten, wenn du mir das Gjallarhorn gibst, dann kann ich ihn befreien.«

»Es ist an einem Ort, den du zwar erreichen, aber allein nie von ihm zurückkehren kannst.«

Viggos Schultern sanken herab. Nahmen diese dauernden Aufgaben denn gar kein Ende? Das war, als würde man ein Schulaufgabenblatt umdrehen und auf der Rückseite weitere Aufgaben finden, und wenn man diese gelöst hatte, kam der Lehrer und legte eine dritte Aufgabenseite auf den Tisch und sah einen dabei noch herausfordernd an.

»Ich bin ja auch nicht allein«, erklärte Viggo. »Ich habe zwei Dutzend Gefährten, von denen jeder so gut ist wie eine kleine Armee.«

»Der Hort des Gjallarhorns ist innerhalb des Bereichs, den der Unsichtbare Wächter meines Hauses abriegelt.«

»Oh? Dann ist es ja ganz nah und ich brauch ich es mir bloß zu nehmen …«

»Leider nicht«, sagte Sigyn. »Und gehst du allein dorthin, kehrst du wie gesagt nicht zurück.«

»Den Schutzbereich um dein Haus hast du doch errichtet«, sagte Viggo. »Schalt ihn halt so lange aus, bis meine Kameraden hier sind …«

»Du brauchst genau einen Gefährten, um das Gjallarhorn zu holen. Zwei wären schon zu viel.«

»Weshalb?«

»Du wirst es sehen, wenn du dort bist.«

»Kannst du dann nicht einen von meinen Freunden herholen?«, fragte Viggo.

Sigyn sah ihn lange schweigend an. »Wen?«, fragte sie dann.

Viggo dachte angestrengt nach. Leif? Aber wenn draußen auf dem Eis irgendetwas die Besatzung angriff, wenn zum Beispiel Fenrir zurückkehrte, dann war Leif vonnöten, um die Männer heil aufs Schiff zu bringen und dieses in Sicherheit zu steuern. Raud Thorsteinsson, den Matsveinn? Ihn kannte Viggo von all den anderen Nordmännern noch am besten. Aber kannte er ihn auch gut genug, um mit ihm auf diese Mission zu gehen? Hm. Es gab nur eine Lösung.

»Ich weiß, wen ich mitnehmen möchte …«, begann Viggo. Aber er sagte es zu leerer Luft. Sigyn war verschwunden. Ein Ring aus feurigen Runenbuchstaben leuchtete kurz dort auf, wo sie gesessen hatte.

16.

Draußen vor der unsichtbaren Barriere machte sich unter den Nordmännern Langeweile breit. Die meisten hatten ihre Schilde aufs Eis gelegt und sich daraufgesetzt. Sie hatten sich auf einen harten Marsch oder einen Kampf oder zumindest auf ein bisschen Ärger eingestellt, und jetzt passierte rein gar nichts, außer dass einem der Hintern abfror. Es gehörte sich nicht, dass man sich auf Stress einstellte und dann keinen bekam. Ein Nordmann war es gewohnt, sich in solchen Fällen Stress zu holen, und wenn er auf der Straße jemanden beleidigen musste, damit er ihn kriegte – bevorzugt jemanden, der größer und stärker war als er selbst.

Leif Eriksson patrouillierte mit ungeduldigen Schritten auf und ab, zwanzig in diese Richtung, zwanzig in jene, und spürte, dass Streit in der Luft lag. Viggo sollte besser bald zurückkehren. Oder Fenrir und seine verdammten Wölfe. Oder Fafnir. Alles war langfristig besser als diese Situation.

Thorkell, der sich mit Thyra unterhalten und dabei ein wärmendes Kleidungsstück nach dem anderen an sie abgegeben hatte, sodass er jetzt nur noch im Hemd dastand, hielt seinen Vater an, als er an ihm und Thyra vorbeistapfte.

»Was tun wir, wenn er nicht wiederkommt?«

»Dann holen wir ihn«, knurrte Leif.

»Und wie sollen wir das anstellen?«

»Darüber denken wir nach, wenn es so weit ist«, sagte Leif.

Thorkell zog vor Leifs explosiver Laune den Kopf ein. Er wollte etwas erwidern, doch dann blieb ihm das Wort im Hals stecken, weil auf einmal eine prächtig gekleidete, schwarzhaarige Frau vor ihnen stand und sie der Reihe nach musterte.

»Leif Eriksson, der Skipherra?«, fragte sie.

Leif nickte verwirrt.

Sie strahlte Thorkell an. »Thorkell Leifsson, der beste Freund?«

»Äh … ja … wessen bester Freund … Schickt Viggo dich …?«, stotterte Thorkell. Aber die schwarzhaarige Frau streckte schon eine Hand aus, und weg war sie. Ein Kreis aus feurigen Runen leuchtete auf und verschwand wieder. Und vor der Barriere stand ein Mensch weniger. Leif und Thorkell sahen sich überrascht und ratlos an.

17.

Sigyn war nach wenigen Augenblicken wieder zurück. Sie war nicht allein. Thyra stand neben ihr. Einen Augenblick stand sie blinzelnd da, dann schwankte sie. Viggo sprang auf und machte ihr Platz. Sie plumpste ungraziös auf die Bank und hielt sich die Hand vor den Mund. »Mir ist schlecht«, murmelte sie kaum verständlich.

Sigyn nickte. »Das ist am Anfang so, wenn man durch ein Runentor schreitet. Man muss es ein paar Tausend Mal getan haben, damit es vergeht.«

»Runentor?«, echote Viggo. »Loki hat mich durch eines hierher gebracht ... Ich war drei Tage bewusstlos ...«

»Das kann auch passieren«, sagte Sigyn, »aber nur in den seltensten Fällen. Deine Gefährtin hält offensichtlich mehr aus als du.«

»Wo bin ich?«, fragte Thyra schwach. Sie suchte an Viggo

Halt, der unwillkürlich einen Arm um sie legte. »Bei Hel, wenn ich etwas im Magen hätte, würde ich es jetzt unter den Tisch …«

Viggo hob hastig die Füße an, als Thyra zu würgen begann, aber dann hustete das Mädchen nur und schloss seufzend die Augen.

»Du bist in Sigyns Halle«, sagte Viggo. »Sigyn, warum hast du sie geholt? Ich wollte dich bitten, Thorkell zu holen.«

»Schon möglich«, erklärte Sigyn und lächelte, »aber gedacht hast du an Thyra.«

»Was tue ich hier?«, fragte Thyra. Langsam kehrte die Farbe in ihr Gesicht zurück. Sie machte jedoch keine Anstalten, von Viggo abzurücken.

»Du wirst Viggo helfen, das Gjallarhorn zu holen«, erklärte Sigyn.

»Und von wo?«, fragte Thyra und bewies damit, dass sie eine Nordmännin war: Trotz aller Verwirrtheit und Fremdheit der Umgebung kam sie sofort auf den Punkt.

»Es ist an der Quelle, von der Viggo trinken muss, um das Wissen zu erlangen, das er braucht.«

»Die Quelle am Fuß des Weltenbaums?«, keuchte Thyra.

»Nein«, sagte Sigyn. »In der jetzigen Situation ist es völlig aussichtslos, zu den Wurzeln von Yggdrasil gelangen zu wollen. Die neun Welten und die Räume dazwischen sind zu sehr im Aufruhr. Ihr müsst zu der anderen Quelle.«

»Und wie kommen wir dorthin?«, mischte sich Viggo ein.

Sigyn wandte sich wortlos ab und schritt zur Rückwand der Halle. Viggo und Thyra folgten ihr.

Viggo wurde bewusst, dass die Halle innen deutlich größer war, als sie von außen aussah. Und dann sah er, dass die Rückwand mindestens ein Dutzend Türen aufwies. Auf allen war ein Runenkreis eingeritzt. Die Türen führten an Orte, die unter Umständen weit entfernt waren – in der Zeit, im Raum, in der Dimension. Er fragte sich, ob eine davon direkt zu Loki führte und Sigyn in der Vergangenheit immer wieder davorgestanden und sich gefragt hatte, ob sie ihrem Mann verzeihen sollte.

Sigyn öffnete eine Tür. Viggo hatte einen Wirbel aus Farben erwartet, in den man treten musste. Oder absolute Schwärze. Oder einen Abschnitt von Bifröst, der Regenbogenbrücke. Jedenfalls nicht ein schlichtes Gewölbe, das nach unten führte und in dessen Fußboden Treppenstufen aus Eis eingelassen waren.

Thyra wandte sich ab und sah Sigyn groß an. »Dann gibt es diese zweite Quelle wirklich? Ich dachte, sie sei ein Märchen!«

»Nein.«

»Aber …«

»Richtig«, sagte Sigyn. »Deshalb seid ihr ja auch zu zweit.«

»Bei Hel!«, sagte Thyra.

»Was ist denn los?«, fragte Viggo. »Sigyn hat gesagt, dass man von diesem Ort nicht zurückkehren kann, wenn man allein dorthin aufbricht.«

»Ich habe mich ungenau ausgedrückt«, sagte Sigyn. »In Wahrheit ist überhaupt noch nie jemand wieder zurückgekehrt, der dorthin gegangen ist.«

»Na toll!«, entfuhr es Viggo.

»Die Geister der Zwerge töten jeden, der es wagt«, flüsterte Thyra.

18.

Die Stufen aus Eis führten stetig nach unten. Das Eis war rau und man konnte gut darauf gehen, wenn man vorsichtig war. Es schimmerte von sich aus in einem kalten blauen Glanz, sodass der Weg immer gut sichtbar war; Thyras Haut leuchtete in seinem Widerschein geisterhaft bleich und ihre Lippen wirkten fast schwarz.

»Das Gjallarhorn gehört eigentlich Heimdall«, sagte Thyra. »Aber es ist auch ein Artefakt der Macht, das die Götter in der letzten Schlacht brauchen. Dann wird Heimdall in das Horn stoßen und mit diesem Ruf die Schlacht eröffnen. Odin hat das Horn jedoch auch dazu benutzt, aus der Quelle der Weisheit zu trinken, die am Fuß des Weltenbaums liegt und vom Riesen Mimir bewacht wird. Es heißt, dass Odin ein Auge opfern musste, damit Mimir ihn aus der Quelle trinken ließ, und dass Odin auch nur dieses eine Mal davon kosten durfte. Deshalb – und das gehört zu den Legenden, die nicht am Feuer erzählt werden, sondern spätnachts in der Dunkelheit, wenn die Krieger unter sich sind und niemand lauscht – hat Odin einen Pakt mit den Zwergen ausgehandelt, damit diese einen Brunnen graben, der ebenfalls zum Wasser der Quelle der Weisheit führt. Nachdem Odin davon gekostet hatte und feststellte, dass die Zwerge ihre Aufgabe wahrheitsgemäß erfüllt hatten, tötete er sie alle.«

»Das ist ja nicht gerade nett«, sagte Viggo schockiert.

»Die Weisheit, die die Quelle ihm verlieh, zeigte Odin, dass die Zwerge vorhatten, ihn zu töten und die Quelle für sich zu beanspruchen. Er kam ihnen nur zuvor. Aber seitdem, so heißt es, bewachen die Geister der Zwerge die Quelle, und sie warten darauf, dass Odin zurückkehrt, damit sie sich an ihm rächen können. Deshalb bringen sie jeden um, der sich der Quelle nähert, denn sie können nicht sicher sein, ob der Ankömmling nicht Odin in einer seiner Verkleidungen ist.«

»Darüber hätte Loki ruhig mal ein Wort sagen können«, meinte Viggo verbittert. »Und diese Eistreppe führt zu dem Brunnen?«

»Offensichtlich«, sagte Thyra.

Viggo blickte sich über die Schulter um, aber die Tür, durch die Sigyn sie eingelassen hatte, war schon lange nicht mehr zu sehen. »Die Runenkreise«, sagte er. »Ich wette, wenn die nicht wären, würden die Türen einfach ins Freie führen – in Sigyns Gemüsegarten oder das, was ein Gemüsegarten wäre, wenn ihr Haus nicht auf dem ewigen Eis stehen würde. Erst die Runenkreise machen die Türen zu Pforten.« Er merkte, dass er plapperte, weil er hoffte, damit die Angst bekämpfen zu können, die in ihm aufstieg, je mehr sie sich ihrem Ziel näherten. Geister von Zwergen, die den Lebenden schaden konnten? Viggo wusste längst, dass so etwas hier in der Welt der Nordmänner, zumindest seit Ragnarök angebrochen war, noch nicht einmal zu den besonders bizarren Situationen gehörte.

Thyra blieb stehen. »Ich bin froh, dass Sigyn mich geholt hat«, sagte sie.

»Obwohl wir vielleicht am Ende dieser blöden Treppe von den Geistern der Zwerge gefressen werden?«, fragte Viggo im Versuch, unerschrocken zu klingen.

»Ja«, sagte Thyra einfach. Sie sah ihm ins Gesicht. Viggo küsste sie, als wäre es das Natürlichste auf der Welt, dass man sich, auf einer Eistreppe stehend und eine schier unmögliche, todbringende Aufgabe vor Augen, einen Kuss gab. Thyra schien es jedenfalls natürlich zu finden, denn sie legte die Arme um Viggos Nacken und küsste ihn zurück. Sie drückte sich an ihn, und er hielt sie, so fest er konnte.

Dann lösten sie sich wieder voneinander und gingen Hand in Hand weiter die Treppe hinab, und Viggo fand, dass seine Furcht plötzlich viel geringer geworden war.

Nach einer Zeitspanne, die eine Stunde oder zehn gedauert haben konnte – Viggo hatte jedes Zeitgefühl verloren und dachte höchstens darüber nach, dass sie diese endlose Treppe wieder würden emporsteigen müssen, wenn sie die Aufgabe überlebten –, erreichten sie eine simple quadratische Kammer, in der man gerade so zu zweit stehen konnte.

Im Boden war eine massive runde Falltür eingelassen, die aus Holzbohlen bestand, zusammengehalten von eisernen Bändern, dicht an dicht mit Eisennägeln beschlagen. Im Mittelpunkt der Falltür befand sich ein langer, eiserner Hebel mit grob gegossenen Gesichtern an beiden Enden. Er steckte in einer eisernen Manschette, die wiederum an einem dicken Bolzen befestigt war, der seinerseits in den Mittelpunkt der Tür führte.

Es sah so aus, als ob man den Hebel an beiden Enden ergreifen und herumdrehen musste. Aber was würde dann geschehen? Viggo und Thyra sahen sich an.

»Wenn wir's nicht probieren, kriegen wir's nie raus«, sagte Viggo. »Ich hoffe bloß, dass dahinter nicht einfach nur die dämliche Treppe weitergeht.«

Er machte einen vorsichtigen Schritt auf die Falltür zu, um sich bücken und nach dem Hebel greifen zu können. Das Gesicht an seinem Ende sah ihn mit grimmig gefletschten Zähnen an. Unwillkürlich spähte er zu Thyras Ende hinüber. Dort lachte das Gesicht.

»Toll«, murmelte Viggo. »Das kapier sogar ich. Böses

oder Gutes wartet hinter dieser Tür.« Er fragte sich, ob es eine Vorbedeutung hatte, welches Ende man ergriff, und schüttelte den Gedanken ab.

Thyra deutete auf etwas am Rand der Falltür. »Schau«, sagte sie.

Rund um die Falltür herum waren ebenfalls Gesichter eingeschnitzt – abwechselnd ein grimmiges und ein lachendes. Die Schnitzerei war ganz zart und so gestaltet, dass man sie nur erkennen konnte, wenn man im Inneren des Kreises war, den sie bildete.

»Sie übertreiben's ein bisschen mit der Symbolik, oder?«, fragte Viggo, der merkte, dass er aus Nervosität doch wieder zu plappern begann.

Er biss die Zähne zusammen und rüttelte an dem Hebel. Wenn für den Erbauer dieser Tür dieselben grundsätzlichen Gesetzmäßigkeiten galten wie für einen Menschen, dann würde man die Vorrichtung gegen den Uhrzeigersinn drehen müssen.

Sie stemmten sich auf ein Kommando gleichzeitig dagegen. Viggo erwartete, dass der Hebel extrem schwergängig wäre – aber er glitt so leicht herum, dass sowohl er als auch Thyra nach vorn stolperten. Der Hebel rastete ein. Das Klacken von Schlössern und das Klicken eines Mechanismus waren zu hören, dann hob sich die Tür wie von Geisterhand an. Viggo und Thyra sprangen erschrocken von ihr herunter. Die Tür kippte um eine zentrale Achse, die eine Hälfte hob sich, die andere senkte sich … dann blieb sie in einem Winkel von knapp fünfundvierzig Grad stehen und öffnete dadurch einen Spalt, hinter dem finsterste Schwärze herrschte. Etwas rastete ein, und ein deutliches KLICK war zu hören.

Die Falltür war noch dicker, als es zuerst ausgesehen hatte, denn die Bohlen waren zweilagig zusammengefügt. Als Viggo die Hand an den oberen Rand legte, um zu versuchen, sie weiter aufzudrücken, stellte er fest, dass sie so mächtig war wie sein gesamter Unterarm.

Die Falltür musste an einem äußerst ausgeklügelten System von Gegengewichten und Federn aufgehängt sein. Und wenn diese Aufhängung nicht weiter wirkte, würden sie zu zweit keine Chance haben, den Spalt zu erweitern. Fünf erwachsene Männer hätten diese Tür kaum bewegen können.

KLICK.

Viggo und Thyra warfen sich einen nervösen Blick zu. Was hatte da noch einmal geklickt? Aber die Tür bewegte sich nicht, auch nicht, als Viggo daran rüttelte. Wahrscheinlich war es eine unbedeutende Bewegung irgendwo in dem Türmechanismus gewesen; irgendetwas, was endgültig eingerastet war. Wer wusste schon, wie lange diese Falltür nicht mehr geöffnet worden war – ob sie überhaupt jemals jemand geöffnet hatte!

Viggo bückte sich und spähte in die Dunkelheit der Öffnung. Er lauschte hinunter und bildete sich ein, ein leises Gluckern zu hören.

»Hallo?«, rief er.

Es hallte, aber nicht sehr, und es gab kein Echo. Er hatte keine Ahnung, wie tief es dort hinunterging. Vielleicht öffnete sich hier ein Schacht, der meilenweit in die Tiefe führte?

Noch während er überlegte, wie er sich Gewissheit verschaffen konnte, stand Thyra auf. Sie hackte kurzerhand mit einem Messer ein Stück Eis aus einer Treppenstufe und warf es in den Schacht. Es platschte gleich darauf. Wenn dort unten Wasser war, dann konnte es höchstens einen oder zwei Meter tiefer liegen.

KLICK.

»Irgendwas arbeitet da noch«, sagte Viggo.

Thyra nickte. »Wie gehen wir weiter vor?«, fragte sie. »Zuerst ich, dann du?« Sie deutete in den Schacht.

Viggo holte tief Luft. »Zuerst ich – und du gar nicht. Mir wäre es lieber, wenn du hierbleibst. Was immer dort unten ist, mir wäre wohler, wenn ich wüsste, du bist hier draußen und kannst im Notfall irgendwas unternehmen.«

Thyra nickte unzufrieden. Viggo konnte ihr ansehen, dass sie lieber mit ihm dort hinuntergegangen wäre, am liebsten noch vorneweg, aber dass Viggos Argument ihr einleuchtete.

KLICK.

Viggo starrte die Falltür an. Das Klicken machte ihn langsam nervös. Dann dachte er an das Auto seines Pflegevaters und wie er als kleines Kind immer fasziniert davon gewesen war, dass das abgestellte Fahrzeug nach dem Ausschalten immer noch eine Weile vor sich hin geknackt und geklickt hatte. Er zuckte mit den Schultern.

Dann legte er sich auf den Bauch und robbte bis zur Kante vor. Er schnupperte. Kein Geruch. Er horchte in die Finsternis. Wieder hörte er das leise Gluckern. Wie kam er dort am besten hinunter? Mit dem Kopf voran auf keinen Fall, auch wenn es wirklich nur einen Meter hinunterging. Schon gar nicht, wenn dort Wasser war. Er hatte die Vision eines engen, eiskalten Brunnens, in dem er mit dem Kopf nach unten feststeckte und ertrank.

»Dreh dich um«, schlug Thyra vor, die seine Bedenken gespürt haben musste. »Bleib auf dem Bauch, schieb dich mit den Beinen voran rückwärts über den Rand, dann kann ich deine Hände nehmen und dich langsam runterlassen.«

KLICK.

»Gute Idee«, sagte Viggo, der nicht erst fragte, ob Thyra ihn überhaupt würde halten können. Er wusste, dass das Wikingermädchen nichts vorschlug, was es nicht ausführen konnte; und dass es bei Weitem zu mehr fähig war, als er einem Mädchen zugetraut hätte.

KLICK.

»Sag mal, kommt das jetzt schneller hintereinander?«, fragte Viggo.

KLICK.

»Scheint so«, sagte Thyra. »Willst du nun runter, oder soll ich lieber ich gehen?«

KLICK.

»Ich gehe«, sagte Viggo.

KLICK KLICK.

Sie musterten beide die nach oben ragende Falltür.

KLICK KLICK KLICK.

»Mensch, Alter …«, sagte Viggo.

KLICKKLICKKLICK.

Die Tür ruckte eine Handbreit nach unten.

KLACK!

Viggo rollte sich hektisch von der Kante weg, überzeugt, dass die Tür im nächsten Moment herunterklappen würde. Wenn sie ihn traf, würde sie ihn zweiteilen. Thyra zerrte gleichzeitig an ihm. Sie drückten sich an die Wand und starrten die Falltür an. Viggo kam es so vor, als würde sie noch ganz leicht nachzittern. Einen Ton gab sie aber nicht mehr von sich.

»Na gut, neuer Anlauf«, sagte Viggo. »Wahrscheinlich ist sie jetzt endgültig eingerastet.«

Er legte sich wieder auf den Bauch, schob die Beine über den Rand, griff nach Thyras Handgelenken und wand sich, bis er mit dem Hintern über den Rand hing. Thyra, die die Schuhsohlen in den Boden stemmte, ließ ihn Stück für Stück nach unten. Er schaute zu ihr auf. Sie lächelte ihn an.

Er fühlte eine solche Welle aus Zuneigung in sich aufsteigen, dass er am liebsten wieder herausgerobbt wäre und sie noch einmal geküsst und ganz lange im Arm gehalten hätte.

KLICK.

Bestürzt schauten beide nach oben zur Tür, die über ihnen hing.

KLICKKLICKKLICK!

Die Tür ruckte.

»Lass mich runter!«, schrie Viggo. »Schnell.«

Thyra verlor den Halt und rutschte sofort auf dem Hosenboden nach vorn, von Viggos Gewicht mitgezogen. Er würde sie mit nach unten ziehen!

KLICKKLICKKLICKKLICKKLICK!

»Lass mich los!« Viggo öffnete die Hände.

Thyra hielt ihn fest, offensichtlich gewillt, ihm lieber in den Schacht zu folgen als ihn loszulassen, aber Viggo, nun voller Panik, drehte die Handgelenke in einer seit Langem in Fleisch und Blut übergegangenen Befreiungsbewegung beim Taekwondo. Er sah Thyras überraschte Miene, dann fiel er.

Die Tür kam herunter.

Thyra warf sich nach hinten.

Viggos Fußsohlen prallten auf den Boden. Der Ruck schlug seine Zähne aufeinander.

Die Tür knallte zu.

19.

Komplette Finsternis umhüllte Viggo. Er hörte das Schnarren des Türmechanismus und das Klacken, mit dem das Schloss einrastete. Er wusste jetzt, was das Klicken gewesen war, das sie gehört hatten – der Mechanismus, der die Tür in der Schräge gehalten hatte, war wie ein Uhrwerk abgelaufen. Sie hatten die Zeit, die sie gehabt hatten, sinnlos verplappert.

Er rang in der totalen Schwärze, die ihn umgab, nach Luft und spürte, wie Panik ihn ergriff. »Thyra?«, rief er. Er wusste, dass sie keine Chance hatte, ihn dort oben zu hören – oder er sie, wenn sie antwortete. Er rief trotzdem aus Leibeskräften. »Thyra!«

Verspätet fiel ihm ein, dass er nicht einmal wusste, ob sie der herunterklappenden Tür rechtzeitig entkommen war. Eine neue Panik gesellte sich zu seiner Angst. War Thyra verletzt?

Vielleicht weil er gerufen hatte, vielleicht aber auch aus einem anderen Grund, den er nicht kannte – jedenfalls glomm auf einmal um ihn herum dasselbe blaue Licht auf wie zuvor auf der Treppe. Im Zentrum des engen, runden Raums, auf dessen Boden er stand, befand sich ein kleiner, schimmernder Pool. Er betrachtete ihn und spürte, dass seine Panik abebbte.

Neben der Quelle, als hätte jemand es dort erst gestern abgelegt, lag ein großes, an der Spitze und an der Öffnung mit Silber eingefasstes Horn. Viggos Herz, das vorher hektisch getrommelt hatte, beruhigte sich. Er musterte das Horn und betrachtete das Wasser.

Wie ging es nun weiter? Er hätte Thyra fragen sollen – oder Sigyn. Schöpfte er einfach mit dem Horn das Wasser, trank es und wusste dann auf einmal alles, was er wissen wollte? Welche Weisheit kam mit dem Trank? Die Lottozahlen der nächsten hundert Jahre? Ob Bayern München wieder Deutscher Meister würde?

Oder musste er vielleicht eine Frage stellen?

Viggo trat um den Pool herum, bemüht, ihn nicht mit seinen Schuhen zu berühren. Es wäre ihm wie ein Sakrileg vorgekommen. Das blaue Leuchten, das von dem Wasser ausging, hatte eine geradezu hypnotische Qualität mit seiner absoluten Ruhe. Es flackerte nicht, es schwankte nicht, es leuchtete mit der Unbewegtheit von Jahrtausenden. Es war nicht kalt in der Kammer, die Wände waren trocken und aus Stein, nicht aus Eis wie die Treppe, und sie waren ebenfalls warm.

Viggo bückte sich, hob das Gjallarhorn auf, spähte in seine Öffnung. Er wäre nicht überrascht gewesen, wenn etwas herausgekommen und ihm ins Gesicht gesprungen wäre, aber nichts geschah. Mit dem Finger fuhr er den silbergefassten Rand der Öffnung nach. Kein Staub. Das Gjallarhorn sah aus wie frisch aus dem Geschirrspüler.

Er zögerte, es in das Wasser zu tauchen. Dessen Oberfläche war so unbewegt, dass es ihm erneut wie eine Sünde schien, sie zu stören. Dann überwand er seine Scheu und tauchte das Horn ein.

Das Licht änderte sich. Die Wellen, die in einem konzentrischen Ring über die Wasseroberfläche liefen, ließen Lichtreflexe über die Wände laufen. Unwillkürlich schaute Viggo nach oben zur Unterseite der geschlossenen Falltür. Das fließende Licht ließ auch hier einen Ring aus Gesichtern aus dem Holz hervortreten, so wie an der Oberseite der Tür. Die Anordnung der Gesichter erinnerte Viggo plötzlich an etwas, aber er kam nicht drauf, an was. Er hob das Horn an den Mund, holte tief Luft, schüttelte alle Gedanken an Gift ab, die auf einmal in ihm aufstiegen, und trank.

Er schloss die Augen.

Er verstand schlagartig alles. Wie das Universum funktionierte. Warum es Zeit und Raum gab. Den Sinn des Lebens. Warum einem dauernd die Schuhbänder rissen, wenn man es eilig hatte, und wieso der Handyakku immer dann schlappmachte, wenn man ihn weit und breit nirgendwo aufladen konnte.

Er öffnete die Augen.

In Wahrheit verstand er gar nichts. Er war genauso schlau wie zuvor.

Ratlos trank er nochmals. Nichts änderte sich.

Ihm dämmerte, dass er wahrscheinlich doch eine Frage stellen musste. So gesehen war die Aufgabe einfach. Wo ist der Ring Draupnir?

Dann fiel ihm ein, dass die Frage so vielleicht zu unspezifisch war. Wenn die Antwort war: auf einer Bergspitze? Dann wäre er immer noch so schlau wie vorher. Er musste die Frage richtig formulieren, sodass er auch die richtige Antwort erhielt.

Am besten übte er erst einmal. Er wusste auch, wie. Seit er Sigyn über das Schicksal ihrer Söhne hatte erzählen hören, war in ihm das Bedürfnis gewachsen, den in Wölfe verwandelten Jungen zu helfen. Und diese Frage konnte man ganz einfach so stellen, dass keine unverständliche Antwort kam.

»Wie kann ich den Fluch aufheben, der auf Lokis und Sigyns Söhnen Narfi und Vali liegt?«, fragte er laut.

Die Oberfläche des Pools änderte sich erneut. Wellen liefen ineinander, Lichtreflexe verschoben sich, Schattenstellen wanderten. Auf einmal war die Wasseroberfläche ein

Gesicht, das ihn ansah, dessen Lippen sich bewegten. Die Stimme kam von überallher. Vielleicht war sie auch nur in Viggos Geist.

Einer muss für den anderen sich opfern, sagte die körperlose Stimme, *am Tag, an dem Fenrir der Große seinen Triumph sich holen will. Bruderblut für Bruderblut. In Fenrirs Kiefer muss das Leben des einen enden, damit Rettung für den anderen entsteht. Ein Schmerz für eine Erlösung, ein Tod für ein Leben.*

Die Stimme schwieg. Das Gesicht löste sich in einem trägen Wirbel auf. Viggos Herz klopfte. Wenn das die Antwort war, dann wusste er nicht, ob er sie Sigyn mitteilen wollte. Er fühlte sich betroffen und wünschte, er hätte nicht gefragt. Ein Bruder musste sich für den anderen von Fenrir in Stücke reißen lassen, damit der Überlebende vom Fluch befreit wurde? Was für ein grausamer, mörderischer Fluch!

Na gut. Aber wenigstens funktionierte es. Viggo schloss die Augen und konzentrierte sich darauf, seine eigentliche Frage zu formulieren. Sicherheitshalber nahm er noch einen Schluck aus dem Gjallarhorn. Er setzte es an. Dabei fiel sein Blick auf die Unterseite der Falltür. Die Augen der dort eingeschnitzten Gesichter glühten blau. Das hatten sie vorher nicht getan. Nun erinnerten sie ihn noch stärker an etwas, auf das er partout nicht kam.

Er hob das Gjallarhorn an, um zu trinken. Doch es war

leer. Was seltsam war, denn er hatte es mindestens zur Hälfte gefüllt. War es leck?

Viggo musterte das spitze Ende des Horns und bemerkte dabei, dass er mit den Fußsohlen im Wasser stand. Der Pool drehte sich nun schneller in seinem Wirbel, und er war gestiegen. Er stieg immer noch. Viggo wich zurück. Es machte keinen Unterschied. Der gesamte Boden war schon überflutet. Das Wasser stieg schneller und schneller.

Entsetzt presste Viggo sich an die Wand, als könnte er rückwärts daran emporklettern. Er stierte den Pool an, der jetzt grau aussah, das Wasser aufgewühlt; der Strudel zerrte an Viggos Beinen, oben zu den Stiefeln lief ihm das Wasser hinein, als es an seinen Waden emporstieg.

Er ließ das Gjallarhorn fallen und warf sich herum. Aber die Wände hochzuklettern war völlig unmöglich. Und selbst wenn ... Sollte das Wasser in diesem Tempo weiter steigen, würde es in ein paar Minuten bis zur Unterseite der Falltür reichen, würde die Kammer füllen ... und Viggo würde hilflos ertrinken.

Vielleicht stieg es nicht so weit? Vielleicht hörte es bei der Hälfte auf? Vielleicht ...

Die Strömung riss Viggo von den Füßen. Er platschte der Länge nach ins Wasser, schlug um sich, bekam es in Mund und Nase und hustete und spuckte. Hatte er vorher noch andächtige Ehrfurcht vor diesem Wasser empfunden, beherrschte ihn jetzt blanke Todesangst. Der Wirbel erfasste ihn und spülte ihn im Kreis herum; er versuchte, sich an den Wänden festzuhalten, und rutschte ab; er schrie nach Thyra, dann um Hilfe, und die ganze Zeit stieg das Wasser und stieg und hob ihn der geschlossenen Falltür entgegen und seinem sicheren Tod.

20.

Thyra war der herunterklappenden Falltür entkommen. Sie hatte daraufhin dagegengetrommelt und Viggos Namen gerufen, aber ihr war klar, dass Viggo sie durch das dicke Holz nicht hören konnte, so wenig wie sie ihn. Während sie, zur Tatenlosigkeit verdammt, auf ihn wartete, stieg in ihr ein Gefühl der Bedrohung hoch, das immer stärker wurde.

Nach einigem Zögern nahm sie Viggos Schwert, das dieser beiseitegelegt hatte. Es gehörte sich nicht, die Waffe eines anderen Kriegers ohne dessen Erlaubnis zu nehmen, aber Viggo war ja nicht da, und außerdem war sie sicher, dass er sie ihr, ohne zu zögern, übergeben hätte. Sosehr er in vielerlei Hinsicht wie ein echter Nordmann war – was Waffen betraf, waren ihr seine Reaktionen immer fremd. Doch das war jetzt egal. Sie packte Einnfyrstr, vertraute darauf, dass

Viggos Vater, der Erschaffer des Schwerts, auch nichts dagegen hätte, und schlich die Treppe hinauf.

Sie wagte nicht, sich zu weit von der Falltür zu entfernen, falls Viggo sie brauchen sollte; die paar Dutzend Stufen, die sie hinaufging, überzeugten sie jedoch davon, dass von oben keine Gefahr drohte. Sie lief wieder hinunter und stellte zu ihrer Bestürzung fest, dass sich etwas verändert hatte: Die Augen der in die Falltür geschnitzten Gesichter glühten auf einmal blau.

Sie klopfte mit dem Schwertknauf gegen das Holz. »Viggo? Ist alles in Ordnung?«

Keine Antwort. Thyra fluchte in sich hinein. Wenn sie doch nur zu ihm gelangen könnte. Sie trat auf die Tür und stemmte sich gegen den Hebel, wohl wissend, dass sie die Falltür nicht würde aufdrücken können, selbst wenn der Hebel den Verschlussmechanismus öffnete. Der Hebel saß so fest, als hätte er sich niemals bewegt. Sie stemmte sich dagegen, bis sie das Gefühl hatte, dass ihre Schläfen platzten, aber außer dass sie danach keuchend neben dem Hebel auf das Holz sank, tat sich nichts.

Die Tür vibrierte. Sie spürte es ganz deutlich. Irgendetwas geschah dort unten. Ihr Herz trommelte vor Angst um Viggo, und mit der Frustration, dass sie nichts unternehmen konnte, stieg Wut in ihr hoch. Sie sprang auf und trat erst gegen den Hebel, dann gegen das Holz.

»Bei Hel und bei Loki und bei allen Ungeheuern und

Reifriesen!«, schrie sie. »Lass mich zu ihm, du blödes Ding!«

Wieder keine Antwort. Die blau leuchtenden Augen der Gesichter starrten sie an. Sie starrte wutentbrannt zurück – und wusste auf einmal, wie sie zu Viggo gelangen konnte.

Sie musste nur … Da! Es war ihr doch gleich aufgefallen, dass eines der Gesichter anders war. Dieses hatte nur ein Auge. Sie schwang sich von der Falltür herunter, krabbelte zu dem Gesicht mit dem einen Auge und presste die Hand darauf. Die anderen Gesichter sahen auf einmal deutlich bedrohlicher aus, und sie hatte das starke Gefühl, dass sie sich ihr zugewandt hatten und ihre blauen Leuchtaugen sie erwartungsvoll ansahen.

»Portal von Odin Allvater«, sagte sie, »bring mich zu dem, dem mein Herz gehört.«

Im nächsten Moment war die Falltür verschwunden; Thyra kippte nach vorn und tauchte mit dem ganzen Oberkörper in einen wütenden Strudel, der die gesamte Kammer unter der Falltür tosend ausfüllte. Sie schnappte überrascht nach Luft und schluckte Wasser. Etwas stieß gegen sie, instinktiv griff sie danach, spürte den Stoff von Kleidung zwischen den Fingern, packte fester zu und warf sich zurück.

Ein hustender und um sich schlagender Viggo folgte ihr, griff blindlings und voller Panik in der Luft herum. Das Wasser sprudelte aus der Öffnung und begann, den Raum mit der Falltür auszufüllen.

»Schließ dich!«, schrie Thyra, selbst hustend und nach Luft ringend. »Portal Odin Allvaters, ich danke dir! Schließ dich!«

Im nächsten Augenblick war die Falltür wieder da. Kurz fürchtete Thyra, der Wasserdruck aus der Kammer wäre so groß, dass er die Falltür aus den Angeln sprengen könnte, aber stattdessen floss das Wasser, das herausgestrudelt war, wieder ab, durch Spalten und Öffnungen, die dem menschlichen Auge verborgen blieben. Nach wenigen Sekunden war es verschwunden, und nur der spuckende und keuchende Viggo auf Thyras Schoß und die Tatsache, dass sie selbst völlig durchnässt war, zeigten, dass sie sich alles nicht nur eingebildet hatte.

Viggo richtete sich auf. Sein Körper verkrampfte sich, und er hustete einen Wasserstrahl. Mit tropfendem Haar und rot unterlaufenen Augen stierte er sie an.

»Das verdammte Ding wollte mich ersäufen«, brachte er hervor. »Was hab ich ihm denn getan?«

In Thyra stieg eine Ahnung auf. Sie fluchte erneut im Stillen, aber diesmal über sich selbst. Sie hätte daran denken sollen, dass Viggo die Feinheiten der nordischen Riten kein Begriff waren. »Hast du ein Opfer gebracht?«, fragte sie.

»Was für ein Opfer? Ich wär beinahe selbst zum Opfer geworden!«

»Als Odin aus der Quelle unter dem Weltenbaum trank, brachte er ein Auge als Opfer dar. Man muss immer ein

Opfer bringen, wenn man etwas von den Göttern will oder von der Welt, in der die Götter leben.«

»Was hätte ich denn für ein Opfer bringen sollen?« Viggo klang über alle Maßen wütend. »Einen weißen Stier? Vierzig Lämmer? Zufällig hatte ich gerade keine in der Tasche!«

»Es geht nicht um die Menge, sondern darum, dass man das Recht der übernatürlichen Mächte anerkennt, den Menschen etwas abzuverlangen. Zur Not hätte eine Haarlocke genügt … ein Brotstück aus deiner Tasche … ein schöner Stein … irgendwas.«

»Ich habe nichts geopfert«, sagte Viggo.

»Deshalb hat die Quelle versucht, sich ein Opfer zu holen. Dich.« Thyra erschauerte. Das war die Bedrohung gewesen, die sie gespürt hatte: der Zorn der Quelle, um das ihr zustehende Opfer betrogen worden zu sein. Wenn sie nur eine halbe Minute länger gezögert hätte – wenn sie nur ein Dutzend Treppenstufen mehr hinaufgestiegen wäre …

Plötzlich schlang sie die Arme um Viggo und hielt ihn fest. Er wurde ganz steif in ihren Armen, doch dann gab er nach und umarmte auch sie. Tropfend, immer noch hustend und außer Atem, saßen sie da und zogen Trost aus der Berührung des jeweils anderen.

»Hast du die Antwort erhalten?«, fragte sie schließlich.

Viggo machte sich von ihr los und räusperte sich. »Sag mal«, begann er, »kann es sein, dass man bei der Quelle der Weisheit immer nur eine Frage offen hat?«

»Natürlich. Warum fragst du?«

»Weil es nicht übel gewesen wäre, wenn mir das jemand gesagt hätte.«

Thyra fragte nicht, ob er das etwa nicht gewusst hatte und warum nicht, das wusste doch jeder. Ihr war völlig klar, was passiert war. Sie hatten ihre einzige Chance, herauszufinden, wo der Ring Draupnir versteckt war, vertan.

Sie zog Viggo erneut zu sich heran und hielt ihn ganz fest. »Was hast du gefragt?«, flüsterte sie.

»Wie man Narfi und Vali von ihrem Fluch befreien könnte«, erwiderte Viggo kaum hörbar. »Ich dachte doch nicht …« Er verstummte. Sein ganzer Körper verkrampfte sich vor Enttäuschung und Wut.

»Ach, Viggo«, sagte Thyra. »Selbst in dieser Situation denkst du zuerst an andere Leute.«

»Nein, es war einfach … Ich wollte einfach sichergehen … und da fielen mir die beiden ein und Sigyns Tränen …« Er schwieg. »Ich hab's verbockt«, sagte er dann, beinahe ungläubig. »Wir hatten nur diese eine Chance, und ich hab sie verbockt. Jetzt hältst du mich wahrscheinlich für den übelsten Loser aller Zeiten.«

Thyra schüttelte den Kopf. Viggos Wut auf sich selbst und seine Enttäuschung drückten ihr schier das Herz ab. »Gehen wir zurück zu Sigyn. Vielleicht hat sie eine Idee.«

»Und wenn wir die Falltür einfach noch mal öffnen und ich runtersteige?«, fragte Viggo.

»Du hast deine Chance gehabt«, sagte Thyra. »Es gibt keine zweite. Was meinst du, warum Odin diese zweite Quelle hat erschließen lassen? Damit er noch einmal die Möglichkeit bekam, eine weitere Frage zu stellen.«

»Jedenfalls waren keine Geister getöteter Zwerge nötig, um mich umzubringen«, knurrte Viggo. »Das hat die Quelle von ganz allein versucht.«

»Es gab wahrscheinlich auch keine erschlagenen Zwerge«, sagte Thyra. »Hätte Odin das wirklich getan, hätte nie wieder ein Zwerg einen Finger für ihn oder die anderen Götter gerührt. Die Zwerge sind die Erbauer von Dingen in allen neun Welten. Ohne sie hätten die Asen nicht mal ein Dach über dem Kopf. Und damit die Zwerge für Odin arbeiteten, müssen sie einen Pakt mit ihm geschlossen haben. Pakte sind heilig – auch das gilt in allen neun Welten. Nur auf Midgard nicht mehr, seit die Geschorenen mit ihrem neuen Gott gekommen sind und predigen, dass die alten Treueschwüre nichts mehr gelten sollen. Deswegen werden auch solche Märchen erzählt.«

Viggo schnaubte. Dann hellte sich sein Gesicht auf. »Du hast die Quelle doch noch nichts gefragt!«, rief er. »Wenn du es versuchst?«

»Viggo, ich bin eine Sterbliche. Das Wasser der Quelle der Weisheit ist nicht für uns gedacht. Ich konnte ohne dich nicht mal den Verschlusshebel bewegen.«

Viggo seufzte. Dann stand er langsam auf und schüttelte

sich. »Gehen wir«, sagte er. »Gehen wir beichten, dass ich alles versaut habe.« Als sie die erste Treppenstufe betraten, fragte er: »Wie hast du mich überhaupt aus dem Wasser geholt? Ich dachte, um mich sei es geschehen.«

»Die Gesichter sind ein Portal, wie ein Runenkreis«, sagte Thyra. »Als mir das klar wurde, musste ich es nur noch dazu bringen, sich mir zu öffnen.«

»Jetzt weiß ich, woran die Gesichter an der Unterseite der Falltür mich erinnerten! Und ich weiß auch, dass es weniger einfach war, als du es darstellst«, bemerkte Viggo mit schiefem Lächeln.

Thyra zuckte mit den Schultern. »Es hat geklappt, das zählt.«

Viggo blieb stehen und umarmte Thyra erneut. »Ich verdanke dir mein Leben!«

»Und ich verdanke meines dir. So gehört sich das unter ...« Sie zögerte.

»Unter Waffenbrüdern?«, fragte Viggo und lächelte jetzt breit.

»Ja«, sagte Thyra, die gehofft hatte, dass Viggo etwas anderes sagen würde. Aber er wandte sich ab, griff nach ihrer Hand, und gemeinsam kletterten sie die Treppe nach oben, auf dem langen Weg dorthin, wo sie ihr Scheitern würden eingestehen müssen.

21.

Während des Rückwegs unterbrach Thyra die brütenden Gedanken Viggos, indem sie ihn nach der Antwort auf Narfis und Valis Dilemma fragte.

Viggo, der zerrissen wurde zwischen der Enttäuschung über den Fehlschlag, der Erinnerung an die überstandene Angst und der Gewissheit, dass er vorhin das zu Thyra hätte sagen sollen, was er eigentlich gewollt, sich aber dann doch nicht getraut hatte, stieß die Luft aus. Er erzählte ihr, was die Quelle gesagt hatte. Sie waren beide unschlüssig, ob sie Sigyn und den Brüdern dies mitteilen sollten.

»Und was sagen wir, wenn uns Sigyn fragt, was wir statt der eigentlichen Antwort herausgekriegt haben?«, fragte Viggo.

Thyra zuckte mit den Schultern. »Ich glaube, es ist am besten, die Wahrheit zu sagen«, meinte sie nach einer Weile.

»Dass du dich überhaupt erkundigt hast, ehrt dich mehr, als du denkst. Die Antwort ist aber nicht deine Bürde, sondern die von Sigyn, Narfi und Vali. Sie müssen die Entscheidung treffen, ob sie diesen Weg gehen wollen. Gib denen die Bürde, denen sie gehört. Du hast mehr als genug getan.«

Sie kletterten weiter die Treppe empor. Als sie vor der Tür standen, durch die sie gekommen waren, war Viggo überrascht. Er hatte gedacht, sie wären auf dem Hinweg viel länger unterwegs gewesen. Er und Thyra waren zwar leicht außer Puste vom Treppensteigen, aber bei Weitem nicht so stark, wie sie es nach Viggos Gefühl hätten sein müssen.

Thyra schlug mit der flachen Hand gegen die Tür. Im selben Augenblick stand Sigyn auch schon neben ihnen. Sie machte ein ernstes Gesicht.

»Wir ...«, begann Viggo.

Sigyn schnitt ihm das Wort ab.

»Wir haben ein Problem«, sagte sie.

22.

Sigyn hastete mit Viggo und Thyra in den vorderen Teil der Halle. Dort saßen Narfi und Vali, das Nackenfell gesträubt, die Augen gelb flackernd. Sie wandten die Köpfe und blickten Viggo und Thyra an, dann starrten sie wieder zur geschlossenen Tür. Sie knurrten.

Wie alle Wikingerbehausungen besaß Sigyns Halle nur wenige, sehr kleine Fensteröffnungen, die zu nicht viel mehr dienten als den Rauch abziehen zu lassen, wenn das Feuerholz zu feucht gewesen war. Durch eine dieser Öffnungen neben der Vordertür ließ Sigyn sie nun blicken. Viggo prallte zurück.

»Wie lange sind die schon da?«, fragte er.

»Noch nicht lange.«

Vor dem Eingang der Halle – und, so nahm Viggo an, auch rund um sie herum – saßen Fenrirs Wölfe. Ihr Anführer war unter ihnen, nur wenige Dutzend Schritte von der Tür entfernt, scheinbar entspannt auf seinen Hinterläufen sitzend, riesengroß, mächtig, ein zottiges graues Ungeheuer. Fenrir hob den Kopf und schien genau zu der Fensteröffnung zu schauen; direkt in Viggos Augen.

Der riesige Wolf öffnete die Kiefer und stieß ein raues Bellen aus, dann grollte er mit tiefer Stimme: »Gefährtin Lokis, ich fordere dich auf, den Sohn der Valkyrja auszuliefern.«

Narfi und Vali knurrten. Viggo schluckte.

Sigyn rief: »Das hast du vorhin schon gefordert und meine Antwort erhalten.«

»Aber nun ist der Sohn der Valkyrja an deiner Seite und kann mich hören.«

Sigyn warf Viggo einen Seitenblick zu. Dieser erkannte, dass sie von ihm erwartete, sich einzubringen. Er schluckte nochmals.

»Ich höre dich!«

»Sonst hat der Valkyrjawelpe nichts zu sagen?«

»Danke für Einladung, aber: Nein, danke?«, versuchte es Viggo. Er spürte Fenrirs Blick, der sich förmlich in seine Augen bohrte. Sigyn und Thyra sahen ihn verständnislos von der Seite an. Er zuckte mit den Schultern. »Was hätte ich denn sagen sollen?«, zischte er. »Was läuft hier überhaupt? Was tut *er* hier? Ich dachte, du und er, ihr ignoriert euch?«

Sigyn sagte: »Das war bis jetzt auch der Fall. Bis du gekommen bist.«

Fenrir meldete sich erneut. »Gefährtin Lokis, du weißt, dass es mich keine Mühe kostet, dein Heim einzureißen und alle darin zu töten, einschließlich dir und deinen Welpen. Zum letzten Mal: Liefere mir den Sohn der Valkyrja aus.«

Narfi bellte bei der Bezeichnung »Welpe« wütend.

»Was hast du ihm denn vorher gesagt?«, fragte Viggo.

»Dass du mein Gast bist und selbstverständlich unter meinem Schutz stehst.«

Viggo war gleichzeitig erleichtert und beschämt. Er rief zum Fenster hinaus: »Woher hast du gewusst, dass ich hier bin und nicht mit meinen Kameraden auf dem Schiff davongefahren?«

»Das Schiff des Valkyrjawelpen liegt in kurzer Entfernung von hier am Ufer. Seine Kameraden stehen ratlos vor dem Unsichtbaren Wächter, der alle Sterblichen aufhält. Wenn der Valkyrjawelpe mich belügen will, muss er besser und schneller denken als ich.«

»Und wer könnte wohl schneller denken als Fenrir der Große?«, sagte Viggo sarkastisch. Er versuchte, seiner Stimme die Erleichterung nicht anmerken zu lassen, dass Leif und seine Truppe offenbar unverletzt waren. Er hatte gehofft, Fenrir eine diesbezügliche Information entlocken zu können.

»Niemand«, sagte Fenrir gelassen.

»Woher hast du gewusst, dass ich hier bin?«

»Der Valkyrjawelpe hat eines der Artefakte der Macht eingesetzt. Das habe ich gespürt.«

Viggo dachte: das Gjallarhorn! Zugleich dachte er an das plötzliche Auftauchen Fafnirs und dessen sichtbare Überraschung, als er die *Fröhliche Schlange* vor Brattahlid konfrontierte hatte – Überraschung seinetwegen, Viggos! War Fafnir davon angelockt worden, dass Viggo den Speer Odins eingesetzt hatte? Und war er nur deshalb nicht sofort auf der Bildfläche erschienen, weil er eine weitere Anreise gehabt hatte als Fenrir, dessen Revier dies anscheinend war?

Fafnir hatte Viggo und der *Fröhlichen Schlange* den Weg frei gemacht und die Bedrohung durch Fenrirs Schar beseitigt. Warum? Warum wollte der Drache, dass Viggo den Wölfen entkam? Und warum wollte Fenrir nun, dass Sigyn ihn auslieferte? Wenn er ihn nur töten wollte, brauchte er nur in die Halle einzudringen, wie er es gesagt hatte.

»Was willst du von mir?«, fragte er.

»Der Valkyrjawelpe ist etwas, mit dem niemand rechnet«, grollte Fenrir. »Nicht die Götter, nicht die Riesen ... keiner. In gewissem Sinn ist er ein neues Artefakt der Macht.«

Eine Idee tauchte in Viggos gestresstem Gehirn auf, eine Idee, so zart, dass er gar nicht wagte, sie näher ins Auge zu fassen.

»Mit den Artefakten der Macht kennst du dich wohl aus?«, rief er.

»Natürlich. Kommt der Valkyrjawelpe jetzt heraus, oder muss ich ihn holen?«

»Dann willst du mir nichts antun?«

»Nicht jetzt«, sagte Fenrir.

»Ich brauche Zeit«, sagte Viggo atemlos.

»Wofür?«

»Um mich von meinen Kameraden hier zu verabschieden.« Er zog sich vom Fenster zurück und wandte sich hastig an Sigyn. »Kannst du die beiden Unsichtbaren Wächter, die dein Heim schützen, für eine Weile ausschalten?«

»Ausschalten?«

»Stilllegen. Lahmlegen.« Viggo suchte verzweifelt nach Worten.

»Du meinst, kann ich die Barrieren heben?«

»Ja.«

»Selbstverständlich.«

»Dann tu es bitte.«

»Was planst du?«

»Ich plane«, sagte Viggo, »die Kavallerie zu holen.«

»Wen?«

»Zwei Dutzend Nordmänner, bis an die Zähne bewaffnet und sauer, weil sie sich schon eine Ewigkeit vor einer magischen Barriere die Beine in den Bauch stehen und hungrig sind auf ein paar Wolfsschnitzel«, sagte Viggo.

Thyra begann zu grinsen.

Nach einem Herzschlag grinste auch Sigyn. »Wann soll ich es tun?«

»Jetzt«, sagte Viggo. Der Hauch einer Idee, den er gespürt hatte, hatte etwas mehr Gestalt angenommen.

Odin, Thor – und vor allem du, Loki!, dachte er. Steht mir jetzt bei!

Er nahm Gungnir auf und trat vor die Tür.

23.

Die Stimmung unter Leifs Mannschaft war auf dem Tief-
punkt. Irgendwie hatte jeder erwartet, dass Viggo entweder
gleich zurückkommen würde oder dass sich wenigstens die
unsichtbare Barriere heben würde, damit sie sich in die
Geschehnisse einbringen konnten. Dass Thyra so abrupt
entführt worden war, fanden die Nordmänner auch nicht
amüsant. Das Mädchen gehörte zu ihrer Kameradschaft,
und wer sich an einem Mitglied der Schiffsbrüderschaft
vergriff, musste damit rechnen, dass alle anderen mit der
Axt an seine Tür klopften.

Thorkell zumindest hatte die Barriere mit Axt und
Schwert bearbeitet, bis er gekeucht hatte. Doch die Klingen
waren einfach abgeprallt. Jetzt lehnte er mit vor der Brust
gekreuzten Armen an der unsichtbaren Wand, finster brü-
tend und ab und zu mit der Ferse dagegentretend. Er bot

einen seltsamen Anblick, wie er da so ans Nichts gelehnt dastand, aber niemand grinste oder machte einen Scherz. Leif sah es mit Besorgnis.

Dann bot Thorkell einen noch seltsameren Anblick, denn plötzlich ruderte er mit den Armen, riss Augen und Mund zu drei großen O auf, und fiel rücklings auf das Eis.

Erneut lachte niemand. Die Männer gafften an Thorkell vorbei.

Vor ihren Augen war auf einmal eine große Halle erstanden, nur einen kurzen Lauf entfernt. Um die Halle herum saßen Dutzende von Wölfen auf ihren Hinterbeinen, Geifer von ihren Lefzen tropfend, die Augen lodernd. Direkt vor dem Eingang der Halle hockte die riesige Gestalt Fenrirs. Und aus dem Eingang heraus trat Viggo, den Speer Odins in der Hand, und starrte Fenrir herausfordernd an.

Viggo wandte den Blick von dem riesigen Wolfsungeheuer ab und sah zu den Nordmännern herüber. Er winkte ihnen zu. Fenrir blickte nach einer verdutzten Sekunde über die Schulter.

Seine flammenfarbenen Augen weiteten sich.

Aber da rannte die Besatzung der *Fröhlichen Schlange* schon über das Eis auf die Wölfe zu, Äxte und Schwerter schwingend, laut brüllend und die Zähne fletschend, überglücklich, weil es endlich wieder etwas zu tun gab.

24.

Die Überraschung war vollkommen. Viggo fühlte wilden Triumph in sich aufsteigen, aber er verdrängte das Gefühl, weil er wusste, dass die eigentliche Aufgabe noch vor ihm lag – und dass der Erfolg noch weniger aussichtsreich war als bei der Quelle der Weisheit.

Fenrir warf Viggo einen mörderischen Blick zu, dann warf er sich herum und holte seine Schar mit wildem Geheul zusammen. Die verdutzten Wölfe brauchten in ihrer Überraschung endlos, um ihrem Anführer zu gehorchen. Einige zögerten sichtbar. Wahrscheinlich erinnerten sie sich, dass nur kurz vorher eine Vielzahl von ihnen beim befohlenen Überfall auf die *Fröhliche Schlange* umgekommen war.

Nur einige wenige Wölfe, die sich in Fenrirs unmittelbarer Nähe aufgehalten hatten und anscheinend so etwas wie seine Leibwache bildeten, reagierten sofort. Sie jagten den heranstürmenden Nordmännern entgegen und stürzten sich auf die Männer.

Viggo hielt den Atem an. Er sah, wie sich Thorkell unter einem heranfliegenden Wolf hindurchduckte und zur Seite warf. Der Wolf flog über ihn hinweg, landete schlitternd auf allen vieren, warf sich mit kratzenden Pfoten herum, um sich von hinten auf den Jungen zu werfen – aber Thorkell war schon viel eher wieder aufgesprungen und hieb dem sich duckenden Wolf seine Axt auf den Schädel.

Leif hatte währenddessen mit einem beidhändigen Streich seines Schwerts seinen Angreifer in der Luft getroffen. Der Wolf fiel hinter ihm leblos herab. Das Eis rötete sich.

Olof und Svejn Flokisson, die beiden Schiffszimmerer, liefen hintereinander; ein Wolf sprang den vorne rennenden Olof an, doch dieser ließ sich mit seinem Angreifer einfach nach hinten fallen, stemmte ihm noch im Stürzen die Füße in den Bauch und katapultierte den Wolf über sich hinweg, bevor er zuschnappen konnte – direkt in einen mächtigen Rundschwung von Svejns Hammer hinein, der den Wolf beiseiteschleuderte wie ein Bündel Fell.

Eine heranwirbelnde Axt traf einen anderen Wolf, der gerade zum Sprung ansetzte, sodass die Bestie sich überschlug und ausgestreckt liegen blieb. Ein Pfeil traf einen weiteren Wolf in die Hinterhand und warf ihn zu Boden, und als er sich jaulend wieder aufrichtete, traf ihn ein zweiter Pfeil in die Brust.

Mit allen verletzten und getöteten Wölfen ging eine erschreckende Verwandlung vor. Es sah aus, als würden ihre Körper von innen nach außen gekrempelt; einen Moment lang wirkten sie wie nichts, was lebendig sein sollte, dann lag da statt eines Wolfs die hagere, schmutzige, nackte Gestalt eines Mannes.

Einer der verletzten Wölfe, der jetzt ein verletzter Mann war und vor Leifs Füßen lag, sah zu diesem hoch. Leif zögerte … Der Mann, der ein Wolf gewesen war, nickte ihm zu und schloss die Augen und lächelte dankbar … und Leifs Schwert beendete ein Leben, das zu einem Fluch geworden war. Die Körper der Getöteten flammten in einem Feuer auf, das dem in Fenrirs Augen glich, dann lag da nur noch ein Haufen Asche, der sich tanzend erhob, wie in einem kleinen Wirbelwind, und verwehte.

Dann war Fenrir unter den Nordmännern, schnappend und beißend. Männer wichen aus, andere wurden zu Boden gestoßen, versuchten sich vor den mächtigen Kiefern in Sicherheit zu bringen. Viggo erinnerte sich, was er zu tun vorgehabt hatte. Er holte mit Gungnir aus und schrie: »Speer Odins, triff Fenrir, den Verschlinger!« Er warf.

Er hatte das alles schon einmal erlebt – den Flug des Speers, der plötzlich in der Luft innehielt, wie um sich zu besinnen, dann der Richtungswechsel, die ruckartige Beschleunigung und das Düsenjägergeheul, mit dem die Waffe davonraste.

Auch Fenrir musste es schon gehört haben, denn er warf sich im Laufen herum und stierte nach oben. Er jaulte entsetzt auf und hetzte in einem Zickzackkurs über das Eis. Die Nordmänner waren vergessen, er hatte nur noch Augen für den Speer, der in einer steilen Parabel in die Höhe geschossen war und jetzt auf ihn herunterstürzte wie eine Rakete.

Fenrir stolperte. Er überschlug sich auf dem Eis. Er rollte sich in seiner Panik auf den Rücken in der Demutsgeste seiner Art, die die Kehle darbietet. Er krümmte sich vor Schreck.

Gungnir schoss senkrecht herab. Fenrir heulte laut auf.

Der Speer traf eine seiner Flanken, durchschlug Muskeln und Sehnen, bohrte sich in das Eis und nagelte Fenrir dort fest. Der Wolf fuhr jaulend und schnappend auf. Er schüttelte den Kopf und heulte vor Schmerz.

Viggo stand atemlos da. Jetzt musste er nur noch …! Er lief los, während rings um ihn herum die Nordmänner gegen die ihres Anführers beraubten Wölfe kämpften, und immer mehr von diesen nach der Transformation zu dem Menschen, der sie gewesen waren, in Flammen aufgingen und verschwanden.

Viggo rannte auf den sich windenden Fenrir zu. Noch im Laufen fühlte er sich beiseitegestoßen. Thyra überholte ihn. Sie hielt ein langes, einschneidiges Schwert, das sie von

Sigyn erhalten haben musste. Sie rannte zu Fenrir, traf noch vor Viggo dort ein, sprang auf den Leib der Bestie.

Thorkell, der ganz in der Nähe einen Wolf abgeschüttelt hatte, sah es und brüllte: »Thyra!« Er sprintete zu dem gefallenen Fenrir.

Fenrirs mächtiger Kopf fuhr herum, die Kiefer öffneten sich, um Thyra zu zermalmen. Thyra wich ihm mit einer Körperdrehung aus, hob das Schwert über den Kopf ...

»Nein!«, brüllte Viggo. »Nein, Thyra!«

Er traf gleichzeitig mit Thorkell bei Fenrir ein, der mit einer Hand seine Axt und mit der anderen sein Schwert schwang, bereit, Fenrir zu töten, bevor er Thyra ein Leid antun konnte. Viggo wusste sich nicht anders zu helfen: Er flankte über den zappelnden Wolf, seine vorgestreckten Füße trafen Thorkell, der eben zum Sprung ansetzte, und schleuderten ihn zurück. Dann stürzte Viggo sich auf Thyra und hielt ihre Arme fest.

Thyra schrie wütend auf. Viggo keuchte. Fünf Schritte entfernt kam Thorkell taumelnd auf die Beine.

Keuchend und ungläubig betrachtete Viggo die Situation. Thyra hatte Fenrir das Schwert in den offenen Schlund rammen wollen. Viggo hatte sie gerade noch rechtzeitig aufgehalten. Die Klinge steckte in Fenrirs Zunge, aus der Blut quoll, aber sie war nicht weit eingedrungen und hatte ihn nicht weiter verletzt.

Der Wolf gurgelte und zuckte, seine Flammenaugen rollten. Thyra kämpfte gegen Viggo an, versuchte den Streich zu vollenden, die Klinge durch Fleisch und Sehnen in Fenrirs Kehle zu senken. Viggo hielt sie mit aller Kraft davon ab und keuchte immer wieder: »Nein, Thyra. Ich brauche ihn, Thyra.«

Schließlich ließ Thyras Widerstand nach. Sie sank gegen Viggo.

Viggo streckte die Hand gegen den heranstolpernden Thorkell aus. »Lass ihn«, stieß er hervor. »Ich brauche ihn!«

Der Wolf bäumte sich auf. Viggo hielt sich an seinem Fell fest.

»Halt still«, sagte er und starrte in das ihm am nächsten liegende Flammenauge. »Halt still, oder ich lasse Thyra ihr Werk vollenden.«

Fenrirs Wut und der Schmerz in seiner Zunge und in seinem Hinterlauf ließen seinen Blick geradezu wahnsinnig erscheinen. Er grollte und jaulte und lag still. Sein sich krampfhaft hebender und senkender Brustkorb war wie ein Blasebalg, auf dem Thyra und Viggo ritten.

»Die Artefakte der Macht«, stieß Viggo hervor. »Du hast gesagt, du weißt alles darüber.«

Der Wolf knurrte. »Der Valkyrjawelpe bettelt um einen grausamen Tod«, lallte er dann undeutlich.

»Du bist es, der bettelt«, gab Viggo zurück. »Und zwar um dein Leben. Sonst würdest du nicht stillhalten.«

Fenrir schnaubte hasserfüllt.

»Die Artefakte der Macht …«, begann Viggo. »Beantworte mir ein paar Fragen, und wir lassen dich laufen.«

»Der Valkyrjawelpe bietet einen Pakt!« Selbst in seinem Zustand konnte man Fenrirs Verachtung aus seinen Worten heraushören.

»Es ist der einzige Pakt, den du kriegst. Die anderen wollen keinen Pakt, die wollen deinen Kopf auf einer Stange.«

»Frag!«, sagte Fenrir.

»Gungnir, der Speer Odins – wo ist er?«

»Der Valkyrjawelpe verspottet mich. Er steckt in meinem Fleisch.«

»Und das Gjallarhorn?«

»Es liegt bei der Quelle der Weisheit, die Odin von den Zwergen hat erschließen lassen gegen die Gesetze der neun Welten.«

Viggo holte tief Luft. »Und wo ist der Ring Draupnir?«

»Was soll das Spiel, Valkyrjawelpe?«

»Sag's mir!«, befahl Viggo.

Fenrir sagte es ihm. Viggo starrte ihn an. Es dauerte mehrere Herzschläge, bis er seine Fassungslosigkeit überwunden hatte und etwas erwidern konnte.

»Fafnir hat ihn?«, stieß er hervor.

»Ja.«

»Ist das eine Lüge?«

»Wozu sollte ich lügen?«

Viggo war wie vor den Kopf gestoßen. Er konnte nicht

richtig denken. Alles hatte er erwartet, nur das nicht. Schließlich sagte er zu Thyra: »Nimm das Schwert weg. Wir lassen ihn laufen.«

»Was?«, riefen Thyra und Thorkell wie im Chor.

»Ich habe es ihm versprochen. Wir haben einen Pakt.«

»Bist du verrückt geworden?«, fragte Thorkell.

»Wir haben einen Pakt«, wiederholte Viggo und fragte sich, ob er jetzt den Bruch der Freundschaft mit Thorkell riskierte.

»Er ist ein Monster! Mit Monstern gibt es keinen Pakt.«

»Er gehört zu den Wesen, zu denen ich auch gehöre, Thorkell. Wenn wir unser Versprechen brechen, sind wir die Monster, nicht er.«

»Das ist nicht der Weg der Nordmänner«, sagte Thorkell aufgebracht. Selbst Thyra schien verärgert zu sein.

»Das ist genau der Weg der Nordmänner«, widersprach Viggo. »Einem Freund soll man ein Freund sein.«

»Fenrir ist nicht dein Freund!«

»Nein, aber wir haben einen Pakt, und das ist in diesem Fall das Gleiche.«

Leif Eriksson näherte sich mit einer Handvoll seiner Männer. Er grinste und ließ die Axt um sein Handgelenk wirbeln. »Gut gemacht, Viggo!«, sagte er. »Jetzt werden wir den Lauf von Ragnarök mal ein wenig beeinflussen, indem wir Fenrir kaltmachen, bevor Odins Sohn Vithar es tun kann.«

Fenrir, der die Auseinandersetzung zwischen Viggo und Thorkell schweigend verfolgt hatte, knurrte jetzt.

Viggo stellte sich schützend vor den Wolf, was angesichts der schieren Größe der Bestie eine geradezu lächerliche Geste war. Nach einem kurzen Moment des Zögerns stellten sich Thorkell und Thyra an seine Seite.

»Was soll das jetzt?«, fragte Leif befremdet.

»Viggo hat einen Pakt mit Fenrir geschlossen«, sagte Thorkell.

»Bist du wahnsinnig geworden, Viggo? Mit einem Ungeheuer …«

»Ich weiß: schließt man keinen Pakt. Tut mir leid. Ich hab's dennoch getan. Und er gilt.«

Leif trat mit grimmigem Gesicht zurück. In den Gesichtern seiner Begleiter zeichnete sich ungläubiges, verärgertes Staunen ab.

Viggo wandte sich ab und packte den Speerschaft. Um Fenrir zu befreien, musste er ihn herausziehen. »Das wird jetzt wehtun«, sagte er zu Fenrir.

»Der Valkyrjawelpe verschwendet seinen Atem für unnützes Gerede«, knurrte Fenrir.

Thorkell gesellte sich zu Viggo. »Ich helfe dir«, sagte er leise. »Aber ich fürchte, deinem Ansehen in der Mannschaft hilft das hier gerade nicht.«

Sie packten den Speer gemeinsam. Auf ein Zeichen spannten sie ihre Muskeln an. Viggo nickte Fenrir zu. Der

Wolf grollte. Thyra hob das Schwert, als wollte sie Fenrir angreifen, wenn er im Schmerz nach Viggo schnappen sollte. Die Flammenaugen rollten verächtlich in ihre Richtung.

Mit einem Ruck zogen sie die Spitze des Speers aus dem Eis, in das sie sich gebohrt hatte; dann entfernten sie den Speerschaft langsam Hand über Hand aus Fenrirs Fleisch. Es ging so schwer, dass beide Jungen keuchten. Das harte Muskelfleisch des Wolfs krampfte sich um Schaft und Klinge und wollte nicht loslassen. Endlich hatten sie die Waffe befreit. Blut wellte aus der Wunde und lief in einem Rinnsal auf das Eis.

»Fertig?«, knurrte Fenrir, der nicht geblinzelt und keinen Laut von sich gegeben hatte.

»Ja«, sagte Viggo.

Fenrir rollte sich herum und kam auf die Beine. Er knickte auf dem verletzten Hinterlauf ein und setzte sich. Dann warf er den Kopf in den Nacken und stieß ein langes, so lautes Schmerzgeheul aus, dass alle sich die Ohren zuhielten. Schließlich wandte Fenrir sich an Viggo und brachte seinen zottigen Kopf mit den mörderischen Kiefern und den flammenden Augen ganz nah an Viggos Gesicht heran.

»Ich hatte nicht gedacht, dass der Valkyrjawelpe sein Wort halten würde«, grollte er.

»Stimmt es wirklich, dass Fafnir den Ring hat?«

»Er hat ihn vom Begräbnisschiff des Baldur gestohlen,

nachdem dieses nach der Feuerbestattung untergegangen ist«, sagte Fenrir.

»Und woher weißt du das?«

»Weil er es mir gesagt hat.«

»Was hat er noch gesagt, bevor er die Eisbrücke zum Einsturz brachte?«

Der Wolf schien fast zu lächeln. »Dass er den Valkyrjawelpen für seine Zwecke benutzen will. Deshalb hat er ihm geholfen, meiner Schar zu entkommen.«

»Und du? Was wolltest du mit mir anfangen?«

»Das Gleiche wie der Drache«, sagte Fenrir freimütig.

»Wo finde ich Fafnir jetzt?«

»Ich habe keine Ahnung«, sagte Fenrir. »Aber der Valkyrjawelpe kann davon ausgehen, dass der Drache stets näher ist, als er denkt.«

»Leb wohl, Fenrir«, sagte Viggo.

Fenrir regte sich nicht. »Was hat der Valkyrjawelpe vor? Fafnir den Ring streitig machen?«

»Wenn ich kann.«

»Der Valkyrjawelpe kann … wenn er es geschickt anstellt. Der Drache ist dumm. Aber er sollte sich vorsehen. Der Drache lügt.«

»Ich wette, das würde Fafnir auch von dir behaupten«, sagte Viggo.

Fenrir wandte sich ab und trottete grußlos und hinkend davon. Einer der Nordmänner spannte seinen Bogen und

318

zielte auf den Wolf, aber Leif drückte seine Hand nach unten.

»Dem Freund soll man ein Freund sein«, zitierte er.

»Ich bin nicht der Freund dieses Ungeheuers«, stieß der Nordmann hervor.

»Nein, aber Viggo hat einen Pakt mit ihm, und Viggo ist unser Freund. Wir hüten seine Ehre, indem wir seinen Pakt anerkennen.«

Der Nordmann zog eine unzufriedene Miene. Aber Fenrir hinkte unbehelligt durch die Reihe der Wikinger und strebte davon, einem Grüppchen seiner Wölfe zu, die dem Massaker entkommen waren und in sicherer Entfernung auf ihn warteten.

Viele von Fenrirs Schar hatten es nicht geschafft. Dunkle Flecken auf dem Eis zeigten die Stellen an, an denen ein Wikinger über einen der verfluchten Gefährten Fenrirs gesiegt hatte. Aber auch etliche Besatzungsmitglieder der *Fröhlichen Schlange* waren verletzt worden, einer davon so schwer, dass man nur hoffen konnte, Matsveinn Raud würde ihn heilen können.

Im Großen und Ganzen waren die Blessuren aufseiten der Nordmänner jedoch bemerkenswert gering. Das Überraschungsmoment und die Berserkerwut der Wikinger hatten sie mit Leichtigkeit über die Wölfe siegen lassen – und dass Viggo mit seinem Speerwurf den mächtigsten Gegner, Fenrir, ausgeschaltet hatte, hatte sicherlich nicht geschadet.

25.

Von der Halle her näherte sich jetzt Sigyn mit ihren Söhnen. Die Besatzung der *Fröhlichen Schlange* tat etwas, was Viggo Nordmänner noch nie hatte tun sehen: Die Wikinger knieten nieder und senkten die Köpfe vor der leibhaftigen Göttin.

Nur Leif hob den Kopf und sah sie an. »Frau Sigyn«, sagte er voller Ehrfurcht. »Erlaube mir, dieses Opfer zu bringen.« Mit einem winzigen Zögern offerierte Leif ihr seinen wertvollsten Besitz, sein Schwert.

Sigyn nickte und nahm das Schwert an sich. »So ist es Brauch«, sagte sie. »Sterbliche opfern den Göttern, um ihren Schutz zu erbitten. Und so ist es auch Brauch …« Sie drückte Leif das Schwert wieder in die Hand. »Die Götter geben den Sterblichen Geschenke, um ihnen zu zeigen, dass sie sie für würdig halten.«

Leif atmete tief ein und drückte das Schwert an sich. Er war sichtlich beeindruckt.

Sigyn wandte sich an Viggo. »Hat die Quelle dir offenbart, was du wissen musstest?«

Viggo wand sich. Thyra sagte seufzend: »Er hat das Falsche gefragt.«

»Und eine falsche Antwort bekommen?«

Viggo erinnerte sich an das, was er und Thyra bezüglich der Information zu Narfi und Vali besprochen hatten. »Die falsche nicht«, sagte er, »denn sie passte zur Frage. Aber es war keine gute Antwort.«

»Willst du sie mir verraten, oder geht sie nur dich etwas an?«

»Tatsächlich geht sie eigentlich nur *dich* etwas an.« Viggo zögerte, doch dann erzählte er Sigyn, was die Quelle ihm verraten hatte.

Sigyn nickte nachdenklich. Die beiden Wölfe Narfi und Vali, die Viggos Bericht gehört und ganz offensichtlich verstanden hatten, saßen da und wechselten Blicke. Sie knurrten und winselten, und Sigyn lauschte ihnen eine Weile.

»Wenn das so vorbestimmt ist, dann soll es so sein«, sagte Sigyn schließlich. »Seinem Schicksal entkommt niemand, ob Gott oder Sterblicher. Die Nornen weben es für jeden.«

»Du sagst das sehr ruhig«, erwiderte Viggo. »Es geht doch um einen deiner Söhne.«

»Ich sage das sehr ruhig«, meinte Sigyn und grinste, »weil

sich in der Regel herausstellt, dass es auch noch eine andere Lösung gibt. Und deshalb … Narfi und Vali haben mich gebeten, sie mit dir und den Nordmännern ziehen zu lassen. Sie glauben, dass du einfallsreich genug bist, um im Notfall diese andere Lösung mit ihnen zusammen zu finden. Sie wären gute Kämpfer und könnten euch eine große Hilfe sein.«

»Du ehrst uns, Frau Sigyn«, sagte Leif strahlend. Er hatte offenbar sofort erkannt, welchen Wert zwei – wenn auch unter einem Fluch leidende – Göttersöhne als Mannschaftsangehörige der *Fröhlichen Schlange* darstellten.

»Ich bin gar nicht einfallsreich«, sträubte sich Viggo. »Ich habe bisher nur Glück gehabt.«

»Die besten Männer rudern unter dem Schiffsherrn, der das meiste Glück hat«, sagte Sigyn lächelnd. »Aber hast du nun herausgefunden, was du wissen wolltest, oder war dein Besuch bei der Quelle völlig umsonst?«

»Der Besuch bei der Quelle schon, aber der Besuch hier nicht – denn ich habe aus Fenrir herausgekriegt, was ich wissen muss.«

»Siehst du«, sagte Sigyn, »du *bist* einfallsreich.« Sie hob die Stimme. »Ihr Männer – folgt mir in meine Halle. Ich habe für jeden von euch ein Geschenk. Betrachtet es als Ersatz für den Teil von Proviant und Ausrüstung, die meine Söhne sonst als Besatzungsmitglieder für den Einstand auf dem Schiff erbringen müssten.« Sie zwinkerte Thyra zu.

»Und für die Frau unter euch habe ich ebenfalls ein Geschenk.«

Die Wikinger waren ungewöhnlich still und ehrfürchtig, als sie in Sigyns Halle standen. Sie alle erhielten zusätzliche Schwerter, Äxte und Messer, die sie aus einem anscheinend unerschöpflichen Waffenvorrat aussuchen durften.

Leif erhielt einen trüben Kristall, über den er ganz aus dem Häuschen geriet. »Ein Sonnenstein«, wiederholte er immer wieder. »Ich werd verrückt, ein Sonnenstein!«

Thorkell erhielt einen Schild, dessen Innenseite mit einem so blank gewienerten Bronzeblech beschlagen war, dass man sich darin spiegeln konnte – oder das sah, was sich hinter einem befand, wenn man ihn anhob.

»Du hältst Viggos Rücken frei«, kommentierte Sigyn. »Aber wer hält deinen frei? Mit diesem Schild kannst du erkennen, ob dir etwas in den Rücken fallen will.«

Thorkell zeigte den Schild stolz unter den Schiffskameraden herum. Er hielt ihn jedem vors Gesicht und sagte: »Schau mal, ein Bild von einem extrem hässlichen Seehund!«, bis die Männer ihn lachend mit Fußtritten bedachten.

Für Thyra hatte Sigyn einen Stein an einer silbernen Kette. Den Stein umspannte ein verschlungenes dreieckiges Muster, das mit Silber eingelegt war; eine unglaublich feine Arbeit.

»Das ist eine Triskele«, erklärte Sigyn. »Ihre drei Spiralen stehen für Vergangenheit, Gegenwart und Zukunft, und für Körper, Geist und Seele. Ich spüre, dass du zwischen all diesen Dingen stehst, Thyra. Der Tag wird kommen, an dem dir der Stein hilft, deinen Platz zu finden – ob in der Vergangenheit oder der Gegenwart, ob als Körper oder als Geist, das wissen nur die Norni.«

Thyra schluckte und warf Viggo einen langen, verstohlenen Blick zu, und zum ersten Mal wurde Viggo klar, mit welcher unterschwelligen Angst Thyra die ganze Zeit kämpfte. Sie lebte von der Zeit, die Hildr ihr verschafft hatte. Bislang hatte Viggo noch nicht wirklich darüber nachgedacht, aber nun erkannte er, dass diese Zeit möglicherweise kurz war. Wie stark war die Macht seiner Mutter, Thyra auf der Schwelle zwischen Leben und Tod festzuhalten, und in welche Richtung würden die Würfel für sie fallen, wenn die Zeit abgelaufen war?

Auf einmal hatte er solche Angst um Thyra und spürte eine solch verzweifelte Liebe zu ihr, dass er sich nur mit Mühe davon abhalten konnte, zu ihr zu treten und sie so fest in den Arm zu nehmen, wie er konnte.

Thorkells Frage, was denn los sei, erschreckte ihn so, dass er zusammenzuckte.

»Warum?«, fragte er schuldbewusst. Hatte Thorkell die Blicke gesehen, die er und Thyra gewechselt hatten?

»Du bist auf einmal so weiß im Gesicht wie ein Grubensklave.«

»Mir ist jetzt erst klar geworden, dass wir Fenrir besiegt haben – und wie das Ganze noch hätte ausgehen können.«

Thorkell schlug ihm auf die Schulter. »Ich hätte uns aus jeder misslichen Lage herausgekämpft, Alter.«

Viggo staunte ihn an. »*Alter?*«

»Das sagst du doch die ganze Zeit.«

»Schon in Ordnung«, sagte Viggo und stellte fest, dass er wieder lächelte. »War nur überrascht.«

Thorkell zwinkerte ihm zu. »Kein Problem, Alter.«

Sigyn kam zu Viggo. »Ich habe auch für dich ein Geschenk«, sagte sie.

»Oh! Ich dachte, die Kameradschaft von Narfi und Vali seien schon das Geschenk?«

Sigyn drückte ihm ein Säckchen in die Hand. Es war mit einem Lederband zugezogen. Viggo öffnete es und spähte hinein. »Runensteine!«, sagte er überrascht.

»Du weißt ja jetzt, wie das mit diesen Dingern ist«, sagte Sigyn. »Du kannst die Runensteine ein einziges Mal verwenden und damit ein Tor schaffen.«

»Wo bringt es mich hin?«

»Im Zweifelsfall an den Ort deiner schlimmsten Furcht. Im einfachsten Fall einfach nur weg von dort, wo du gerade bist. Es kommt darauf an, was du denkst, wenn du sie benutzt. Und zwar nicht, was du hier denkst …« Sie tippte an Viggos Stirn. »… sondern hier.« Sie tippte an sein Herz.

»Was wirst du tun, wenn wir weg sind und Narfi und Vali mit uns?«

Sigyn zuckte mit den Schultern. »Ich werde die Halle hier verlassen. Sie hat ihre Schuldigkeit getan. Ich werde eines der Runentore in der Rückwand benutzen.«

»Welches?«, fragte Viggo, obwohl er die Antwort ahnte.

»Dasjenige, das mich zu Lokis Höhle bringt«, sagte Sigyn. »Ich habe meinen Mann lang genug im Stich gelassen. Wir haben einen Pakt, er und ich. Er ist ein Lügner und Betrüger, aber wir haben einen Pakt, und er erlischt erst, wenn wir beide ihn nicht mehr aufrechterhalten wollen.«

»Ich glaube, er wünscht sich schon, dass er weiter gilt«, sagte Viggo leise.

»Dann wird er es mir sagen«, erwiderte Sigyn. Sie nickte ihm zu. »Er hat nicht gelogen, als er von dir erzählte. Vielleicht hat er in einigen anderen Dingen auch nicht gelogen. Ich werde es herausfinden.«

»Leb wohl, Sigyn«, sagte Viggo.

Sigyn schüttelte den Kopf. »Auf Wiedersehen, Viggo. Wir werden uns ein zweites Mal begegnen, zu dem Zeitpunkt, an dem die gesamte Schöpfung untergeht.«

»Oder nicht untergeht«, sagte Viggo, weil er nicht anders konnte.

Zu seinem Erstaunen lächelte Sigyn breit und zwinkerte ihm zu. »Oder nicht«, bestätigte sie.

26.

Die Besatzung der *Fröhlichen Schlange* war ungewöhnlich schweigsam, als sie ablegten. Jeder der Männer schien noch über den siegreichen Kampf gegen Fenrirs Wölfe und über die Begegnung mit Sigyn nachzudenken. Und falls der eine oder andere zu glauben begann, dass er sich das alles nur eingebildet hatte, dann waren da Narfi und Vali, die sich neben dem Bugsteven niederließen und wie Wächter wirkten, die sich das Wohlergehen des Schiffs als Aufgabe gesucht hatten.

Die Männer, die beim Schiff zurückgeblieben waren, bekamen Geschenke von ihren Kameraden. Etliche von ihnen hatten nach guter Wikingerart einfach so lange bei Sigyns Waffen zugegriffen, bis Leif sich geräuspert hatte, und den Überfluss teilten sie jetzt mit den anderen.

Erst als sie freies Wasser erreicht und die Eisküste vor

Sigyns Haus weit hinter sich gelassen hatten, trat Leif auf Viggo zu.

»Wie finden wir jetzt den verdammten Drachen?«, fragte er.

Viggo zuckte mit den Schultern. »Fragen wir Gungnir«, schlug er vor.

»Ich hoffe, er sieht Fafnir nicht als Artefakt der Macht«, sagte Thorkell.

Viggo entgegnete: »Dann hätte er Fenrir auch nicht treffen dürfen.«

Er legte Gungnir neben dem Mast ab und trat zurück. Die Ruderer links und rechts duckten sich schon einmal vorsichtshalber. Viggo sah unwillkürlich zu den Wölfen hinüber. Sie saßen hechelnd da und starrten den Speer an und schienen genauso interessiert zu sein wie die Menschen.

»Gungnir, zeig uns den Weg zu Fafnir, dem Drachen«, sagte er.

Der Speer begann einen Tanz, den sie noch nie zuvor gesehen hatten. Er rotierte um seine Querachse um den Mast herum, wie ein wild gewordenes Aufziehspielzeug. Viggo, Leif, Thorkell und Thyra sprangen beiseite oder hüpften wie beim Seilspringen auf und ab, um dem ausschlagenden Speerschaft auszuweichen. Die Ruderer gingen zwischen ihren Seekisten in Deckung.

»Es reicht, Gungnir!«, rief Viggo, nachdem der rotierende Speer ihn doch erwischt und ihm die Füße unter dem

Leib weggeschlagen hatte. Er saß auf dem Deck und rieb sich den schmerzenden Hintern. Gungnir beruhigte sich wieder.

»Was bei Hel hatte das denn zu bedeuten?«, fragte Leif.

Viggo erinnerte sich an etwas, was er über Kompassnadeln gelesen hatte und wie diese am Nordpol reagierten. Er schluckte schwer.

»Es bedeutet«, sagte er, »dass Fafnir genau unter uns ist.«

4. LIED

DRAUPNIR

I.

Leif und Viggo starrten über den Bordrand in das tiefblaue, bodenlos erscheinende Wasser. Viggo musste an die Filme denken, in denen tief unter der unschuldig aussehenden Wasseroberfläche ein U-Boot darauf lauerte, den Kreuzer dort oben zu torpedieren, und die Kreuzerbesatzung hatte keine Ahnung, wie sie das verhindern sollte. Ein Schauer lief ihm über den Rücken.

»Wie kriegen wir ihn jetzt dazu, aufzutauchen und den Ring herzugeben?«, fragte Leif.

Viggo konnte es sich nicht verkneifen. »Wasserbomben?«, fragte er.

»Was für Dinger?«

»War nur ein Scherz, Leif.«

»Keiner, den man verstehen könnte«, brummte Leif. »Was tut er überhaupt dort unten?«

»Ich glaube, er beschützt das Schiff. Besser gesagt, er beschützt mich … weil er mich für irgendwas braucht und nicht will, dass ich zum Beispiel vorzeitig von einem Wolf gefressen werde.«

Leif grinste. »Du meinst, wenn du in Lebensgefahr wärst, würde er auftauchen?«

Viggo wandte sich Leif zu. Das Grinsen im Gesicht des Skipherra beunruhigte ihn. »Was willst du damit andeuten?«, fragte er.

Leif packte Viggo an beiden Oberarmen, hob ihn scheinbar mühelos auf die Bordwand, rief den Ruderern zu: »Riemen einziehen!«, sagte zu dem entsetzten Viggo: »Hol uns einen Drachen, mein Freund«, und warf ihn ins Wasser.

Das Wasser war kalt. Es hätte Eis in flüssiger Form sein können. Viggo tauchte um sich schlagend auf, krampfhaft nach Luft ringend.

»Bist du verrückt?«, brüllte er mit sich überschlagender Stimme nach oben. Er machte einen Schwimmzug, um sich an einem der noch ausgefahrenen Riemen festzuhalten. Seine Zähne klapperten.

Leif gab einen Befehl; die Ruderer tauchten die Riemen ins Wasser, und die *Fröhliche Schlange* entfernte sich ein paar Dutzend Meter.

»Hey!«, schrie Viggo. Seine Arme begannen bereits zu erlahmen. »Das ist n-n-nicht w-w-witzig!« Er ging unter und kämpfte sich wieder nach oben. Er sah schwarze Punkte vor den Augen. Die Kälte war so schmerzhaft, dass er stöhnte. »Holt mich r-r-rein …«

Leif persönlich warf ihm ein Schlepptau zu. Viggo hielt sich daran fest. Er hätte in das Tau gebissen, nur um aus dem kalten Wasser zu kommen. Er wurde an Bord gehievt, wo er zusammengekrümmt und zitternd auf dem Laufsteg lag, außerstande, sich zu bewegen.

Thyra kam mit vorwurfsvollem Blick herbei und versuchte, ihm die klatschnasse Tunika über den Kopf zu ziehen. Thorkell, der seinen Vater nicht weniger vorwurfsvoll ansah, holte Viggos Pelz aus der Seekiste. Thyra zerrte Viggo die Tunika vom Leib, sodass er nur noch seine ledernen Hosen und seine Schuhe trug. Thorkell hüllte ihn in den Pelz. Viggo schnatterte vor Kälte.

Leif zuckte mit den Schultern. »Was schaut ihr mich so an? Jeder von euch ist schon mal in Eiswasser geschwommen. Ich dachte, Viggo steckt es genauso weg wie ihr.«

»Jedenfalls«, ächzte Viggo bibbernd, »lässt Fafnir sich nicht so leicht reinlegen. Er muss gewusst haben, dass ihr mich nicht ertrinken lasst.«

»Da wäre ich mir so sicher nicht«, sagte Tyrker.

»Was meinst du damit?«, fragte Leif. Er drehte sich um und erstarrte.

Viggo folgte seinem Blick. Auch Thorkell und Thyra und die Mehrzahl der Ruderer starrten dorthin, wohin Leif blickte.

Viggo rappelte sich auf. Ein paar Meter hinter dem Schiff ragte der bizarre, geschuppte Kopf Fafnirs aus dem Wasser, riesengroß, die Augen lodernd.

Viggo trat auf das Achterdeck. Er zitterte immer noch vor Kälte, und jetzt kam noch ein inneres Beben dazu, ausgelöst von dem Respekt und der Furcht, die er vor dem Drachen hatte. Ihm wurde klar, dass Fenrir bei aller Wildheit nicht halb so bedrohlich gewesen war wie Fafnir und dass die bösartige Intelligenz, die der Drache ausstrahlte, viel Ehrfurcht gebietender war als Fenrirs Aggressivität.

Viggo zog sich den Pelz enger um die Schultern. Er horchte in sich hinein und stellte fest, dass er sich bemüßigt fühlte, dem Drachen die Scharade zu erklären, fragte sich, ob er jetzt aus Beklommenheit vollkommen durchdrehte, und setzte trotzdem zu einer Erklärung an.

»Wir müssen reden, und ich wusste nicht, wie ich dich sonst herbeirufen konnte«, sagte er.

Die hornigen Lippen des Drachen verzogen sich zu etwas, was sogar dieses stachelige Schuppengesicht ausdrücken konnte: herablassende Verachtung.

»Die Brut der Valkyrja hat nichts zu sagen, was mich interessieren würde.« Die Stimme Fafnirs grollte wie Donner, der über das Schiff rollt.

»Vielleicht doch. Ich brauche den Ring, den du von Baldurs Begräbnisschiff genommen hast, und ich brauche ihn jetzt«, sagte Viggo.

Der Drache musterte ihn. Dass er nicht sofort antwortete, bewies Viggo, dass er überrascht war.

»Draupnir«, sagte Fafnir schließlich, »gehört mir.«

»Was willst du damit? Ihn zu einem Teil deines Drachenhorts machen? Weil er glitzert und aus wertvollem Metall ist? Drachen sind keine Elstern, die sich von scheinenden Dingen anziehen lassen, und Fafnir ist nicht so primitiv, dass es ihm nur um den Besitz allein ginge.«

Viggo lauschte seinen eigenen Worten und wusste nicht, wo sie herkamen. Er hörte sich so selbstbewusst an, als spräche er mit einem störrischen Klassenkameraden und nicht mit einem Drachen, dessen Kopf so groß war wie ein Lastkraftwagen und der einen gleißenden Feuerstrahl spucken konnte, wenn er wollte.

Woher kam diese Selbstsicherheit, die er niemals in seiner eigenen Welt gespürt hatte und auch hier in der Welt der Wikinger noch nie so stark? Kam sie von der Begegnung mit Sigyn, vor der die gestandenen Nordmänner das Knie gebeugt hatten, während die Göttin mit Viggo umgegangen war wie mit ihresgleichen? Oder rührte sie von dem Wissen, dass die Verhandlung mit Fafnir etwas war, was nur er allein bewältigen konnte, trotz aller Geschicklichkeit, Kunst und Raffinesse seiner Schiffskameraden und ihres Anführers Leif Eriksson?

Er wusste es nicht. Und doch fiel es ihm leicht, dem Drachen gegenüber diese Selbstsicherheit auszustrahlen.

»Was will die Brut der Valkyrja damit?«, fragte Fafnir.

»Die Frage ist: Was will der Drache damit?«, entgegnete Viggo und versuchte, die sprachliche Eigenheit Fafnirs zu imitieren in der Hoffnung, den Drachen damit zu irritieren. Er war sich ziemlich sicher, dass Fafnir weder ihm noch seinen Schiffskameraden etwas antun würde – zumindest im Augenblick nicht. Ein irritierter Fafnir hingegen konnte vielleicht überlistet werden.

Fafnir musterte Viggo lange. Über das riesige Schuppengesicht liefen Zuckungen und Wellen, die Viggo als Emotionen interpretierte: Der Drache dachte angestrengt nach.

Dann überraschte er Viggo, indem er sagte: »Du willst einen Pakt?«

Nicht nur, dass er Viggo zum ersten Mal direkt anredete, war neu – auch, dass er von sich aus einen Handel vorschlug. Worauf wollte das Ungeheuer hinaus?

Viggo fragte sich im Stillen, wie ein Wikinger auf eine solche Anrede antworten würde. Aber es gab eigentlich nur eine Lösung. »Was hast du anzubieten?«, erkundigte er sich.

»Es ist ein Handel zwischen dir und mir«, erklärte Fafnir.

»Was immer wir beschließen, umfasst meine Gefährten«, widersprach Viggo, der einen Blick Leifs aufgefangen hatte und auf Nummer sicher gehen wollte. Was Fafnir an Zugeständnissen machen würde, zum Beispiel dass er Frieden hielt, sollte auch den Grönländern und der Besatzung der *Fröhlichen Schlange* zugutekommen.

»Es ist ein Handel zwischen dir und mir«, beharrte Fafnir.

Viggo verstand plötzlich. Zugeständnisse für seine Gefährten konnte er immer noch einfordern, wenn er mit Fafnir redete. Aber der Drache wollte nicht, dass außer ihnen beiden jemand etwas vom Inhalt des Gesprächs mitbekam.

Dieser Wunsch nach Diskretion verblüffte Viggo. Konnte es sein, dass dieses Wesen, das so groß war wie zwei Häuserblocks und vollkommen unüberwindbar, Geheimnisse hatte, die es zu hüten versuchte?

Leif hatte genauso schnell wie Viggo verstanden. Er beugte sich zu ihm und raunte ihm ins Ohr: »Er will dich allein sprechen. Sag ihm, das kommt nicht infrage.«

»Du willst mich allein sprechen?«, fragte Viggo.

»Ja«, antwortete Fafnir.

»Gut«, sagte Viggo. »Ich werde in das Beiboot steigen und dir so weit entgegenrudern, dass keiner auf dem Schiff mehr hören kann, was wir besprechen.«

»Bei Hel!«, stieß Leif hervor und rollte mit den Augen.

»So sei es«, erwiderte Fafnir und tauchte lautlos unter die Wasseroberfläche.

2.

Die Mannschaft der *Fröhlichen Schlange* brach in erregte Rufe aus. Nachdem Leif alle zum Schweigen gebracht und Viggo erklärt hatte, dass er ein sinnloses Risiko einging und man Fafnir nicht trauen konnte, und Viggo trotzdem auf seinem Vorhaben bestand, holten sie Thyras ehemaliges Boot heran. Viggo erinnerte sich beklommen an Fenrirs Warnung – »Der Drache lügt!« –, wehrte jedoch alle Versuche Thorkells ab, mit ihm mitkommen zu wollen, und kletterte in das Beiboot. Er fing Thyras besorgten Blick auf und setzte ein siegessicheres Lächeln auf. Tatsächlich war aber ein Großteil seiner Selbstsicherheit verschwunden, seit er sich auf Fafnirs Forderung eingelassen hatte.

Während er sich mit kräftigen Riemenschlägen von der *Fröhlichen Schlange* entfernte, machte er sich klar, dass er sich hier mit Kräften einließ, die weit jenseits seines Verständnisses lagen. Selbst für die Nordmänner, die mit den Legenden und Sagen aufgewachsen waren und nie an ihrem Wahrheitsgehalt gezweifelt hatten, war es undenkbar, mit einem Ungeheuer aus den Weltuntergangslegenden zu verhandeln. Und er, Viggo, kam aus einer Zeit, die solche Geschichten per se als reine Fantasie und Erfindungen abtat! Wie kam er nur dazu, zu glauben, dass er mit dem Drachen irgendeinen Handel abschließen konnte? Vor ein paar Wochen hätte er noch vehement abgelehnt, überhaupt an die Existenz von Drachen zu glauben!

Er sah den Schimmer von Fafnirs Schuppenpanzer unter dem Meeresspiegel, noch bevor der mächtige Kopf die Oberfläche durchbrach und die Flammenaugen sich ihm zuwandten.

Viggo sah sich über die Schulter um. Die *Fröhliche Schlange* war mindestens zweihundert Meter entfernt. Niemand von dort würde ihm zu Hilfe kommen können. Aber es hätte ihm auch niemand helfen können, wenn er das Gespräch mit Fafnir vom Deck des Schiffs aus geführt hätte. Eher fühlte Viggo vage Erleichterung, dass bei einem Wutanfall Fafnirs die Gefährten wenigstens weit genug weg waren, um nicht gleich etwas abzubekommen.

»Was schlägst du vor?«, fragte Viggo, nachdem er die Riemen eingezogen hatte.

Der Drache legte sich auf den Rücken und umfing das Boot mit seinen Klauen und Flügeln unter Wasser. Wenn

Viggo abtrieb, dann nur mit Fafnir zusammen. Und wenn es Fafnir einfiel, Viggo zermalmen zu wollen, brauchte er nur eine einzige Rolle zu machen. Er musste nicht einmal Feuer speien.

»Sag mir, was du mit dem Ring vorhast«, grollte Fafnir.

»Ich will aus dem Metall, das von ihm tropft, eine Klinge schmieden, mit der sich Lokis Fesseln zerschlagen lassen.«

»Du willst den Lügengott befreien? Wozu?«

»Es gehört zu einem Pakt, den ich mit ihm geschlossen habe.«

»Welchen Zweck erfüllt dieser Pakt?«

Viggo, der sich fragte, ob er weitere Antworten verweigern und stattdessen welche von Fafnir einfordern sollte, beschloss, dem Drachen dennoch zu antworten: »Der Pakt war, dass ich zur Belohnung mit meinen leiblichen Eltern zusammenkomme. Loki hat Wort gehalten. Nun will ich es auch tun.«

»Ist das alles?«, fragte der Drache nach einer winzigen Pause.

Viggo seufzte. »Ich glaube, Loki will versuchen, Ragnarök aufzuhalten. Wenn ich ihn befreie, dann rettet das vielleicht die Welten.«

»Die Lieder der Menschen sagen, dass Loki selbst den Weltenbrand ausgelöst hat.«

»Ja, ich weiß. Vielleicht bereut er es … und wenn es eine

noch so kleine Chance gibt, den Weltuntergang aufzuhalten, sollte man sie nutzen.«

Er dachte daran, dass in den Legenden, so wie er sie kannte, Loki zu einem der Anführer der Ungeheuer wurde und mithalf, die Götter und die neun Welten zu vernichten. Aber dieses Abenteuer hatte ihm viele neue Blickpunkte auf den Inhalt der bekannten Sagen gegeben und manche Geschichte in einem ganz anderen Licht gezeigt.

Vielleicht musste man also auch Lokis vermeintliche Rolle als General des Bösen anders sehen. Außerdem fiel es Viggo schwer, Loki als Herrn der Höllenscharen zu betrachten, der seine Kreaturen auf die Schöpfung losließ. Ja, er war ein Lügner und Betrüger, doch dass er auch ein Massenmörder war, konnte Viggo sich immer weniger vorstellen. Eher sah er ihn als jemanden, der seine Beteiligung am Beginn des Weltenbrands bedauerte und versuchte, im Nachhinein irgendetwas gutzumachen, und sei es nur zu seinem eigenen Nutzen.

Fafnir schwieg eine Weile. Dann sagte er: »Du suchst deine Eltern und hoffst, den Weltenbrand zu verhindern. Dazu brauchst du den Ring.«

»Vereinfacht gesagt«, bestätigte Viggo.

»Vereinfacht gesagt«, wiederholte der Drache mit erstaunlicher Ironie, »hast du keine Ahnung, was hier wirklich vorgeht.«

Viggo war sprachlos. »Dann erklär es mir!«, forderte er.

»Was ist dein Platz auf diesem Schiff?«, fragte Fafnir und nickte in Richtung der *Fröhlichen Schlange.*

»Ich rudere«, sagte Viggo grimmig. »Und ich bin der Skalde.«

»Der Skalde? Dann werde ich dir eine Geschichte erzählen. Die Geschichte handelt von den Riesen, die am Anbeginn der Zeit in den Räumen zwischen den neun Welten lebten. Sie waren die ersten Wesen, die aus dem Urchaos entstanden. Nach ihnen kamen die Vanen – die Weisen, die Sanften, die Ewiglebenden –, die einen Bund mit den Drittgeborenen – den Asen – eingingen, und diesen im Austausch für deren Mut und Stärke den Trank des Ewigen Lebens übergaben. Die Asen trafen sich mit den Riesen, um mit diesen zu beraten, wie man nebeneinander in den neun Welten leben könnte. Aber bei diesem Treffen brach ein Streit aus. Die Asen töteten den Vater der Riesen und fielen dann über seine Artgenossen und Verbündeten her. Sie brachten alle um, und die sie nicht erschlugen, ertranken im Blut ihrer ermordeten Brüder und Schwestern. Nur ein Verbündeter der Riesen hatte den Überfall der Asen überlebt, und es gelang ihm, seine Gefährtin und ihren gemeinsamen Sohn zu retten, bevor sie ertrunken wären.«

»Das ist die Geschichte der Reifriesen, der Feinde der Götter«, sagte Viggo, der sich vage an das erinnerte, was er in seiner Kindheit gelesen oder aufgrund seiner göttlichen Abstammung immer schon gewusst hatte.

»Das ist *auch* die Geschichte der Reifriesen«, verbesserte Fafnir. »Der Unterschied ist, dass es nur über das Schicksal der Reifriesen Lieder gibt, nicht über das Schicksal ihrer Verbündeten.«

Noch während Viggo nachdachte, was diese kryptische Bemerkung bedeutete, fuhr Fafnir fort, und nun glich seine Erzählung überhaupt nicht mehr der Legende, die Viggo kannte.

»Der Überlebende versteckte seine Gefährtin und seinen Sohn und suchte alle neun Welten nach anderen Überlebenden seines Geschlechts ab. Er fand niemanden. Als er in sein Heim zurückkehrte, war es zerstört und seine Gefährtin und sein Sohn verschwunden. Er fand nie heraus, wohin die beiden verschwunden waren, aber er gab die Hoffnung nie auf, sie eines Tages wiederzufinden, und so suchte er von einem Winkel der Schöpfung bis zum anderen, bis zum heutigen Tag, hoffend wider alle Hoffnung, glaubend wider alle Wahrscheinlichkeit ...«

»... dass du am Ende wieder mit ihnen vereint sein wirst.« Viggo hatte endlich verstanden, was der Drache ihm mitteilen wollte. »Dass du nicht der Letzte deiner Art bist. Und dass du mit denen wiedervereint wirst, zu denen du gehörst.«

»Wie ein Sohn seine Eltern sucht«, sagte der Drache. Seine Augen flammten, und die Bewegungen der Schuppen auf seinem Kopf ließen Regenbogenschimmer über sein

Gesicht laufen, die Gefühle ausdrückten, die Viggo zwar nicht lesen konnte, die ihm aber trotzdem völlig klar waren.

»Ich dachte, dir ginge es nur um Zerstörung«, sagte er. Dann stockte er, als er an das Chaos dachte, das Fafnir in Kaupangen angerichtet hatte. Seine Augen weiteten sich. »Moment mal«, sagte er. »Du hast gesagt, du wüsstest nicht, was aus deiner Gefährtin und deinem Kind geworden ist. Du hast nicht gesagt, dass du auch nicht weißt, wer dein Heim zerstört hat!«

»Die Viertgeborenen«, sagte Fafnir mit scheinbarer Ruhe, der nur das Lodern seiner Augen widersprach. »Die Sterblichen. Die Menschen. Das Geschlecht, dem du zur Hälfte angehörst.«

»Du müsstest mich eigentlich umso mehr hassen«, sagte Viggo erschüttert. »Meine Mutter gehört zum Geschlecht derer, die dein Volk ermordet haben, und mein Vater zu denen, derentwegen du seit einer Ewigkeit nach deiner Familie suchst. In mir siehst du die Verdoppelung deiner Schmerzen.«

»So ist es«, bestätigte der Drache.

»Weshalb lebe ich dann noch? Weshalb gehst du einen Pakt mit mir ein?«

»Weil du die einzige Chance bist, den Weltenbrand noch aufzuhalten. Fallen die Götter und die neun Welten, falle am Ende auch ich, und wenn meine Gefährtin und mein Sohn noch leben, werden sie ebenfalls fallen. Ihre einzige

Rettung besteht darin, Ragnarök zu beenden, bevor es sich nicht mehr beenden lässt.«

»Indem ich Loki befreie … Aber was kann Loki tun, um die Ereignisse aufzuhalten? Er hat sie ja verschuldet!«

»Wie gesagt, du weißt nichts. Aber es ist nicht an mir, dich aufzuklären.«

»Wessen Aufgabe ist es dann?«

Fafnir neigte seinen gewaltigen Kopf, bis Viggo ihn mit ausgestreckter Hand hätte berühren können. Fassungslos sah er, dass auf der Spitze einer der Stacheln, die auf Fafnirs Stirn wuchsen, ein silberner Ring steckte.

»Nimm ihn«, sagte Fafnir. »Ich habe ihn mir angeeignet, um einen Einfluss auf das Geschehen zu haben. Doch der Einfluss, den du damit nehmen kannst, ist größer als meiner. Nimm ihn und befreie den Ewigen Gefangenen. Befreie den Lügenschmied. Dann gib mir den Ring zurück. Lass ihn auf keinen Fall in die Hände irgendeines Asen fallen.«

»Wie kann ich ihn dir zurückgeben?«

»Ich werde es wissen, wenn du Loki befreit hast. Dann werde ich zu der Insel im Nebel kommen und den Ring einfordern.«

»Und ich werde ihn dir geben«, versprach Viggo. Ehrfürchtig streckte er die Hand aus und pflückte den Ring von dem Stachel. Er widerstand nur mit Mühe einer plötzlichen Versuchung, über Fafnirs Stirnschuppen zu streichen.

Der Drache blickte ihn lange schweigend an, als versuchte

er zu ergründen, ob er einen guten oder einen schlechten Handel abgeschlossen hatte. Dann versank er lautlos und ohne eine einzige Welle im Meer, schimmerte noch eine Weile als Regenbogen tief unter der Wasseroberfläche, und war verschwunden.

Viggo saß eine volle Minute lang wie betäubt im Boot. Er hörte die Rufe von der *Fröhlichen Schlange*, aber er reagierte nicht auf sie. Schließlich fühlte er die Nähe eines großen Körpers, blickte auf und sah, dass Leif das Schiff heranmanövriert hatte. Sein verwegenes Gesicht schaute zu Viggo herunter.

»Und?«, fragte er. »Gibt's einen Pakt mit dem Monster?«

Viggo steckte sich entschlossen den Ring an den Mittelfinger seiner rechten Hand. Er saß locker, aber er würde halten. Er nickte und warf Leif das Schleppseil zu, mit dem Thyras Boot wieder mit der *Fröhlichen Schlange* vertäut werden konnte.

»Lass uns zurück zu Lokis Insel fahren«, sagte er.

3.

Die Reise zurück verlief ohne Zwischenfälle. Diesmal blieben die meisten Besatzungsmitglieder auf der *Fröhlichen Schlange* – der Unsichtbare Wächter vor Lokis Höhle würde sie ohnehin nicht einlassen, da konnten sie genauso gut an Bord bleiben und sich die anstrengende Kletterei sparen.

Leif begleitete Viggo, und natürlich kam auch Thorkell mit, was Viggo aus zwei Gründen freute: Zum einen genoss er die Gegenwart seines Freundes, zum anderen war es dadurch klar, dass Thyra ebenfalls dabei war.

Viggo hatte erwartet, dass auch Narfi und Vali mitkommen würden, um ihren Vater zu sehen, aber die beiden in Wölfe verwandelten Jungen weigerten sich. Viggo nahm an, dass sie sich entweder schämten oder dass sie ihrem Vater die Gewissensbisse ersparen wollten, die dieser bei ihrem Anblick vielleicht empfand.

348

Bjarne hatte aus dem Segel seines Boots, den Riemen und anderem Material ein Zelt für Hildr und sich gebaut. Sein Vater war offenbar nicht nur ein hervorragender Seemann, sondern besaß auch handwerkliches Geschick und die Gabe, mit wenigen Mitteln etwas zugleich sehr Praktisches und ästhetisch Ansprechendes zu erschaffen.

Die Begrüßung zwischen ihnen war dennoch unbeholfen und distanziert. Bjarne fragte in seiner Verlegenheit, ob Viggo das Schwert eine Hilfe gewesen sei, worüber Viggo sich genervt zeigte, denn er hatte das Gefühl, dass Bjarne sich lieber nach dem Befinden seines Sohns statt nach der Waffe hätte erkundigen sollen. Etwas später wurde ihm bewusst, dass Bjarne nur versucht hatte, über Einnfyrstr mit ihm ins Gespräch zu kommen und dass er ja nicht wissen konnte, was Viggo auf der Fahrt zu Sigyn alles erlebt hatte – und dass er seinerseits überhaupt keine Frage gestellt hatte, wie es Bjarne denn gehe.

Er verfluchte sich im Stillen für seine Unbeholfenheit und dass es ihm so schwerfiel, die Distanz zu seinem Vater zu überwinden. Zu seinem Pflegevater Andreas hatte er doch immer ein ganz inniges Verhältnis gehabt! Aber die Gelegenheit war erst einmal dahin. Viggo hoffte, es beim nächsten Mal besser hinzukriegen.

Das Wiedersehen mit seiner Mutter verlief dagegen unkompliziert und herzlich.

»Du hast das Gjallarhorn gefunden«, sagte sie. »Ich habe

ein Beben im Gleichgewicht der Macht gefühlt. Und du warst erfolgreich, sehe ich.« Sie nahm Viggos Hand und betrachtete den Ring.

»Warum bist du nicht bei Loki?«, fragte Viggo.

»Sigyn ist bei ihm.«

Während Leif und Thorkell bei Bjarne blieben und ihm – dem Händegefuchtel und Thorkells begeistertem Gesicht nach zu schließen – den Verlauf ihres Abenteuers beschrieben, trat Viggo mit Hildr und Thyra in die Höhle ein.

»Sieh an«, sagte ein aufgeräumt wirkender Loki. Offenbar waren gerade seine sechs schmerzfreien Stunden.

Viggo sah eine Vielzahl von Schüsseln und Krügen um ihn herumstehen und schloss daraus, dass auch die schmerzvollen Stunden erst einmal der Vergangenheit angehörten. Sigyn war zurückgekehrt und hatte ihr Werk, ihren Mann zu schützen, wieder aufgenommen.

»Von dir hört man ja schöne Sachen.« Loki grinste. »Und du hast den Ring.«

»Ich grüße dich, Loki«, sagte Viggo sarkastisch. »Es geht mir gut, danke der Nachfrage.«

Sigyn umarmte Viggo und nach ihm auch Thyra, was diese mit allen Anzeichen der Ehrfurcht über sich ergehen ließ. »Sei ihm nicht böse«, sagte sie, »seit das Gift ihn nicht mehr verätzt, hat er tausend andere Wehwehchen entdeckt und ist ungeduldig.«

Viggo zog sich den Ring vom Finger und hob ihn hoch.

»Wie ist das jetzt? Müssen wir neun Tage warten, bis er gnädigerweise ein bisschen Metall von sich gibt?«

»So lautet die Geschichte«, sagte Loki.

Viggo sah ihm ins Gesicht. Er hatte das Gefühl, das stets so spöttisch erscheinende Mienenspiel Lokis mittlerweile etwas besser deuten zu können. »Aber es gibt einen Trick, mit dem man den Vorgang beschleunigen kann, hab ich recht?«

»Eine klare Analyse des Istzustandes«, bestätigte Loki. »Hab ich schon mal gesagt, dass die Sprache in deiner Zeit ...?«

»Mehrfach«, unterbrach Viggo ihn.

»So.« Loki wirkte verdrossen. »Egal. Schau dir den Ring genau an. Was siehst du?«

Viggo hielt sich den Ring vors Gesicht. Einen Moment lang fühlte er sich an die Geschichte vom *Herrn der Ringe* erinnert, in der ein böser, mächtiger Nekromant über einen Meisterring ein Heer von Monstern, Orks und Geistern befehligte. Der Ring offenbarte sein Wesen, wenn man ihn ins Feuer hielt, und zeigte dann eine Inschrift: *Ein Ring, sie zu knechten, sie alle zu finden ...*

Draupnir war einfach nur ein glatter, ziemlich breiter silberner Ring ohne jede Inschrift. Doch dann entdeckte Viggo eine haarfeine Linie, die durch seine Mitte verlief – als wären zwei gleichgroße Ringe zusammengeschmiedet worden. Er warf Loki einen Blick zu.

»Verdreh die beiden Teile gegeneinander«, schlug Loki vor.

Es ging schwer. Viggo musste sich mehrfach die Fingerspitzen an seiner Tunika abwischen. Er gab den Ring reihum. Auch Hildr und Sigyn gelang es nicht. Erst Thyra schaffte es, die eine Hälfte ein winziges Stück gegen die andere zu verdrehen.

Mit einem metallischen Klingen fiel ein Duplikat Draupnirs auf den Boden und rollte über den Fels davon. Hildr stellte reflexartig einen Fuß darauf. Sigyn bückte sich und hob ihn auf. Sie reichte ihn Viggo. Der neue Ring sah genauso aus wie das Original, nur ohne die Trennlinie.

»Prima«, sagte Viggo. »Wenn wir lang genug drehen, können wir ein Schmuckgeschäft eröffnen.«

»Wenn ihr lang genug dreht«, sagte Loki, »bekommt ihr genügend neue Ringe, um sie einzuschmelzen und etwas anderes daraus zu schmieden.« Er seufzte. »Dass man den jungen Leuten alles extra erklären muss …«

»Was soll denn daraus geschmiedet werden?«, fragte Viggo. »Ein silbernes Beil? Wie viel würde das wohl nützen?«

»Schau dir den Ring genau an, du Schlauberger. Er ist nicht aus Silber. Er ist nur mit Silber überzogen. Der Kern ist aus Stahl.«

»Und wer soll diese Arbeit machen?«, fuhr Viggo fort, den Lokis Herablassung ärgerte und der geradezu Wonne

352

verspürte, etwaige Probleme ans Licht zu zerren. »Und womit?«

»Zeigst du es ihm, Sigyn?«, fragte Loki und klang dabei wie ein supergestresster Manager, der seine Sekretärin bittet, einen lästigen Besucher in den Warteraum zu führen.

Sigyn gab ihm einen Knuff. »Ohne Viggo würdest du in alle Ewigkeit auf diesen Felsen gefesselt bleiben«, sagte sie.

»Ja, und mit ihm auch, wie es scheint. Vielleicht darf ich um etwas Beeilung bitten? Ich habe schon ein steifes Kreuz vom Liegen.«

»Was hast du denn Großes vor, nachdem du befreit bist?«, fragte Viggo und legte dabei genau so viel Betonung in seine Frage, dass sie nicht vollkommen unschuldig klang.

Lokis Augen verengten sich. Er hatte Viggos Unterton ganz offensichtlich gehört. »Endlich mal austreten gehen?«

Sigyn brachte Viggo in den hinteren Bereich der Höhle. Aus dem Augenwinkel sah Viggo, wie seine Mutter Thyra beiseitenahm, sie etwas fragte und dann damit begann, sanft über ihre Schultern und Arme zu streichen. Dann führte Sigyn ihn um einen Felsen herum, und Viggo konnte die beiden nicht mehr sehen.

Stattdessen erblickte er einen Amboss, der ihm bis zur Hüfte ging, schwarz und mächtig und irgendwie Ehrfurcht einflößend. Hölzerne Bottiche standen herum, an der Wand waren dicke Holzscheite und Torfstücke aufgeschichtet.

»Hier hat Thor die Ketten Lokis geschmiedet«, sagte Sigyn. »Ich bin sicher, dass mehrere von deinen Gefährten Hämmer dabeihaben, nicht zuletzt der Stafnasmidir.«

»Irgendwie hatte ich immer gedacht, Thor hätte die Ketten mit Zauberei geschmiedet«, sagte Viggo und fühlte fast Enttäuschung beim Anblick der Schmiedewerkstatt.

»Die Magie liegt im geschaffenen Werk, nicht im Werkzeug«, sagte Sigyn.

»Und wer soll die Schmiedearbeit vornehmen? Thor wird sich ja wohl nicht dazu herbeibemühen …«

Sigyn lächelte und berührte leicht das Schwert, das an Viggos Gürtel hing. »Dein Vater«, sagte sie. »Wer sonst?«

»Wie soll das gehen? Er kann doch die Höhle nicht betreten.«

Sigyn zuckte mit den Schultern. »Leif soll ein halbes Dutzend Männer von seinem Schiff holen und ein paar lange Taue. Die binden wir um den Amboss, legen sie nach draußen, und dann können wir alle miteinander ziehen und den Amboss so nach draußen schleifen. Dann kann dein Vater die Werkstatt im Freien aufbauen.«

»Ich gebe ehrlich zu, dass ich immer gedacht habe, die Götter müssten sich nur etwas wünschen, und schon geschieht es. Dass du den Amboss bloß anzutippen brauchst, und schon schwebt er nach draußen, leicht wie eine Feder?«

»Wie kommst du nur auf so etwas?«, sagte Sigyn und lachte. »Du bist witzig, Viggo.«

4.

Das Aufstellen des Ambosses dauerte einen Tag. Danach brauchte Bjarne zwei weitere Tage, um aus dem Haufen neu entstandener Ringe eine Axt zu schmieden. Aus einer Eingebung heraus bot Viggo ihm seine Hilfe an, obwohl er keine Ahnung vom Schmiedehandwerk hatte. Zum Glück war Thorkell zur Stelle, der sich ebenfalls als Helfer anbot und Viggo zur Hand ging.

Bjarne stellte sich als ruhiger, überlegter Meister heraus, der seinen Gesellen knappe, aber klare Anweisungen erteilte, die Geduld nicht verlor, wenn etwas nicht gleich klappte, und Lob durch ein anerkennendes Grinsen oder ein Augenzwinkern erteilte.

Viggo erinnerte sich dabei an das, was sein Kumpel Moritz ihm einmal vom gemeinsamen Arbeiten mit dessen Vater erzählt hatte – dass dieser ständig erwartete, seine

Assistenten wüssten, was er vorhatte, und zu fluchen und zu schreien begann, wenn sie es doch nicht wussten oder etwas falsch machten.

Viggos Pflegevater Andreas hatte nicht viele handwerkliche Tätigkeiten im Haus verrichtet, und wenn doch, dann hatte er ihn nur selten hinzugezogen. Daher war es für Viggo eine ebenso neue wie angenehme Erfahrung, mit Bjarne und Thorkell Hand in Hand zu arbeiten.

Das sagte er Thorkell auch, worauf dieser nur antwortete: »Von wem soll man denn das Arbeiten lernen, wenn nicht vom eigenen Vater? Und an wen soll ein Mann sein Wissen denn weitergeben, wenn nicht an den eigenen Sohn? Was ist daran besonders?«

So hätte das Schmieden der Axt, die Lokis Ketten zerteilen sollte, eine rundum schöne Zeit sein können – die gemeinsame Arbeit, die Wärme der Schmiedeessen, die gemurmelten Unterhaltungen, der rauchige Torfduft des Feuers, das immer weiter Gestalt annehmende Werkstück.

Zwei Sachen bereiteten Viggo jedoch Kopfzerbrechen. Die eine hatte mit Thyra zu tun; die andere mit dem, was er zu tun vorhatte, sobald die Axt fertig war.

Thyra hielt sich während der zwei Tage viel in Hildrs Gegenwart auf, und Viggo sah seine Mutter immer wieder die langsamen Streichbewegungen über Thyras Schultern und Arme vollführen.

Da Leif am Abend des ersten Tages zum Schiff zurückgekehrt und Thorkell im Zelt eingeschlafen war, konnte Viggo sich mit Thyra unterhalten, ohne ein schlechtes Gewissen zu haben. Sie saßen nebeneinander auf einem Stein außerhalb von Lokis Höhle, gemeinsam in einen Pelz gehüllt, hielten sich darunter an den Händen und betrachteten den Sternenhimmel, bis Viggo den Mut fand, Thyra auf seine Sorgen anzusprechen.

»Meine Mutter übt ihre Heilkünste an dir, oder?«, fragte er schließlich und hoffte, dass es wegen seiner Nervosität nicht schroff oder anmaßend klang. »Geht es dir nicht gut?«

»Es geht mir jetzt viel besser«, sagte Thyra. »Ich war müde und erschöpft, als wir hierher zurückkehrten. Nun habe ich wieder Kraft.« Aber ihre Augen blieben traurig, und selbst als sie Viggo zärtlich küsste und sie sich für einige Minuten selig in einer heftigen Knutscherei verloren, änderte sich diese Traurigkeit nicht. Doch sie noch einmal darauf anzusprechen, dazu fehlte ihm irgendwie der nötige Mut.

Am Abend des zweiten Tages kehrte Leif zurück, gerade als Bjarne die Axtklinge zum letzten Mal ins Wasser tauchte.

Bjarne grinste. »Du kommst gerade rechtzeitig, um nicht mehr mithelfen zu müssen«, sagte er.

Leif grinste zurück. »Was, du fauler Sack, bist du jetzt erst fertig? Früher ging das schneller.«

»Früher war ich auch noch jünger.«

»Ich nicht. Ich bin immer gleich jung.«

»Und gleich hässlich«, sagte Bjarne.

»Ja«, seufzte Leif, »die Leute haben uns schon immer für Zwillingsbrüder gehalten.« Er umarmte Bjarne, dann hielt er eine kleine Auswahl von glatten Holzschäften hoch. »Hier – hab ich dir mitgebracht für die Axtklinge.«

Einer der Schäfte passte nach ein bisschen Zuschnitzen in die Tülle der Axt. Bjarne hieb die Klinge mit Nägeln fest, die er ebenfalls angefertigt hatte und nun oben in den Holzschaft trieb.

»Fertig«, sagte er und drückte Viggo die Axt in die Hand. »Jetzt bist du an der Reihe.«

Viggo trat an Lokis Lager, wo sich Hildr, Thyra und Sigyn damit abwechselten, das Gift der Schlange aufzufangen und wegzukippen. Loki wäre nicht er selbst gewesen, wenn er dabei nicht genörgelt und seine Helferinnen ungnädig darauf aufmerksam gemacht hätte, sobald ein Tropfen auf ihn herabzufallen drohte.

Die Schlange zeigte keinerlei Regung darüber, dass ihr Gift nun in Gefäße tropfte, statt auf den gefesselten Gott. Viggo fragte sich unwillkürlich, ob sie nicht vielleicht auch die ganze Sache satthatte und erleichtert von dannen kriechen würde, sobald Loki befreit war.

Sie warteten, bis das Gift der Schlange versiegte und sie sich in ihr Versteck zurückgezogen hatte. Dann stellte sich Viggo in Positur und hob die Axt.

Loki rasselte mit den Ketten. »Hau bloß nicht daneben!«, warnte er.

»Danebenhauen ist nicht das Problem«, sagte Viggo und ließ die Axt wieder sinken. »Hoff lieber, dass ich nichts treffe, was ich nicht treffen soll.«

»Haha. Hast du heute Morgen einen Possenreißer gefrühstückt?«

»Ich versuche nur, mich deinem Kommunikationsniveau anzupassen.«

Loki seufzte. »Da arbeitet man mit blutigen Fingernägeln daran, sie herzuholen und ihnen jeden Wunsch von den Augen abzulesen, und sie kommen einem so.«

»Jeden Wunsch von den Augen abzulesen?«, wiederholte Viggo ungläubig. »Du hast mich von einem Mist in den anderen geritten!«

»Und dankbar solltest du mir sein! Es hat dich zu einem Mann gemacht!« Loki grinste. »Jetzt mach schon. Die Handfesseln zuerst.«

Viggo hob die Axt erneut und ließ sie ein zweites Mal sinken. Loki sah ungeduldig zu ihm hoch. »Weißt du nicht, wo du hinhauen sollst? Die Ketten sind das verrostete Zeug hier, das rasselt, wenn man es bewegt.«

»Loki«, sagte Viggo ganz ruhig. »Hab ich dir schon gesagt, dass deine Befreiung einen Preis hat?«

»Einen *was!?*«, stieß Loki fassungslos hervor.

Viggo warf einen Blick zu Sigyn, die die Stirn gerunzelt hatte, und dann zu seiner Mutter, die ihn besorgt anblickte.

Lediglich Thyra gab seinen Blick frei zurück. Am gestrigen Abend, zusammengekuschelt unter dem Pelz, hatte er ihr verraten, was er vorhatte, und sie hatte es gutgeheißen.

»Einen Preis«, sagte Viggo. »Die Freiheit gibt's nicht gratis.«

»Willst du einen Berg Süßigkeiten dafür, Junge?«, fragte Loki, und Viggo erkannte an seiner Stimme, dass der Gott diesmal ernsthaft verärgert war – und besorgt, denn auch Viggos Stimme hatte ganz anders geklungen als bisher: ruhig und gelassen und siegessicher.

»Der Preis«, sagte Viggo, »besteht aus einem Versprechen.«

»Bei Hel, er will einen Pakt«, stieß Loki hervor. Sein Blick suchte Sigyn. »Nimm die Axt an dich und befrei mich, meine Liebste. Viggo versagt gerade auf ganzer Linie.«

Sigyn biss sich auf die Lippen, aber sie schüttelte den Kopf. »Ich weiß nicht, was er vorhat, aber hör ihn dir an«, sagte sie leise. »Es ist seine Aufgabe, deine Ketten zu zerschlagen. Nicht zuletzt deshalb hast du ihn hergeholt.«

»Du häufst dir gerade einen ganzen Berg Schwierigkeiten auf, mein Junge«, sagte Loki drohend. Er zerrte an den Ketten.

»Du kannst ja die nächsten sechs Stunden überlegen, ob du auf mein Verlangen eingehen willst«, erklärte Viggo. »Wenn die Schlange dann zurückkommt, werde ich Sigyn, Thyra und meine Mutter daran hindern, ihr Gift wieder aufzufangen.«

Loki spannte sich an. Seine grünen Augen flammten unnatürlich grell auf, und sein Gesicht verzerrte sich. Viggo musste allen Mut aufbringen, um nicht einen Schritt zurückzuweichen. Lokis Zorn war riesig, aber er musste ihn aushalten, wenn er endlich wissen wollte, was hier in Wahrheit vor sich ging.

Dann entspannte sich Loki plötzlich. Er begann zu lächeln. »Ich muss sagen, du hast von mir gelernt«, erklärte er.

»Du bist ein hervorragender Lehrmeister, Lügenschmied.«

»Lügenschmied? Wie schmeichelhaft. Stell deine Forderung, mein lieber Viggo.«

»Wer hat Schuld am Beginn des Weltenbrands?«

Loki musterte Viggo lange. »Das weißt du doch«, sagte er dann, aber in seiner Stimme schwang ein Unterton mit, den Viggo nicht identifizieren konnte. Loki klang beinahe so wie jemand, in dem man einen Schmerz aufgewühlt hat, den er selbst nicht begreifen kann.

»Ich kenne den Inhalt der Lieder und Geschichten«, entgegnete Viggo. »Zur Abwechslung wäre ich einmal an der Wahrheit interessiert.«

»Die willst du ausgerechnet vom Lügenschmied?«

Sigyn seufzte. »Sag es ihm, Loki. Du hast es mir doch auch erzählt.«

»Und du hast mir nicht geglaubt.«

361

»Erzähl mir die Wahrheit, und ich glaube sie dir«, versprach Viggo.

Loki wand sich auf seinem Felsen. »Na gut!«, stieß er hervor. »Na gut. Als Baldurs Mutter Frigg zu jeder Pflanze und jedem Lebewesen ging, um ihnen das Versprechen abzunehmen, ihrem Sohn nie ein Leid zuzufügen ...«

»Ja, ja, ich weiß. Vergaß sie den Mistelzweig. Und als die Götter bei einem Spiel Baldur mit allem beschossen und bewarfen, was vorher geschworen hatte, ihn nie zu verletzen, amüsierten sie sich über seine Unverwundbarkeit – bis du kamst und Baldurs blindem Bruder Hödur einen Pfeil aus Mistelholz in die Hand drücktest, der Baldur tötete. Das ist die Legende!«

»Das ist die Wahrheit«, sagte Loki.

»Ich glaube dir nicht!«

»Das ist die Wahrheit«, beharrte Loki. »Nur nicht die ganze.«

Viggo holte tief Luft. »Wie lautet der Rest?«

»Der verdammte Rest der Geschichte«, knurrte Loki, »lautet so, dass Baldur das Versäumnis seiner Mutter mitbekommen hatte und selbst zur Mistel ging, um ihre Loyalität abzufordern, damit er gänzlich gegenüber allen Dingen unverwundbar wäre. Das sagte er aber niemandem. Er kam nur eines Tages zu mir und tat so, als würde er mir als großes Geheimnis verraten, dass seine Mutter nicht mit der Mistel gesprochen hätte. Und daraufhin plante ich ...«

»… Baldur irgendwie mithilfe der Mistel zu schaden.«

»Natürlich! Jeder an meiner Stelle hätte die Nase voll gehabt von Goldjunge Baldur, den jede Kreatur liebte, der die Sonne aufgehen und die Dinge wachsen ließ und der allem und jedem gegenüber das sonnigste, freundlichste Lächeln zeigte, dass es gibt. Und der im Stillen alles verachtete, was nicht so schön und beliebt war wie er – also jede andere Kreatur in den neun Welten! –, aber dies nie zeigte, um seine Beliebtheit nicht zu riskieren.«

»Ich kann mir schon vorstellen, dass jemand wie du diese schwarzen Gedanken erahnen konnte. Aber musstest du ihn deshalb töten?«

»Bei Hel!«, rief Loki erbittert. »Wer redet denn von töten? Hödur ist blind wie ein Maulwurf! Ich habe ihm den Mistelpfeil auf die Sehne gelegt, als Baldur sich umgedreht hatte und zum großen Gaudium aller mit dem Hintern wackelte. Hödur trifft auf zehn Schritte kein Scheunentor! Ich habe seinen Bogen so justiert, dass der Pfeil Baldur in den Hintern treffen sollte. Ich wollte das Gejammer des tollen Goldjungen hören, wenn jemand das Ding aus seiner Arschbacke zog! Aber dann …« Loki schwieg.

»Was war dann?«

Lokis Blick richtete sich nach innen, zu einer Szene, die in seiner Erinnerung ablief. »Dann drehte sich Baldur um und sah mich an, während der Pfeil losflog. Alles geschah ganz träge, als würde die Zeit um uns herum langsamer ablaufen.

Nur er und ich schienen sich normal zu bewegen. Der Mistelpfeil schwebte gemächlich dorthin, wohin ich gezielt hatte, doch er trat vor, pflückte ihn aus der Luft, ging wieder an seinen alten Platz zurück, hielt sich den Pfeil ans Herz, zwinkerte mir zu – und auf einmal war alles wieder normal, Baldur drehte sich einmal um sich selbst, als hätte ihn der Pfeil mit voller Wucht getroffen, fiel zu Boden. Jeder konnte sehen, wo der Pfeil steckte – oder besser gesagt, wo er ihn mit der Hand festhielt, als klammerte er sich im Todeskampf an ihm fest. Ein Ruck – es sah so aus, als hätte er ihn sich aus dem Herzen gezogen. Er warf ihn beiseite. Niemandem fiel auf, dass kein Blut daran war. Alle hatten nur Augen für den gefallenen Goldjungen. Sie rannten zu ihm hin. Er bäumte sich noch einmal auf, dann sah es für alle so aus, als wäre er tot. Frigg schrie auf, als sie erkannte, dass der Pfeil aus Mistelholz war. Hödur wollte wissen, was los war, und sagte immer wieder, dass ich ihm den Pfeil gegeben hätte. Ich sah, wie Odin und Thor mich anstarrten, und ich wusste, dass ich nie würde erklären können, was in Wahrheit geschehen war. Wer glaubt schon dem Lügenschmied eine solch fantastische Geschichte? Ich rannte. Ich kam nicht weit.« Loki rasselte resigniert mit seinen Ketten.

»Aber ...«, sagte Viggo fassungslos. Er sah, wie bleich seine Mutter war. Aber sie nickte ihm zu. Sie kannte die Geschichte. Und sie war offensichtlich die Wahrheit. Sigyn

364

hatte Tränen in den Augen. Thyra griff nach Viggos Hand und umklammerte sie mit kalten Fingern.

»Baldur ist es, der Ragnarök ausgelöst hat«, seufzte Loki. »Indem er die ganze Schöpfung glauben gemacht hat, er sei tot. Was mit seinem Schiff verbrannte, war vermutlich ein Trugbild. Ich bin nicht der Einzige, der eines erschaffen kann.«

»Aber wozu?«, rief Viggo. »Wozu?«

»Du weißt doch, was in der Prophezeiung steht. Nachdem die Schöpfung im Weltenbrand vernichtet worden ist, ersteht sie ganz neu und diesmal perfekt unter dem wiedergeborenen Odin. Odin. Nicht Baldur. Aber Baldur will nicht mehr den zweiten Platz hinter seinem Vater einnehmen. Deshalb hat er Ragnarök zu einem Zeitpunkt ausgelöst, an dem niemand so richtig darauf vorbereitet war, und er will den Ablauf so beeinflussen, dass am Ende nur noch er übrig ist. Dann wird er das Neuentstehen der Schöpfung verhindern und so alle anderen Götter und Odin mit dazu auf ewig in Hels Reich verbannen. Er herrscht dann über neun Welten, die verbrannt und verwüstet und finster sind, aber vielleicht gefällt einem, der sein Leben lang als Liebling der Sonne verbracht hat, das zur Abwechslung ja mal.«

Viggo schluckte.

»Verstehst du, Viggo? Der Gegner sind nicht die Reifriesen oder die Ungeheuer. Die sind nur Symptome, die den Beginn des Weltenbrands begleiten. Der Gegner bin auch nicht ich. Ich bin das erste Opfer. Baldur sammelt die Artefakte der Macht. Wenn er sie alle in seinem Besitz hat, kann er den Ausgang von Ragnarök zu seinen Gunsten beeinflussen. Er hat schon den Skaldenmet, Odins Pokal und den Wunschmantel. Gungnir und Draupnir haben jetzt wir.«

Darum hat Fafnir den Ring an sich genommen, dachte Viggo. Er hatte nicht darüber nachgedacht, als der Drache gesagt hatte, er habe es getan, um Einfluss auf das Geschehen zu nehmen. Der Einfluss war ganz einfach: Solange Fafnir den Ring hatte, konnten sich Baldurs Pläne nicht erfüllen. Der Drache war nicht sein Gegner. Er war ein Verbündeter!

»Was willst du tun, wenn ich dich befreit habe?«

»Ich hole mir noch das Gjallarhorn, dann nehme ich den Kampf gegen Baldur auf. Deine Schuldigkeit ist damit getan, Viggo. Du kannst zu deinen Eltern gehen. Wenn ich Glück habe, kann ich Baldur aufhalten, und ihr geht nicht zusammen mit den neun Welten unter.«

»Ich glaube nicht«, sagte Viggo plötzlich, »dass du Baldur nur aufhalten willst. Du willst ihm die Artefakte der Macht, die er hat, abnehmen und dann seine Stelle einnehmen.«

»Ich als alleiniger Herrscher über neun Welten Ödland? Ich bitte dich. Wo bleibt da der Spaß?«

»Du kannst außerdem Draupnir nicht haben. Ich habe Fafnir versprochen, ihn zurückzugeben, sobald du frei bist. Er hat seine eigenen Pläne, und ich finde sie ehrenhaft.«

»Das ist nicht dein Ernst.«

»Mein voller Ernst.«

»Mit einem Drachen schließt man keinen Pakt!«

»Ich schon«, sagte Viggo.

Loki rollte mit den Augen. »Bei Hel! Aber gut. So soll es sein. Jetzt zerschlag endlich meine Fesseln, ich muss seit ungefähr tausend Jahren aufs Klo!«

Für jede Kette genügte ein Streich. Es war beinahe enttäuschend, wie einfach es ging.

Loki stand auf. Er wirkte nicht so, als wäre er so lange Zeit hilflos auf einen Stein gefesselt gewesen. Er schwankte nicht und musste sich auch nirgends festhalten. Er streckte sich lediglich, dann nahm er Sigyn in den Arm und küsste sie. Schließlich wandte er sich an Viggo. Er klopfte ihm auf die Schulter. »Leb wohl, Viggo.« Er nickte Hildr zu. »Ich habe meinen Teil an unserem Handel nun erfüllt.«

»Ja«, sagte Hildr. »Du hast mir gegenüber keine Schuld mehr.«

»Und du keine an mich. Viggo – ist das Gjallarhorn noch an seinem Platz?«

»Viel Spaß. Du musst danach tauchen …«, begann Viggo, aber Loki wartete seine Antwort gar nicht ab. Er war im nächsten Augenblick verschwunden.

Viggo sah sich fassungslos um. »Was?«, rief er. »War's das jetzt? Wo ist er hin?«

Selbst Sigyn wirkte fassungslos. Ihre Finger strichen über

ihre Lippen, wo Loki sie geküsst hatte. Sie blinzelte und sagte keinen Ton.

Viggo hatte eine bestürzende Ahnung. Er hielt Thyras Hand fester und rannte mit ihr zusammen aus der Höhle hinaus. Er hatte Gungnir neben dem Amboss liegen lassen, auf dem Bjarne die Axt geschmiedet hatte. Der Speer war weg. Der Ring, der auf dem Amboss gelegen hatte, war ebenfalls weg.

Thorkell, Leif und Bjarne lagen auf dem Boden, aber sie waren unverletzt, denn sie rappelten sich auf und schüttelten die Köpfe wie Männer, die von einer Schockwelle niedergestreckt worden sind.

Viggo drehte sich einmal um sich selbst. »Loki!!«, brüllte er. »Gib mir den Ring zurück! Ich habe ein Versprechen abgegeben!!«

»Du schon«, sagte Thyra bitter. »Er nicht.«

»Er hat mir versprochen ...«

»Er hat dir nur versprochen, die Wahrheit zu sagen.«

Viggo ließ sich auf den Amboss plumpsen. Er wusste nicht, ob er wütend oder verzweifelt sein sollte. »Ich habe es Fafnir versprochen«, wiederholte er fassungslos. Er blickte auf, als Hildr und Sigyn aus der Höhle kamen. »Loki hat mich betrogen!«, schrie er.

»Er hat seine eigenen Pläne«, sagte Sigyn. Auch sie klang enttäuscht. »Er ist so, wie er ist. Seine Pein hat ihn nicht geändert.«

368

Viggo stand auf. Seine Verzweiflung hatte sich plötzlich in Wut verwandelt – der alte Jähzorn, den er immer schon besessen hatte. »So?«, sagte er. »Na schön. Ich habe auch meine eigenen Pläne!«

Er dachte an die Nordmänner, zu denen er jetzt gehörte und die versuchten, den Weltuntergang zu überleben, indem sie das geheimnisvolle neue Land suchten, das Land, das in keiner Legende vorkam und von dem weder die Götter noch die Ungeheuer wussten, dass es existierte.

Auf einmal war ihm alles klar. Wieso hatte niemand mitbekommen, dass Baldur gar nicht tot war? Weil er sich seitdem versteckt hielt. Wo hielt er sich versteckt? An einem Ort, den die Götter und die Ungeheuer nicht sehen konnten, denn sie wussten nicht, dass es ihn gab. Das Land im Westen war nicht nur eine Zuflucht für die Nordmänner – sondern auch Baldurs Versteck. Und Viggo würde ihn dort aufsuchen und herausfordern, denn wenn Loki gegen ihn antrat und gewann, wusste man nicht, was aus der Schöpfung werden würde. Viggo aber trat nur zu einem Ziel an – um sie alle zu retten.

Er fragte sich, woher er das Zutrauen nahm zu glauben, es mit Baldur aufnehmen zu können. Aber er hatte ein paar Dinge, die für ihn sprachen. Er war das eine Wesen, das außerhalb der Ordnung der Dinge stand, weil auch er in keiner Legende vorkam. Er hatte eine Waffe, die vermutlich ebenfalls ein Artefakt der Macht war und von der bislang niemand etwas wusste – die Axt, die aus Draupnirs Metall geschmiedet worden war. Aber das Beste war: Er hatte ein Schiff voller Nordmänner als Verbündete, und mit diesen Verbündeten traute er sich zu, in die Hölle selbst zu fahren und dem Teufel ein Schwanzhaar auszureißen! Er lächelte plötzlich.

Thorkell, Leif und Bjarne traten auf ihn zu. »Was ist passiert?«, fragte Leif. »Hast du deine Aufgabe erfüllt?«

»Nein«, sagte Viggo entschlossen. »Sie fängt grade erst an.«

5.

Die Segel der Drachenboote waren bunt, weil sie angesichts der langen Reise sicherheitshalber alle geflickt worden waren. Die Schiffe schaukelten nebeneinander in der Bucht von Brattahlid. Die Ruderer waren bereits an Bord. Es war eine zusammengewürfelte Flotte aus kleinen und großen Kähnen, aber es war eine Wikingerflotte, die an jedem Bugsteven einen Drachenkopf trug, und niemand würde sie aufhalten können.

Ole Jorundsson hatte die Skipverjar an Land um sich versammelt und schwor sie auf die Fahrt ein. Unwan hörte ihm mit einer Mischung aus Beklommenheit und Begeisterung zu.

»Ist alles klar?«, schloss Ole seine Erklärungen ab. »Keine Gnade für Leif Eriksson und seine Männer. Der Herr Jesus Christus wird uns nur retten, wenn wir Leifs Flotte vernichten. Er gibt nur vor, die Gesetze des Herrn zu befolgen, aber im Herzen ist er ein Heide, der nicht will, dass auch nur ein Getaufter vor dem Weltuntergang gerettet wird.«

Die Männer nickten. Viele von ihnen ergriffen instinktiv die Kruzifixe, die neuerdings um ihren Hals baumelten. Ole hatte das Tragen von Thorshämmern verboten, sodass der Schutz suchende Griff das Kreuz fand. Unwan wusste, dass Ole weder einen Thorshammer noch ein Kruzifix unter seiner Tunika trug, aber er wusste nicht, was er dagegen tun sollte.

Die Flotte ruderte wenig später aus der Bucht hinaus und nahm Kurs aufs offene Meer. Zurück blieben nur die Frauen, ein paar Alte, die Kinder und vier kräftige Männer, die Erik und Thjodhild in deren Halle bewachten. Die beiden waren jetzt in ihrem eigenen Haus Gefangene.

Ole hatte das größte Schiff zu seinem Flaggschiff ernannt und stand breitbeinig auf dem Achterdeck. Unwan kauerte sich beim Bugsteven zusammen und hasste den Gedanken an das freie Meer. Aber sein Martyrium erfüllte einen guten Zweck.

Wenn das neue Land wirklich als einziges vom Weltuntergang verschont blieb, dann hatte er, Unwan, schlagartig eine ganze Welt seinem Gott nähergebracht. Die Belohnung würde das Paradies sein, daran konnte es keinen Zweifel geben. Außerdem konnte er endlich Vergeltung üben. Dass Ole Jorundsson den Kopf von Leif Eriksson forderte, war ihm egal. Solange es auch den frechen Viggo den Kopf kostete.

6.

Fafnir erreichte Lokis Insel, aber er spürte, dass er zu spät gekommen war. Das Schiff der Sterblichen war weg, und es war keinerlei Präsenz zu spüren – weder von sterblichen noch von göttlichen Wesen, und schon gar nicht von einem Artefakt der Macht. Loki war befreit, aber Viggo hatte den Ring nicht zurückgegeben. Der Sohn der Valkyrja hatte Fafnir betrogen. Er hätte ihm nicht vertrauen sollen. Am Ende waren die Drachen immer die Betrogenen.

Er tauchte wieder unters Meer und versuchte, die Witterung des Betrügers aufzunehmen, Mordgedanken in seinem flammenden Herzen, die Überzeugung verdrängend, dass seine Suche sowieso vergebens war und dass er seine Gefährtin und seinen Sohn nie wiedersehen würde. Doch bevor er sich der Schwärze ergab, die in dieser Resignation lauerte, würde er sich noch an dem einzigen Wesen rächen, dem er außer seiner eigenen Rasse je vertraut hatte und das dieses Vertrauen so schändlich missbraucht hatte.

EPILOG

DAS SCHIFF
DER TOTEN

Sturebjörn der Pirat sah sich um. Er hatte das Gefühl, aus einem langen, wirren Traum zu erwachen. Zu seiner Überraschung fand er sich an einer Ruderbank wieder, mit einem Riemen in den Händen, den er bewegte, ohne darüber nachzudenken. Dauerte der Traum immer noch an? Wo bei Hel war er überhaupt? Was für ein Schiff war das?

Er sah sich um. Das Schiff musste riesig sein. Es fuhr wie in dichtem Nebel, sodass er weder den Bug noch das Heck sehen konnte. Alles, was er sah, waren die schattenhaften, grauen Gestalten der Ruderer, die sich in einem Takt bewegten, den auch Sturebjörn einhielt, ohne sich dagegen wehren zu können. Der Piratenanführer sah an sich herab. Er selbst sah nicht grau und schattenhaft aus.

Wo war er?! Aber er hatte bereits eine Ahnung, welches Schiff das war, und er versuchte, das Grauen, das er deshalb empfand, nicht hochkommen zu lassen. Was war als Letztes geschehen? Richtig, der Drache hatte seine Flotte zerstört. Dann war das hier also tatsächlich …

»Kuckuck!«, sagte eine amüsierte Stimme. »Hier bin ich.«

Sturebjörn fuhr herum. Auf der Bordwand saß ein prächtig gekleideter Mann mit rabenschwarzen Haaren und grün leuchtenden Augen. Sturebjörn wusste sofort, wen er vor sich hatte.

»Willkommen auf dem Totenschiff«, sagte Loki. »Es heißt, es wäre aus den Finger- und Zehennägeln von Toten erbaut. Offenbar ein Märchen, denn ich erkenne hier gutes altes Eschenholz – zweifellos aber von abgestorbenen Bäumen. Ist auch besser so. Der andere Gedanke wäre irgendwie eklig, findest du nicht?«

»Der Lügengott«, stieß Sturebjörn hervor, der sich mit der Tatsache vertraut zu machen versuchte, dass er offensichtlich tot war. »Ist es so weit? Hast du das Kommando über das Totenschiff übernommen, wie es in der Prophezeiung heißt? Geht es in den letzten Kampf? Ich hatte eigentlich gehofft, auf der Seite Odins und der Einherjar in die letzte Schlacht zu ziehen.«

»Weißt du«, sagte Loki, »aufgrund diverser Vorkommnisse, die zu erläutern dies nicht der richtige Zeitpunkt ist, fallen die Prophezeiungen zusehends ungenauer aus. Ich bin nicht der Skipherra des Totenschiffs. Ich möchte es auch gar nicht sein, weil ihm eine Meuterei bevorsteht.«

»Meuterei? Wer meutert?«

Loki deutete auf Sturebjörn.

»Was?«, japste Sturebjörn.

»Viggo und seine Gefährten werden am Ende ein bisschen Hilfe benötigen«, sagte Loki.

Sturebjörn verstand gar nichts, aber er horchte bei Viggos Namen auf. Den Jungen hatte er nicht vergessen.

»Hilfe, die auf einem großen Schiff daherkommt«, fuhr Loki fort, »mit jeder Menge wütender Seeleute an Bord, die ohne Angst in einen Kampf eingreifen können, weil sie eh schon tot sind.«

»Du willst, dass ich das Kommando über das Totenschiff übernehme?«, brachte Sturebjörn hervor. Bei sich selbst sagte er sich, dass er sich das Totsein wesentlich anders vorgestellt hatte. Wichtige Aspekte fehlten – zum Beispiel Odins große Halle, das ewige Festmahl, die schönen Valkyrjar, die ihm zublinzelten … Stattdessen saß er am Ruder eines Schiffs und hörte dem Gott Loki dabei zu, wie er Unsinn erzählte.

»Willst du ein ewiges Leben lang ein Ruderer bleiben, wo du in deinem sterblichen Leben schon mal Anführer einer Flotte warst?«, fragte Loki.

»Aber …«

»Du brauchst natürlich Kampfgefährten.« Loki stand auf, trat zu Sturebjörns Erbitterung auf dessen Riemen und balancierte mit aufreizender Eleganz an ihm entlang und

380

zum Laufgang in der Mitte des Schiffs. Dann ging er zu einem Ruderplatz in der Nähe, beugte sich herab und stupste das schattenhafte Wesen dort an die Schulter. Sturebjörn erinnerte sich plötzlich, dass auch er so einen Stupser gespürt hatte, bevor er »wach« geworden war.

Das Wesen bekam Farbe und Gestalt und entpuppte sich als dunkelhaariger, bärtiger Mann, der verwirrt um sich sah. Loki trat zurück und grinste zufrieden.

Die Blicke des bärtigen Mannes irrten umher und fanden Sturebjörn. Seine Augen weiteten sich. »Sturebjörn!«

»Krok Asmundsson«, sagte Sturebjörn. »Dir hab ich doch damals Viggo abgenommen! Ich versichere dir, ich war an deinem Tod unschuldig.«

Loki war weitergegangen und hatte links und rechts Schattenwesen angestupst, die sich in verwirrt umherblickende Männer verwandelten. Sturebjörn erkannte ein paar von seinen Besatzungsmitgliedern unter ihnen.

Loki verschwand im Nebel, der den hinteren Teil des Schiffs verbarg. »Auf dem Achterdeck scheint die Sonne«, hörte Sturebjörn ihn fröhlich sagen. »Also, ich würde nicht im Nebel auf der Ruderbank hocken bleiben wollen, wenn ich Sturebjörn der Pirat gewesen wäre …«

Krok und Sturebjörn sahen sich über den Laufgang hinweg an. »Wovon redet er?«, fragte Krok.

»Würdest du unter meinem Kommando die Meere pflügen, Krok Asmundsson?«

»War das eine Drohung oder ein Angebot?«

»Ein Angebot.« Sturebjörn grinste.

Krok grinste zurück.

DRAMATIS PERSONAE

Viggo Bjarnesson — Held der Geschichte
Loki von den Asen — Der Gott der Lüge

In unserer Zeit

Andreas Siegmar — Viggos Pflegevater
Bettina Siegmar — Viggos Pflegemutter
Moritz Priller — Viggos Schulfreund
Mirja Seidl — Viggos früherer, heimlicher Schwarm

In der Zeit der Wikinger

DIE GÖTTER (ASEN):
Odin Allvater — Oberster der Asen
Thor — Donnergott, Odins Sohn
Baldur — Sonnengott, Odins Sohn
Heimdall — Wächter der Götter
Hel — Totengöttin
Sigyn — Lokis Gattin
Hildr — Valkyre, Viggos Mutter

DIE UNGEHEUER:

Nithogg oder Fafnir	Der größte aller Drachen
Fenrir	Der Große Wolf

DIE NORDMÄNNER:

Krok Asmundsson	Händler und Wikinger
Sturebjörn	Berühmtester Pirat des Nordens
Olaf Tryggvason	König der Norweger
Erling Skjalgsson	König Olafs Haushofmeister
Erik der Rote	Entdecker, Herr der Grönländer
Thjodhild Jorundsdottir	Eriks Frau, Leifs Mutter
Frode Skjöldsson	Eriks Skalde
Bjarne Herjulfsson	Seefahrer, Viggos Vater

DIE SKIPVERJAR (BESATZUNG) DER FRÖHLICHEN SCHLANGE:

Leif Eriksson	Skipherra (Schiffsführer)
Tyrker	Stjormári (Steuermann)
Svend Bjornsson	Stafnasmidir (Stevenbauer)
Olof und Svejn Flokisson	Filungar (Schiffszimmerleute), Brüder
Raud Thorsteinsson	Matsveinn (Schiffskoch, Schiffsarzt)
Eyvind Rollosson	Stafnbúaror (Schiffslotse im freien Wasser), Cousin Leifs

Thorkell Leifsson	Sjónarvordr (Feindausguck), Viggos bester Freund
Sigmundur Rollosson	Rávordr (Segelmeister), Cousin Leifs
Einar Einarsson	Bergvordr (Rudermeister)
Tjothrik Rollosson	Strengvordr (Taumeister), Cousin Leifs
Knut Eriksson	Bryggjusporth (Landemeister), nicht mit Leif verwandt
Thyra Hakonsdottir	Mitglied der Holumenn (Ruderer), Thorkells Schwarm, Viggos Freundin
Viggo Bjarnesson	Skalde (Chronist)

DER SKRALINGER:

| Vater Unwan | Christlicher Missionar auf Grönland |

GLOSSAR

ASEN
das jüngere Göttergeschlecht in der nordischen Mythologie

BALDUR
nordischer Gott der Sonne, des Lichts und des Frühlings;
wird aufgrund eines Streichs des Gottes Loki aus Versehen
getötet, was Ragnarök auslöst.

BRATTAHLID (SPRICH: BRATTAHLITH
MIT ENGL. *TH*)
von Erik dem Roten gegründete Wikingerkolonie auf Grönland, Standort der ersten christlichen Kirche auf Grönland

BREMA
heute: Bremen

DRAUPNIR
Der Ring, den Loki mithilfe einer List von den Zwergen
schmieden ließ und den er Odin zum Geschenk machte.
Von ihm tropfen in jeder neunten Nacht acht gleich schwere
Ringe.

EINHERJAR

die gefallenen Krieger, die aufgrund ihrer Tapferkeit in Odins Große Halle einziehen dürfen. Sie sollen Odin in der großen Schlacht am Ende aller Zeiten beistehen.

LEIF ERIKSSON (SPRICH: LEJF ERIKSSON)

*970, †1020, Sohn von Erik dem Roten und Thjodhild, wird als Entdecker Amerikas und Gründer der ersten Wikingerkolonie dort angesehen (Fundort von L'Anse aux Meadows).

FAFNIR

Drache aus der nordischen Mythologie

FENRISWOLF/FENRIR

Ungeheuer aus der nordischen Mythologie

FILUNGAR

altnordisch für: Bootsbauer, gewöhnlicher Schiffszimmermann (siehe auch Stafnasmidir)

FREYA

nordische Göttin der Fruchtbarkeit, des Glücks und der Zauberei, deshalb Schutzgöttin der Seherinnen

BJARNE HERJULFSSON
*966, gilt als einer der möglichen Entdecker Amerikas

HEL
nordische Göttin der Unterwelt und der Toten

HIRDMEN
bewaffnete Gefolgsleute eines Herrschers

HÖDUR
nordischer, blinder Gott der Dunkelheit; wird von Loki ausgetrickst, sodass er seinen Bruder Baldur unabsichtlich tötet.

HOLUMENN
gesamte Besatzung eines Wikingerschiffs

HRYMIR
Riese in der altnordischen Sage, ein Feind der Asen

JARL
Fürstentitel in der altnordischen Gesellschaft; von ihm leitet sich der englische »Earl« ab.

JÖRMUNGANDR ODER MIDGARDSCHLANGE
Der Leib dieser riesigen Seeschlange umschlingt laut der altnordischen Mythologie die gesamte Welt.

KAUPANGEN
heute: Trondheim, norwegische Stadt

LOKI
auch: Loptr, Hvethrungr. Gott der Lüge und Hinterlist in der altnordischen Mythologie. Löst durch den von ihm verschuldeten Tod von Baldur den Weltuntergang aus, wird zur Strafe dafür von den anderen Göttern unter dem offenen Maul einer Giftschlange an einen Stein gefesselt, wo ihn deren Gift verbrennt, wenn seine Frau Sigyn es nicht mit einer Schale vorher auffängt.

MATSVEINN
Koch und Heilkundiger auf einem Wikingerschiff

MIDGARD
altnordische Bezeichnung für die Welt der Menschen

MUSPELHEIM
altnordische Bezeichnung für die Welt des Feuers

NAGLFAR (ALTNORDISCH FÜR »TOTENSCHIFF«, »NAGELSCHIFF«)

Das Totenschiff der nordischen Mythologie. Es wird als das größte Schiff aller Zeiten beschrieben. In der Sage führt es die Feinde der Asen zur letzten großen Schlacht heran. In manchen Erzählungen steht dabei Loki am Steuer. Naglfar wurde angeblich aus den unbeschnittenen Nägeln der Toten gezimmert.

NARFI

einer der Söhne Lokis

NIFLHEIM

altnordische Bezeichnung für die Welt des Eises

NITHOGG ODER NIDHÖGGR

Eine große, bösartige Schlange, die in der nordischen Sage unter der dritten Wurzel des Weltenbaums lebt, dort an ihr frisst und die Toten zerreißt. Ich habe diese nur am Rande in den Sagen erwähnte Gestalt mit Fafnir zu einem einzigen Charakter vereint.

NORNIR (SING.; PL.: NORNI)

schicksalsbestimmende weibliche Wesen in der altnordischen Mythologie. Ihre Namen lauten Urd (Schicksal), Verdandi (das, was wird), Skuld (das, was sein soll).

ODIN
Hauptgott der altnordischen Mythologie; Göttervater,
Kriegsgott, Gott der Dichtung, der Runen und der Magie

RAGNARÖK
wörtlich: Schicksal der Götter; in der altnordischen Mythologie der Weltuntergang, gemeinhin wegen eines Über-
setzungsfehlers nicht als »Schicksal der Götter«, sondern als
»Götterdämmerung« bekannt.

RÁVORDR
für das Segel verantwortliches Besatzungsmitglied eines
Wikingerschiffs

RUS
historisches Volk, das in der Gegend der heutigen Ukraine
und Russlands lebte. Eine Theorie zur Herkunft der Rus
besagt, dass sie ursprünglich skandinavische Siedler waren,
also »Wikinger«.

SCHILDWALL
Verteidigungsformation von Fußkämpfern. Die erste Reihe
der Krieger kniet mit ihren Schilden vor sich, die zweite
Reihe steht und lässt ihre Schilde mit denen der Knieenden
überlappen.

SIGYN
Göttin der altnordischen Mythologie, Frau von Loki. Gilt als Sinnbild der ehelichen Treue.

SJÓNARVORDR
für die Ausschau nach Feinden verantwortliches Besatzungs-mitglied eines Wikingerschiffs

SKALDE
höfischer Dichter, Geschichtenerzähler, Musiker und Chro-nist der altnordischen Gesellschaft

SKIPHERRA
Schiffsherr auf einem Wikingerschiff

SKIPVERJAR
Gemeinschaft aller Besatzungsmitglieder eines Wikinger-schiffs, im Sinne einer Kameradschaft oder Schicksals-gemeinschaft

SKRALINGER ODER SKRALING
abwertende altnordische Bezeichnung für Fremde, Einge-borene oder schwächlich wirkende Personen

SLEIPNIR
Odins achtbeiniges Ross

SONNENSTEIN

mystisch verklärtes Navigationsinstrument der Wikinger.
Es ist bis heute ungeklärt, ob es Sonnensteine wirklich gab
und wie sie funktionierten.

STAFNASMIDIR

Bootsbau-Spezialist, verantwortlich für die Bug- und Heck-
konstruktion eines Wikingerschiffs

STJORMÁRI

altnordisch für: Steuermann

STRENGVORDR

für das Tauwerk und die Ankertaue verantwortliches Besatzungsmitglied eines Wikingerschiffs

STUREBJÖRN (STYRBJÖRN DER STARKE)

*960, †984, Sohn des schwedischen Königs Olof Björnssons.
Nach Olofs Tod verwehrte Styrbjörns Onkel Erik diesem
den Thron. Berühmter Plünderer, Pirat und Anführer der
Jomswikinger, eines wikingischen Söldnerbunds. Die Ge-
schichte mit den Nachfolgern Sturebjörns ist allerdings er-
funden und eine kleine Hommage an die Figur des Dread
Pirate Roberts aus dem Roman »Die Brautprinzessin« von
William Goldman.

SURTR
Feuerriese in der nordischen Mythologie; ein Feind der Asen

THING
Volks- und Gerichtsversammlungen in der altnordischen Gesellschaft. Der Ort, wo diese Versammlungen abgehalten wurden, hieß Thingplatz oder Thingstätte und war meistens durch einen Steinkreis oder einen besonderen Baum gekennzeichnet.

THOR
Gott des Donners und Beschützer der Menschenwelt in der altnordischen Mythologie

KÖNIG OLAF TRYGGVASON
*968, †1000, norwegischer König von 995 bis 1000, angeblich der erste christliche König Norwegens

VALI
einer der Söhne Lokis

VALKYRE (VARLKYRJA, PL.: VALKYRJAR)
weibliches Geistwesen der altnordischen Mythologie. Die Valkyrjar wählen aus den auf dem Schlachtfeld gefallenen Kriegern die Einherjar aus, um sie nach Walhall zu führen.

Unterschiedlichen Sagen zufolge gab es neun, zwölf oder unzählige Valkyrjar.

VANEN

das ältere Göttergeschlecht in der nordischen Mythologie

VIKING

Viking oder Wikinger ist keine Bezeichnung für ein Volk, sondern eher für eine Tätigkeit. Die Übersetzung des altnordischen Worts lautet in etwa: Seekrieger, der sich auf langer Fahrt von der Heimat entfernt. Der Begriff taucht als Bezeichnung für die skandinavischen Plünderer auf ihren Drachenschiffen erst im Hochmittelalter auf und galt danach noch lange Zeit als Synonym für Piraten ganz allgemein.

VÖLVA (SING.; PL.: VÖLVUR)

Der Auftritt der Völva (= Seherin) in »Der Speer der Götter« und dass Viggo an ihren Prophezeiungen festhält, ist von der sogenannten Völuspá (= Weissagung der Seherin) abgeleitet. Sie ist Bestandteil der nordischen Sagen und gilt als das bedeutendste Gedicht des nordischen Mittelalters. Man nimmt an, dass die Völuspá um das Jahr 1000 entstanden ist. Der Autor ist unbekannt, was mir die Behauptung leicht macht, dass vielleicht Viggo der Autor sein könnte ... In der Völuspá wird die Beschreibung der Schöpfungsgeschichte und des Weltuntergangs Ragnarök einer Seherin in den Mund gelegt.

WALHALL
altnordisch für »Wohnung der Gefallenen«, wird im Allgemeinen als identisch mit Odins Großer Halle gesehen, in der die Einherjar feiern.

WELTESCHE ODER YGGDRASIL
der sogenannte Weltenbaum, der den gesamten Kosmos verkörpert

DANKESCHÖN

An meinen Agenten Bastian Schlück, der es möglich gemacht hat, dass ich diese Geschichte erzählen kann.

An Iris Prael vom Ravensburger Buchverlag, die diese Geschichte hören wollte.

An Valentino Dunkenberger, meinen Lektor, der mich dabei unterstützt hat, sie so gut zu erzählen, wie ich konnte.

An die Herstellungs- und Designteams beim Ravensburger Buchverlag, die diese Geschichte schon zum zweiten Mal in ein cool aussehendes Buch verpackt haben.

An meine Probeleser Susanne Franck, Esther Winter, Birgit Schulz, Angela Seidl, Toni Greim, Siegmar und Bettina Zerrath und Konstantin Priller, die sich die Mühe machten, eine sehr frühe Manuskriptversion zu lesen und mich auf die Fehler hinwiesen, die ich beim Geschichtenerzählen gemacht hatte.

An Michaela, die mir die Inspiration für Fafnirs Storybogen gab und so der Geschichte eine tolle Wendung verlieh.

Richard Dübell, geboren 1962, schreibt historische Romane für Jugendliche und Erwachsene, die in vierzehn Sprachen übersetzt wurden. Sein Roman »Die Pforten der Ewigkeit« stand wochenlang auf den Bestsellerlisten. Der Autor lebt in der Nähe von Landshut.

www.duebell.de

Kann Viggo Ragnarök verhindern?

Freu dich auf das Finale von

VIKING WARRIORS

Erscheint im Herbst 2017!

Ravensburger Bücher

Der Schüler des Schwertmeisters

Band 1
ISBN 978-3-473-**58384**-3

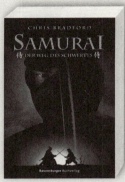

Band 2
ISBN 978-3-473-**58394**-2

Band 3
ISBN 978-3-473-**58408**-6

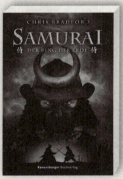

Band 4
ISBN 978-3-473-**58420**-8

www.ravensburger.de

Ravensburger

LESEPROBE

»Samurai. Der Weg des Kämpfers« (Band 1)
von Chris Bradford
ISBN 978-3-473-58384-3

Pazifik, August 1611
Der Junge fuhr aus dem Schlaf hoch.
»*Alle Mann an Deck!*«, brüllte der Bootsmann. »Das gilt auch für dich, Jack!«
Das wettergegerbte Gesicht des Mannes tauchte vor Jack aus dem Dunkeln auf und der Junge sprang hastig aus seiner schwankenden Hängematte im Mitteldeck des Schiffes.
Jack Fletcher war erst zwölf, aber groß für sein Alter und von den zwei Jahren, die er auf See verbracht hatte, sehnig und muskulös. Die Augen unter dem wirren Schopf strohblonder Haare, die er von seiner Mutter geerbt hatte, leuchteten himmelblau und mit einer für sein Alter ungewöhnlichen Entschlossenheit und Unerschrockenheit.
Männer, denen man die Strapazen der langen Reise an Bord der *Alexandria* ansah, ließen sich aus ihren Kojen fallen und drängten an Jack vorbei zum Oberdeck hinauf. Jack lächelte den Bootsmann entschuldigend an.
»Beeil dich, Junge!«, schimpfte der Bootsmann.
In diesem Moment krachte es ohrenbetäubend. Holzbalken knirschten und Jack wurde auf den Boden geworfen. Die kleine, am Mittelbalken des schmutzigen Frachtraums

hängende Öllaterne schwankte heftig und die Flamme flackerte.

Jack stieß unsanft gegen einen Stapel leerer Fässer, die über die ächzenden Planken rollten. Hastig rappelte er sich wieder auf. Weitere ausgemergelte Besatzungsmitglieder in schmutzigen Lumpen stolperten an ihm vorbei durch die nur von der brennenden Laterne erhellte Dunkelheit. Eine Hand packte ihn am Kragen und stellte ihn auf die Beine.

Sie gehörte Ginsel.

Der untersetzte, stämmige Niederländer grinste Jack an und entblößte dabei zwei Reihen unregelmäßig gezackter, abgebrochener Zähne, mit denen er aussah wie ein weißer Hai. Doch trotz seines einschüchternden Äußeren hatte der Matrose es immer gut mit Jack gemeint.

»Wir sind wieder in einen Sturm geraten, Jack«, knurrte er. »Klingt, als hätte die Hölle ihre Tore geöffnet! Rauf mit dir auf das Vordeck, bevor der Bootsmann dich erwischt.«

Jack stieg eilig hinter Ginsel und den anderen Matrosen den Niedergang hinauf. Oben erwartete sie der Sturm.

Schwarze Gewitterwolken brodelten am Himmel und die Schreie der Matrosen gingen sofort im Heulen des Windes unter, der erbarmungslos durch die Takelage fuhr. Salzwassergeruch stieg Jack scharf in die Nase. Eiskalter Regen schlug ihm ins Gesicht und stach ihn wie mit tausend kleinen Nadeln. Bevor er sich umsehen konnte, erfasste eine gewaltige Welle das Schiff.

Meerwasser spülte schäumend über das Deck, durchnässte Jack augenblicklich bis auf die Haut und strömte durch das Speigatt wieder ab. Jack schnappte nach Luft, doch da brach schon eine zweite Welle donnernd über das Deck herein. Sie war noch größer als die erste und riss Jack die Beine weg. Im letzten Moment konnte er sich an der Reling festhalten und verhindern, dass er über Bord ging.

Er hatte sich gerade wieder aufgerichtet, da fuhr ein gezackter Blitz über den nächtlichen Himmel und schlug in den Großmast ein. Einen kurzen Augenblick lang beleuchtete sein gespenstischer Schein das ganze Schiff. Auf dem Dreimaster ging es drunter und drüber. Die Besatzung war wie Treibholz über das Deck verteilt. Hoch oben in der Rah versuchten einige Matrosen im Kampf gegen den Wind das Großsegel zu bergen, bevor der Sturm es wegriss oder, noch schlimmer, das Schiff kenterte.

Auf dem Achterdeck umklammerte der Dritte Maat, ein über zwei Meter großer Hüne mit einem feuerroten Bart, das Steuerrad. Neben ihm stand der gestrenge Kapitän Wallace und brüllte Befehle, allerdings vergeblich. Der Wind riss ihm die Worte vom Mund, bevor jemand sie hörte.

Neben den beiden stand noch ein dritter, hochgewachsener und kräftiger Mann mit dunkelbraunen Haaren, die er mit einer Schnur nach hinten gebunden hatte – Jacks Vater John Fletcher, der Steuermann der *Alexandria*. Er hielt den Blick unverwandt auf den Horizont gerichtet, als hoffte er, die Wolken zu durchdringen und das sichere Land dahinter zu entdecken.

»He, ihr da!«, rief der Bootsmann und zeigte auf Jack,

Ginsel und zwei weitere Matrosen. »Rauf mit euch und macht das Toppsegel los, aber schnell!«

Sofort machten sie sich auf den Weg zum Vormast, doch im selben Augenblick tauchte aus dem Nichts eine Kugel aus Feuer auf – und flog geradewegs auf Jack zu.

»Vorsicht!«, schrie ein Matrose.

Jack, der auf der Reise bereits einige Angriffe feindlicher portugiesischer Kriegsschiffe erlebt hatte, duckte sich instinktiv. Er spürte die heiße Luft und hörte das Heulen, mit dem die Kugel an ihm vorbeiflog. Das Geräusch des Aufpralls auf Deck klang allerdings anders als bei einer Kanonenkugel. Die Kugel schlug nicht krachend auf wie Eisen auf Holz, sondern mit einem dumpfen, leblosen Schlag wie ein Tuchballen. Entsetzt starrte Jack den Gegenstand an, der vor seinen Füßen gelandet war.

Das war keine Feuerkugel. Es war der brennende Leib eines vom Blitz getöteten Matrosen.

Jack stand wie gelähmt da. Übelkeit stieg in ihm auf. Das Gesicht des Toten war schmerzverzerrt und vom Feuer so entstellt, dass Jack ihn nicht einmal erkannte.

»Heilige Maria, Muttergottes!«, rief Ginsel. »Sogar der Himmel hat sich gegen uns verschworen!«

Bevor er noch mehr sagen konnte, brach eine Welle über die Reling und spülte die Leiche ins Meer.

Ginsel sah das Entsetzen im Gesicht des Jungen. »Komm, Jack!«, rief er, fasste ihn am Arm und wollte ihn zum Vormast ziehen.

Doch Jack stand da wie festgenagelt, noch immer den

Gestank nach verbranntem Fleisch in der Nase. Es hatte gerochen wie ein Schwein, das zu lange am Spieß geröstet worden war.

Der Matrose war keineswegs der erste Tote, den Jack auf der Reise sah, und er würde ganz gewiss auch nicht der letzte sein. Sein Vater hatte ihn gewarnt. Die Überquerung des Atlantiks und des Pazifiks war mit vielen Gefahren verbunden. Jack hatte Menschen an Erfrierungen, an Skorbut, am Tropenfieber, an Messerwunden und durch Kanonenkugeln sterben sehen. Trotzdem war er nicht gegen die Schrecken des Todes abgestumpft.

»Los, Jack«, drängte Ginsel.

»Ich spreche nur schnell ein Gebet für ihn«, erwiderte Jack schließlich. Er hätte eigentlich mit Ginsel und den anderen gehen müssen, aber das Bedürfnis, bei seinem Vater zu sein, wog in diesem Augenblick stärker als die Pflicht.

Jack rannte zum Achterdeck. »Wohin willst du?«, brüllte Ginsel. »Wir brauchen dich vorn.«

Doch Jack hörte nur noch das Toben des Sturms und versuchte auf dem stampfenden und krängenden Schiff zu seinem Vater zu gelangen.

Er war erst beim Kreuzmast angekommen, da brach wieder eine gewaltige Welle über die *Alexandria* herein. Sie riss Jack von den Füßen und spülte ihn über das Deck zur Backbordreling.

Das Schiff machte einen Satz nach vorn, Jack wurde über die Reling geschleudert und stürzte dem schäumenden Ozean entgegen.

侍

Jack machte sich schon auf den Aufprall gefasst, da packte ihn plötzlich eine Hand und er hing senkrecht über dem Rand des Schiffes, unter sich das tobende Meer.

Er hob den Kopf. Ein kräftiger tätowierter Arm hielt ihn am Handgelenk fest.

Eine Welle stieg auf, um ihn in die Tiefe zu reißen.

»Keine Angst, Bürschchen, ich habe dich!«, knurrte sein Retter, der Bootsmann, und hievte ihn an Bord. Der auf seinen Unterarm eintätowierte Anker verbog sich vor Anstrengung. Jack hatte das Gefühl, als würde ihm der Arm aus der Schulter gerissen.

Vor den Füßen des Bootsmanns sank er auf den Boden und erbrach einen Schwall Meerwasser.

»Na, das überlebst du schon.« Der Bootsmann grinste. »Du bist ein geborener Seemann wie dein Vater, nur im Augenblick ein ziemlich durchnässter. Aber antworte mir, Bürschchen: Was hattest du hier zu suchen?«

»Ich … wollte meinem Vater etwas ausrichten, Bootsmann.«

»Mein Befehl lautete aber anders«, rief der Bootsmann

wütend. »Du solltest an Deck bleiben! Du magst der Sohn des Steuermanns sein, aber das schützt dich nicht davor, wegen Ungehorsams ausgepeitscht zu werden! Jetzt ab mit dir, den Vormast hinauf und mach das Toppsegel los. Sonst bekommst du die Katze tatsächlich noch zu spüren!«

»Gott segne Sie, Bootsmann«, murmelte Jack und kehrte rasch zum Vordeck zurück. Er wusste, dass die Auspeitschung mit der neunschwänzigen Katze keine leere Drohung war. Der Bootsmann hatte andere Matrosen schon wegen geringerer Vergehen als Ungehorsam bestraft.

Auf dem Vordeck angekommen, zögerte er trotzdem. Der Vormast war höher als ein Kirchturm und schwankte heftig im Sturm. Jack spürte die Taue der Takelage mit seinen vor Kälte starren Fingern nicht mehr und seine nassen Kleider machten ihn schwerfällig und unbeweglich. Doch je länger er wartete, desto mehr fror er. Bald würden seine Glieder zu steif zum Klettern sein.

Los, spornte er sich an. Du hast doch keine Angst.

Doch tief im Innern wusste er, dass er Angst hatte, sogar ganz fürchterlich. Auf der langen Fahrt von England zu den Gewürzinseln hatte er sich den Ruf eines besonders unerschrockenen Mastaffen erworben, der jeden Mast hinaufkletterte und noch in den höchsten Höhen Segel reparierte und Taue entwirrte, die sich verheddert hatten. Doch nicht Mut oder Geschick hatten ihn hinaufgetrieben, sondern die nackte Angst.

Er blickte auf das stürmische Meer hinaus. Der Himmel befand sich in Aufruhr. Schwarze Gewitterwolken jagten an einem farblosen Mond vorbei. Im Dämmerlicht konnte er Ginsel und die anderen Matrosen in den Wanten gerade noch erkennen. Der Mast neigte sich so stark von einer Seite auf die andere, dass die Männer hin und her schwangen wie Äpfel, die von einem Baum geschüttelt werden.

»Hab keine Angst vor den Stürmen des Lebens«, hörte er seinen Vater sagen. Das war an dem Tag gewesen, als er zum ersten Mal den Befehl bekommen hatte, zum Krähennest hinaufzuklettern. »Wir müssen alle mit ihnen zurechtkommen, bei jedem Wetter.«

Jack hatte zugesehen, wie sich die anderen Neulinge an den schrecklichen Aufstieg wagten. Alle waren starr vor Angst gewesen oder hatten sich auf die Matrosen unter ihnen erbrochen. Dann war er selbst an der Reihe gewesen. Seine Beine hatten fast so heftig aneinandergeschlagen wie die Taue.

Er hatte seinen Vater angesehen und der hatte ihm mit einem beruhigenden Lächeln die Schultern gedrückt. »Ich glaube an dich, Jack. Du schaffst das.«

Getragen vom Glauben seines Vaters war er hinaufgeklettert und hatte erst nach unten gesehen, als er in das sichere Krähennest gestiegen war. Erschöpft und zugleich berauscht hatte er etwas zu seinem Vater hinuntergebrüllt, der klein wie eine Ameise auf dem Deck stand. Die Angst hatte ihn nach oben getrieben. Wieder hinunterzukommen war ein anderes Problem gewesen ...

Er griff in die Taue und begann zu klettern. Rasch verfiel er in seinen gewohnten Rhythmus, von dem eine beruhigende Wirkung ausging, und gewann schnell an Höhe. Er sah die weißen Kämme der Wellen, die sich auf das Schiff stürzten. Doch nicht von ihnen fühlte er sich bedroht, sondern von dem erbarmungslosen Wind. Heftige Böen zerrten an ihm und wollten ihn in die Nacht reißen. Er biss die Zähne zusammen und kletterte weiter. Bald stand er neben Ginsel auf der Rah.

»Jack!«, schrie Ginsel. Der Niederländer wirkte erschöpft und seine Augen waren blutunterlaufen und eingesunken. »Ein Tau hat sich verheddert. Wir können das Segel nicht herunterlassen. Du musst raus und es freimachen.«

Jack sah nach oben. Das dicke Tau hatte sich in der Takelage der obersten Stenge verfangen und der dazugehörige Flaschenzug schlackerte gefährlich hin und her.

»Das war bestimmt ein Witz, oder?«, rief Jack. »Warum ich? Warum nicht einer von denen?« Er wies mit einem Nicken auf die beiden Matrosen, die sich in Todesangst am anderen Ende der Rah festklammerten.

»Ich hätte ja deinen Freund Christiaan gefragt«, erwiderte Ginsel und sah zu dem kleinen niederländischen Jungen hinüber, der genauso alt war wie Jack und ihn mit runden Mausaugen furchtsam anstarrte, »aber der ist kein Jack Fletcher. Du bist unser bester Mastaffe.«

»Das wäre Selbstmord«, protestierte Jack.

»Mit dem Schiff um die halbe Welt zu fahren, ist auch Selbstmord, trotzdem haben wir es geschafft!«, erwiderte Ginsel mit einem Lächeln, das beruhigend wirken sollte, mit seinen Haifischzähnen aber wie das Lächeln eines

Wahnsinnigen wirkte. »Wenn wir das Segel nicht einholen, kann der Käpt'n das Schiff nicht retten. Es muss getan werden und du bist der beste Mastaffe.«

»Also gut«, sagte Jack. Offenbar hatte er keine andere Wahl. »Aber du musst mich notfalls auffangen!«

»Vertrau mir, kleiner Bruder, ich möchte dich nicht verlieren. Binde dir dieses Seil um den Bauch. Ich halte das andere Ende. Nimm am besten auch mein Messer. Du brauchst es, um das Tau loszuschneiden.«

Jack tat wie geheißen und klemmte sich das grob geschliffene Messer zwischen die Zähne. Dann kletterte er den Mast bis zur obersten Stenge hinauf und kroch unter Zuhilfenahme der wenigen Seile, die es dort noch gab, vorsichtig auf der Rah zu dem verhedderten Tau hinaus.

Er kam nur unendlich langsam voran, denn der Wind zerrte mit tausend unsichtbaren Händen an ihm. Er warf einen flüchtigen Blick nach unten, konnte seinen Vater aber kaum auf dem Achterdeck erkennen. Einen Augenblick lang bildete er sich ein, seinen Vater winken zu sehen.

»Pass auf!«, rief Ginsel warnend.

Jack hob den Kopf und sah den losen Flaschenzug direkt auf seinen Kopf zufliegen. Er warf sich zur Seite und konnte ihm ausweichen, verlor dafür aber den Halt und rutschte von der Rah ab.

Verzweifelt griff er im Stürzen nach einem Tau. Er rutschte mit den Händen an dem Tau entlang und der grobe Hanf schürfte ihm die Handflächen auf. Trotz der brennenden Schmerzen ließ er nicht los.

An dem Tau hängend schwang er im Sturm hin und her. Meer, Schiff, Segel und Himmel umkreisten ihn.

»Ganz ruhig, ich habe dich!«, brüllte Ginsel durch den Wind.

Er zog Jack an dem Seil, das der Junge sich um den Bauch gebunden hatte, zur Rah hinauf, bis Jack die Stenge zu fassen bekam, die Beine darüberschwingen und sich aufrichten konnte. Jack brauchte eine Weile, bis er sich wieder beruhigt hatte. Er zog die Luft durch die Zähne, zwischen denen er immer noch Ginsels Messer hielt.

Sobald das schmerzhafte Brennen in seinen Händen nachgelassen hatte, begann er wieder quälend langsam die Rah entlangzukriechen. Endlich hing das verheddertte Tau direkt vor seinem Gesicht. Er nahm das Messer aus dem Mund und säbelte damit an dem wassergetränkten Tau herum. Leider war das Messer stumpf und es dauerte eine Weile, bis er die ersten Fasern durchtrennt hatte. Seine Finger waren steif gefroren, seine Handflächen klamm und vom Blut glitschig. Eine Bö drückte ihn zur Seite. Bei dem Versuch, das Gleichgewicht zu halten, ließ er versehentlich das Messer los.

»Nein!«, schrie er und streckte vergeblich die Hand danach aus.

Verzweifelt drehte er sich zu Ginsel um. »Ich konnte das Tau nur zur Hälfte durchschneiden. Was soll ich jetzt tun?«

Ginsel bedeutete ihm zurückzukommen, doch im selben Moment traf Jack ein so heftiger Windstoß, dass er hätte schwören mögen, das Schiff sei auf Grund gelaufen. Der gesamte Mast erzitterte und das Segel zerrte an den Seilen. Das von Jack angeschnittene Tau riss knirschend und das Segel entfaltete sich im Sturm mit einem ohrenbetäubenden Knall.

Das Schiff machte einen Satz nach vorn.

Ginsel und die anderen Matrosen schrien begeistert, als sich die *Alexandria* in den Wind drehte und die Brecher nicht mehr von der Seite über den Decks zusammenschlugen. Auch Jack freute sich über diese unerwartete Wendung zum Besseren.

Seine Freude währte allerdings nur kurz.

Das herunterkommende Segel hatte den Flaschenzug mit einem Ruck fest gegen den Mast gedrückt. Der Flaschenzug riss und flog wie ein Stein auf ihn zu. Diesmal konnte er nirgendwohin ausweichen.

»*Spring!*«, schrie Ginsel.

侍

Ravensburger Bücher

SAMURAI

Die Reise eines Kriegers

Als ein englisches Handelsschiff vor Japans Küste untergeht, ist Jack der einzige Überlebende. Der Schwertmeister Masamoto adoptiert ihn und bildet ihn zum Samurai aus. Schon bald muss Jack seine Kampfkünste gegen Ninjas, Räuber und Kopfgeldjäger unter Beweis stellen.

Alle Bücher auf einen Blick:

Habe ich			ISBN 978-3-473-
○	Band 1	Der Weg des Kämpfers	58384-3
○	Band 2	Der Weg des Schwertes	58394-2
○	Band 3	Der Weg des Drachen	58408-6
○	Band 4	Der Ring der Erde	58420-8
○	Band 5	Der Ring des Wassers	58421-5
○	Band 6	Der Ring des Feuers	58462-8
○	Band 7	Der Ring des Windes	58484-0
○	Band 8	Der Ring des Himmels	58494-9

Ravensburger